TRANSTORNO MORAL

Margaret Atwood

# TRANSTORNO MORAL

Tradução de
Carlos Ramires

Título original
MORAL DISORDER

Primeira publicação na Grã-Bretanha em 2006

Copyright © 2006 by O. W. Toad

O direito moral da autora foi assegurado.

Nenhuma parte desta obra pode ser reproduzida ou transmitida por qualquer forma ou meio eletrônico ou mecânico, inclusive fotocópia, gravação ou sistema de armazenagem e recuperação de informação, sem a permissão escrita do editor.

Direitos para a língua portuguesa reservados
com exclusividade para o Brasil à
EDITORA ROCCO LTDA.
Av. Presidente Wilson, 231 – 8º andar
20030-021 – Rio de Janeiro – RJ
Tel.: (21) 3525-2000 – Fax: (21) 3525-2001
rocco@rocco.com.br
www.rocco.com.br

*Printed in Brazil*/Impresso no Brasil

preparação de originais
CARLOS NOUGUÉ

CIP-Brasil. Catalogação na fonte.
Sindicato Nacional dos Editores de Livros, RJ.

A899t   Atwood, Margaret
          Transtorno moral / Margaret Atwood; tradução
        de Carlos Ramires. – Rio de Janeiro: Rocco, 2010.

          Tradução de: Moral disorder.
          ISBN 978-85-325-2506-2

          1. Conto canadense. I. Ramires, Carlos.
        II. Título.

                                        CDD–813
09-6162                                 CDU–821.111(73)-3

*Para minha família*

# SUMÁRIO

As más notícias ............................................................. 9
A arte de cozinhar e servir ......................................... 19
O Cavaleiro sem Cabeça ............................................ 33
Minha última Duquesa ............................................... 60
O outro lugar .............................................................. 88
Monopólio ................................................................... 102
Transtorno moral ....................................................... 126
Cavalo branco ............................................................. 154
As entidades ............................................................... 180
O fiasco do Labrador ................................................. 202
Os garotos do Laboratório ........................................ 217

## AS MÁS NOTÍCIAS

É de manhã. Por ora, a noite se foi. Hora de más notícias. Penso nas más notícias como se fossem um enorme pássaro, com asas de corvo e a cara de minha professora da quarta série, de coque murcho, dentes rançosos, cenho franzido, beicinho e tudo, singrando pelo mundo sob o manto da escuridão, feliz portador de más notícias que leva uma cesta de ovos podres e sabe – quando o sol se ergue – exatamente onde os deixar cair. Em cima de mim, só para mim.

Em nossa casa, as más notícias chegam em forma de jornal de más notícias. Tig o traz escada acima. O nome dele é Gilbert. Impossível explicar um apelido a quem fala uma língua estrangeira; não é que eu tenha de fazer isso amiúde.

– Acabaram de matar o líder da junta provisória de governo – anuncia Tig. Não é que ele seja imune às más notícias: ao contrário. É ossudo, tem menos gordura corporal que eu e, portanto, menor capacidade para absorver, amortecer, para transformar as calorias das más notícias – que realmente contêm calorias, elevam a pressão arterial – em substância de seu próprio corpo. É coisa que eu posso fazer, e ele não. Ele quer passar adiante as más notícias o mais depressa possível – largá-las como quem larga uma batata quente. Mas ainda sai queimado.

Eu ainda estou na cama. Não estou de fato acordada. Estava me espojando um pouco. Gozava esta manhã, até agora. "Antes do café, não", digo eu. Não acrescento: "Você sabe que eu não consigo lidar com isso a esta hora da manhã." No passado eu já acrescentei esta frase; só teve um efeito intermitente. Após todo esse tempo juntos, nossas cabeças estão cheias de pequenas advertências, úteis sugestões de um para o outro – simpatias e antipatias, preferências e tabus. Não se aproxime por trás de mim desse jeito quando estou lendo. Não use minhas facas de cozinha. Não esparrame as coisas por aí. Cada um acredita que o outro deve respeitar esta série de instruções, amiúde reiteradas, mas elas se anulam mutuamente: se Tig é obrigado a respeitar minha necessidade de espojar-me despreocupadamente, livre de más notícias, antes da primeira xícara de café, eu também não deveria respeitar sua necessidade de esparramar a catástrofe para livrar-se dela?

– Ah, sinto muito – diz. Ele me lança um olhar de censura. Por que tenho de decepcioná-lo assim? Acaso não sei que se ele não puder me dar as más notícias, a mim, agora mesmo, alguma verde glândula ou bexiga biliosa de más notícias vai estourar dentro dele, e ele vai pegar uma infecção na alma? E então, eu é que vou sentir muito.

Ele está certo, eu sentiria muito. Não teria mais ninguém cuja mente eu pudesse ler.

– Estou me levantando agora – digo, na esperança de soar tranquilizadora. – Já vou descer.

"Agora" e "já vou" não significam mais a mesma coisa. Tudo leva mais tempo do que então levava. Mas ainda consigo seguir a rotina, sair da camisola, entrar no vestido, calçar os sapatos, lubrificar o rosto, escolher as pílulas de vitamina. O líder, penso eu. A junta provisória de governo. Assassinado por *eles*. Dentro de um ano já não vou me lembrar de quem era o líder, qual era a junta provisória de governo, quem eram *eles*. Mas esses tópicos se multiplicam. Tudo é provisório, já ninguém pode governar, e *eles* são muitos. Sempre querem assassinar os líderes. Com a melhor das intenções, pelo menos é o que alegam. Os líderes também têm as melhores intenções. Os líderes vivem à luz dos refletores, os assassinos miram de dentro da escuridão, é fácil acertar.

Quanto aos outros líderes, os líderes dos países líderes, como são chamados, já não lideram de fato; andam por aí, descontrolados; vê-se nos olhos deles, orlados de branco como os olhos do gado em pânico. Ninguém pode liderar se não há quem o siga. As pessoas levantam os braços para o céu, mas depois os cruzam. Só querem tocar a vida. Os líderes continuam a dizer: "Necessitamos de uma liderança forte", e se esgueiram para espiar as pesquisas de opinião. São as más notícias, e são demais: não conseguem absorvê-las.

Mas esta não é a primeira vez que chegam más notícias, e nós as superamos. É o que dizem as pessoas sobre coisas que ocorreram antes de nascerem, ou quando ainda chupavam o dedo. Adoro esta formulação: *Nós as superamos*. Não quer dizer merda nenhuma quando se trata de um acontecimento que você mesmo não presenciou; é como se você, para qualificar-se, tivesse entrado para um clube *Nós* e pregado no peito um distintivo *Nós* de plástico, bem cafona. De qualquer modo, *Nós as superamos* – é estimulante. Evoca a imagem de uma marcha, ou um desfile, cavalos se empinando, trajes esfrangalhados e enlameados em pleno sítio ou no calor da batalha ou durante a ocupação inimiga ou a chacina dos dragões ou a marcha de quarenta anos através da vastidão desolada. Haveria um chefe barbudo alçando o estandarte e apontando para a frente. O chefe teria recebido cedo as más notícias. Recebido, entendido e sabido o que fazer depois. Atacar pelo flanco! Cortar gargantas! Fora do Egito! Esse tipo de coisa.

— Onde está você? — pergunta o Tig do pé da escada. — O café está pronto.

— Estou aqui — respondo lá de cima. Usamos isso muito, esse walkie-talkie aéreo. Não nos falta comunicação, ainda não. Como o *h* de *honour*, ainda não — *not yet* — é aspirada. É o *not yet* mudo. Não se diz alto.

São estes os tempos que agora nos definem: passado, *naquele tempo*, futuro, *ainda não*. Vivemos no pequeno vão entre os dois, o espaço em que só recentemente viemos a pensar como *ainda*, e na verdade não é menor que o vão de ninguém. É verdade que há em nós umas coisinhas que não funcionam — um joelho aqui, um olho acolá —, mas até agora são apenas coisinhas. Ainda somos capazes de nos divertir, com a condição de fazer uma coisa de cada vez. Lembro-me do tempo em que eu provocava nossa filha, quando ela era adolescente. Eu a provocava fingindo-me de velha. Esbarrava em paredes, deixava cair talheres, fingia perda de memória. Depois nós ríamos as duas. Isso agora não tem tanta graça.

Nossa gata Drumlin, que já morreu, manifestou senilidade felina aos dezessete anos de idade. Drumlin — por que lhe demos este nome? O outro gato, que morreu primeiro, era Morena. Houve um tempo em que achamos divertido dar aos gatos nomes de fenômenos geológicos do lixo glacial, embora hoje me escape a razão de semelhante preferência. O Tig opinou que Drumlin deveria se chamar Aterro Sanitário, mas era ele que tinha por tarefa esvaziar sua caixa de areia.

Não é provável que venhamos a ter outro gato. Eu pensava — com bastante calma — que, depois que Tig se fosse (os homens morrem primeiro, não é?), eu poderia arranjar outro gato, para me fazer companhia. Mas já não considero esta alternativa. A essa altura eu já estaria meio cega, e ademais um gato poderia correr entre minhas pernas, e eu tropeçaria nele e quebraria o pescoço.

A pobre Drumlin rondava a casa à noite, uivando como um espectro. Não havia o que a consolasse: buscava alguma coisa que tinha perdido, embora não soubesse o que fosse. (De fato era sua mente, se é que se pode afirmar que os gatos têm mente.) De manhã achávamos pedacinhos arrancados a mordidas de tomates e de peras: esquecera que era carnívora, esquecera o que devia comer. Esta cena veio a ser a imagem de meu próprio futuro: vagando pela casa no escuro de camisola branca, uivando por algo de que não me lembrava muito bem e que tinha perdido. É insuportável. Acordo no meio da noite e estendo a mão para me certificar de que Tig ainda está lá, ainda respira. Até aqui, tudo bem.

A cozinha, quando chego até lá, cheira a torrada e café: não admira, pois é o que Tig esteve a fazer. O aroma me envolve como uma manta e fica lá enquanto eu como a torrada de verdade e tomo o café de verdade. Lá, em cima da mesa, estão as más notícias.

– A geladeira tem feito um barulho – digo eu. Não damos bastante atenção a nossos eletrodomésticos. Nenhum de nós dois. Na geladeira está pregada uma foto de nossa filha, tirada há vários anos; seu sorriso desce radioso sobre nós, como a luz de uma estrela em recessão. Está cuidando da própria vida, em outra cidade.

– Olhe o jornal – diz Tig.

Há fotos. As más notícias serão piores quando ilustradas? Acho que sim. As fotos atraem o seu olhar, quer você queira, quer não. Há o carro destruído pelo fogo, agora apenas um entre vários, com sua carcaça de metal retorcido. Uma sombra calcinada agacha-se lá dentro. Em fotos como estas há sempre sapatos perdidos.

São os sapatos que me atingem. É triste aquele inocente ato diário — calçar os sapatos, crente que vai a alguma parte. Não gostamos de más notícias, mas precisamos delas. Precisamos saber delas, para o caso de estarem avançando em nossa direção. Uma manada de veados na campina, de cabeça abaixada, pastando em paz. De repente, *au! au!* — cães selvagens na mata. Cabeças levantadas, orelhas em pé. Preparem-se para fugir! Ou para defender-se como os bois almiscarados: *lobos se aproximando,* eis a notícia. Depressa, formem um anel! Mulheres e crianças no meio! Bufando, escarvando o chão! Preparem-se para chifrar o inimigo!

— Eles não vão parar — diz Tig.

— Isto é uma bagunça — respondo. — Não sei onde andava a segurança. — No tempo em que Deus distribuiu os cérebros, diziam que dava para saber quem tinha ficado no fim da fila.

— Se alguém quiser mesmo matar você, mata — afirma Tig. Ele é assim, fatalista. Discordo, e passamos um agradável quarto de hora evocando nossas testemunhas falecidas. Ele trouxe o arquiduque Ferdinando e John Kennedy; lembrei a rainha Vitória (oito tentativas fracassadas) e Joseph Stalin, que escapou do assassinato assassinando em massa. Nos velhos tempos, isto poderia ser uma contenda. Hoje, é como um jogo de cartas, como o *gin rummy*.

— Nós temos sorte — diz o Tig. Eu sei a quem está se referindo. A nós dois, sentados aqui na cozinha, quietos. Nenhum de nós se foi. Ainda não.

— É, temos — digo eu. — Olhe a torrada, está queimando.

Pronto. Já lidamos com as más notícias, enfrentamos as más notícias cara a cara, e saímos ilesos. Não temos feridas, nem sangue a jorrar do corpo, nem queimaduras. Ficamos com todos os nossos sapatos. O sol brilha, os pássaros cantam, não há por que não me sentir bastante bem. Em geral as más notícias chegam de muito longe – as explosões, os vazamentos de petróleo, os genocídios, a fome, tudo isso. Mais tarde chegarão outras notícias. Sempre chegam. Deixemos para nos preocupar quando chegarem. Alguns anos atrás – quando? – Tig e eu estávamos no sul da França, num lugar chamado Glanum. Era uma espécie de férias. Mas o que realmente queríamos ver era o hospício onde Van Gogh pintou os lírios; e vimos. Glanum era uma armadilha secundária. Há anos eu não penso nisso, mas agora me vejo lá, naquele tempo, em Glanum, antes de ser destruída no século III, antes que fosse reduzida a umas ruínas com entrada paga.

Há vilas espaçosas em Glanum; há banhos públicos, templos, anfiteatros, o tipo de prédios que os romanos erguiam por onde passavam para se sentirem civilizados e em casa. Glanum é muito agradável; muitos oficiais superiores do exército vão para lá quando se reformam. É bem multicultural, bem diversificada. Gostamos de novidades, do exótico, embora não tanto quanto os romanos. Aqui somos um tanto provincianos. Mesmo assim, temos deuses de toda parte, além dos deuses oficiais, é claro. Por exemplo, temos um pequeno templo a Cibele, decorado com duas orelhas, representando a parte do corpo que você estaria disposto a cortar em sua honra. Os homens fazem piadas. Você tem sorte se entregar só as orelhas, dizem eles. Melhor um homem sem orelhas do que um homem que não é homem.

Há casas gregas mais antigas misturadas com as romanas, e ainda restam uns caminhos gregos. Os celtas vêm à cidade; alguns usam túnicas e capas como as nossas, e falam um latim decente. Nossas relações com eles são amistosas, agora que renunciaram a seu estilo de cortadores de cabeças. Tig teve de recebê-los várias vezes, e certa vez eu convidei para jantar um eminente celta. Era um risco social, embora pequeno: o convidado portou-se de modo satisfatoriamente normal e só se embriagou na medida imposta pelas boas maneiras. Tinha um cabelo estranho – avermelhado e cacheado – e usava no pescoço o torque cerimonial de bronze, mas não era mais feroz do que outros homens que eu poderia citar, embora fosse de uma polidez soturna.

Estou tomando meu desjejum na sala matinal onde está o mural de Pomona e dos Zéfiros. O pintor não é de primeira – Pomona está ligeiramente estrábica e tem seios enormes –, mas aqui nem sempre se consegue qualidade de primeira. O que eu estaria comendo? Pão, mel, figos secos. Ainda não chegou a estação das frutas francesas. Não há café, tanto pior; acho que ainda não foi inventado. Tomo leite de égua fermentado, para ajudar a digestão. Um fiel escravo me trouxe o desjejum numa bandeja de prata. Nesta propriedade entendem de escravidão, fazem direito as coisas: são silenciosos, discretos, eficientes. Não querem ser vendidos, naturalmente: é melhor ser escravo doméstico do que trabalhar na pedreira.

Tig entra com um pergaminho. Tig é uma abreviatura de Tigris, apelido que lhe foi dado por sua antiga tropa. Só alguns íntimos o chamam assim. Ele está de cenho franzido.

– Más notícias? – pergunto.

– Os bárbaros estão nos invadindo – explica ele. – Já cruzaram o Reno.

– Antes do desjejum, não – eu digo. Ele sabe, eu não consigo discutir questões de peso assim que me levanto. Mas fui demasiado brusca: vejo a sua expressão chocada, e cedo. – Eles estão sempre cruzando o Reno. Pensei que iam se cansar. Nossas legiões vão derrotá-los. Sempre os derrotaram.

– Não sei – pondera Tig. – Não deveríamos ter aceitado tantos bárbaros no exército. Não se pode contar com eles.

O próprio Tig havia passado muito tempo no exército, de modo que sua preocupação tem algum sentido. Por outro lado ele, em termos gerais, acha que Roma está sendo levada para o brejo num carrinho de mão, e já notei que a maioria dos reformados tem a mesma sensação: o mundo simplesmente não pode funcionar sem os seus serviços. Não é que se sintam imprestáveis: sentem é que não são aproveitados.

– Por favor, sente-se – digo eu. – Vou pedir para você uma boa fatia de pão e mel, com figos. Tig senta-se. Não lhe estendo o copo de leite de égua, embora lhe fizesse bem. Ele sabe que eu sei que ele não gosta. Detesta conselhos insistentes sobre sua saúde, que ultimamente vem lhe causando alguns problemas. Oh, fazei com que as coisas permaneçam como estão, rogo eu, calada.

– Você já soube? – pergunto. – Acharam uma cabeça recém-cortada, pendurada ao lado do velho poço votivo celta. – Algum trabalhador da pedreira que fugiu para o mato, coisa que já tinham sido avisados para não fazer; só Deus sabe. – Acha que eles estão voltando ao paganismo? Os celtas?

– Eles nos odeiam, é isso – diz Tig. – Aquele arco memorial não ajuda. Foi falta de tato: os celtas derrotados, os romanos com o pé na cabeça deles. Você ainda não os flagrou de olhos cravados em nosso pescoço? Adorariam lhe enfiar uma faca. Mas agora abrandaram, acostumaram-se com luxos. Não são como os bárbaros do norte. Os celtas sabem que se nós afundarmos eles afundarão também.

Ele se limita a uma mordida no saboroso pão. Levanta-se, anda para lá e para cá. Parece excitado.

– Vou aos banhos – diz. – Para saber das notícias.

Boatos e rumores, penso. Presságios, pressentimentos, pássaros em pleno voo, entranhas de carneiro. Nunca se sabe se a notícia é verdadeira até que dá o bote. Até que está em cima de você. Até que você tenta alcançar alguma coisa no meio da noite e nada mais respira. Até que você se vê uivando na escuridão, vagando pelos quartos vazios dentro do vestido branco.

— Nós vamos superar isso — digo eu. Tig não diz nada. O dia está tão bonito! O ar cheira a tomilho, e as árvores frutíferas estão em flor. Mas para os bárbaros isto nada significa; de fato eles preferem invadir em dias belos. Têm mais visibilidade para o saque e o massacre. São os mesmos bárbaros que — pelo que ouvi — enchem gaiolas de vime com vítimas e lhes ateiam fogo para sacrificá-las a seus deuses. Mas eles ainda estão longe. Mesmo se conseguirem atravessar o Reno, mesmo se não forem mortos aos milhares, mesmo se o rio não se tingir com o vermelho de seu sangue, muito tempo vai passar antes que cheguem aqui. Um tempo talvez mais longo do que nossas vidas. Glanum não corre perigo; ainda não.

# A ARTE DE COZINHAR E SERVIR

No verão em que estava com onze anos, eu passei muito tempo a tricotar. Tricotava com determinação, calada, acocorada acima dos novelos de lã e das agulhas de aço e das tiras de tricô que se espichavam, uma postura nada fácil. Tinha aprendido a tricotar cedo demais para dominar o jeito de enrolar o fio no indicador – meu indicador era curto demais –, de modo que o jeito era fincar a agulha direita, firmá-la com dois dedos da mão esquerda e depois subir com toda a mão direita para dar a laçada na ponta da agulha. Já tinha visto mulheres que eram capazes de tricotar e conversar ao mesmo tempo, mal relanceando os olhos para baixo, mas eu não conseguia trabalhar assim. Meu estilo exigia total concentração, e deixava meus braços doendo e a mim muito irritada.

O que eu estava tricotando era um enxoval de bebê – o conjunto de roupinhas para vestir o recém-nascido de modo que ele ficasse bem abrigado ao chegar do hospital. No mínimo, é preciso ter duas luvinhas sem polegar, duas meias curtas grossas, um par de leggings, um casaquinho e um gorro, a que você bem pode acrescentar uma manta tricotada, se tiver paciência para tanto, além de uma coisa chamada *"soaker"*. O *soaker* parece um short com pernas em forma de abóbora, como os calções que aparecem nos retratos de Sir Francis Drake. As fraldas de pano e as calcinhas de borracha vazam, e para isso é que se usava o *soaker*. Mas eu não ia tricotar o *soaker*. Ainda não tinha me desenvolvido a ponto de enxergar as fontes, correntezas, os rios de urina que o bebê ia decerto produzir.

A manta era tentadora – havia uma, com desenhos de coelhos, que ansiava por criar –, mas sabia que em algum momento eu tinha de impor um limite, porque meu tempo era finito. Se ficasse dando voltas, o bebê era capaz de chegar antes que eu estivesse pronta para ele e de ter que usar uma roupa descombinada qualquer, improvisada com peças herdadas de outro. Eu tinha começado pelos leggings e pelas luvas, porque eram simples – basicamente fileiras alternadas de ponto meia e ponto tricô, com umas barras pelo centro. Assim eu poderia avançar para o casaco, que era mais complicado. Estava reservando o gorro para o fim: ia ser minha obra-prima. Seria enfeitado com fitas de cetim para amarrar debaixo do queixo do bebê – as possibilidades de estrangulamento por um laço como este ainda não haviam sido objeto de consideração – e com enormes rosetas de fita que ressaltariam dos dois lados do rosto do bebê como pequenas couves. Vestidos com o enxoval, tinha eu aprendido nas fotos do livro de moldes Beehive, os bebês deviam parecer bonecos de açúcar – limpos e doces, deliciosas trouxinhas de bolo enfeitadas com glacê pastel.

A cor que eu tinha escolhido era o branco. Era a cor ortodoxa, embora alguns moldes Beehive fossem de um verde-elfo pálido ou de um prático amarelo. Mas branco era o melhor: depois de saber se o bebê era menino ou menina eu poderia prender as fitas, azuis ou cor-de-rosa conforme o caso. Eu tinha uma visão de todo o conjunto como ficaria uma vez pronto – impecável, cintilante, admirável, um tributo à minha própria boa vontade e gentileza. Eu ainda não havia percebido que aquilo poderia ser também um substituto para essas qualidades.

Eu estava tricotando o enxoval porque a minha mãe estava esperando. Evitei o termo "grávida", como evitei outros; "grávida" era uma palavra rude, bojuda, adernante; só de pensar ela pesava em cima de nós, enquanto "esperar" sugeria um cão de orelha em pé, escutando atentamente, na feliz expectativa de passos se acercando. Minha mãe era velha para essas coisas: eu tinha percebido isso escutando atrás das portas quando ela conversava com as amigas da cidade, e vendo as rugas de preocupação na testa das amigas, e os lábios que mordiam e o débil menear de cabeça, e o tom de susto em que exclamavam "oh!", e ouvindo minha mãe dizer que agora o jeito era aproveitar. Desconfiei que houvesse alguma coisa errada com o bebê por causa da idade de mamãe; mas o quê, exatamente? Eu escutava tudo que podia, mas não chegava a decifrar aquilo, nem tinha a quem perguntar. Será que o bebê ia nascer sem mãos, ou ser estúpido, débil mental? Na escola, "débil mental" era um insulto. Eu não sabia com certeza o que significava, mas havia crianças que não se devia encarar na rua, porque não tinham culpa, era só que tinham nascido assim.

Eu soubera que minha mãe estava esperando em maio, por meu pai. A notícia me causou ansiedade, em parte porque também me disseram que, até meu irmãozinho ou irmãzinha chegar em boa forma, a minha mãe ia correr perigo. Algo terrível poderia acontecer com ela – alguma coisa que a faria adoecer –, e esse risco aumentaria se eu não lhe desse a devida atenção. Meu pai não explicou que coisa era essa, mas sua seriedade e seu laconismo deixavam claro que era coisa grave.

    Minha mãe – disse meu pai – não podia varrer casa, nem carregar nada que fosse pesado, como baldes d'água, nem se curvar muito, nem levantar objetos volumosos. Todos nós teríamos que nos unir, disse meu pai, e de fazer outras coisas. Seria tarefa de meu irmão cortar a grama daquele dia até junho, quando iríamos para o norte. (No norte não havia grama. E, de qualquer forma, o meu irmão não estaria lá: ia para um acampamento de meninos fazer coisas no mato com um machado.) Quanto a mim, só tinha que ser genericamente prestativa. Mais prestativa do que de costume, acrescentou meu pai de um modo que tencionava ser animador. Ele próprio também seria prestativo, claro. Mas não podia ficar lá o tempo todo. Teria seus afazeres, quando estivéssemos no que os outros chamavam *o chalé*, mas para nós era *a ilha*. (Os chalés tinham geladeira e gerador a gás e esqui aquático, e nada disso existia para nós.) Ele precisava se afastar, o que era uma pena, continuou. Mas não ia ficar fora muito tempo, e tinha certeza de que eu estaria à altura da ocasião.

Eu já não tinha tanta certeza. Ele sempre achava que eu sabia mais do que eu sabia, e que eu era maior do que era, e mais velha, e mais forte. O que ele via em mim como tranquilidade e competência era de fato medo: era por isso que eu olhava para ele calada, fazendo que sim com a cabeça. O perigo a nos rondar era tão vago e, portanto, tão grande – como eu poderia sequer me preparar para ele? No fundo minha proeza, o tricô, era uma espécie de encantamento, como o traje de urtiga do conto de fadas, que a princesa muda tinha de tecer para que os irmãos transformados em cisnes voltassem à forma humana. Se ao menos eu conseguisse terminar todas as peças do enxoval, o bebê a ser acomodado dentro delas seria conjurado para dentro do mundo e, portanto, para fora de mamãe. Uma vez cá fora, onde eu pudesse vê-lo – uma vez que tivesse rosto –, seria possível lidar com ele. Do jeito que estava, a coisa era uma ameaça.

De modo que eu continuei a tricotar, com uma concentração exclusiva. Terminei as luvas antes de seguir para o norte; ficaram mais ou menos perfeitas, exceto por um eventual ponto defeituoso. Na ilha eu aperfeiçoei os leggings – senti que era possível esticar a perna que estava mais curta. Sem uma pausa eu ataquei o casaquinho, que devia ter várias faixas de ponto arroz – um desafio, mas um desafio que eu estava decidida a superar. Enquanto isso, mamãe estava imprestável. No início de minha maratona tricoteira, ela havia se encarregado das meias. Sabia tricotar, antigamente havia tricotado: o livro de moldes que eu estava usando um dia fora dela. Sabia virar o calcanhar, habilidade que eu ainda não tinha dominado inteiramente. A despeito de sua superior capacidade, porém, ela estava relaxando: até agora, só havia tricotado a metade de uma meia. O tricô era negligenciado, enquanto ela descansava numa espreguiçadeira com os pés num tronco, lendo romances históricos cheios de cavalgadas, envenenamentos e espadachins – eu conhecia, também já tinha lido – ou simplesmente cochilando, com a cabeça abandonada num travesseiro, o rosto pálido e úmido, o cabelo molhado e escorrido, o estômago inchando de um modo que me dava tontura, como quando alguém cortava o dedo. Tinha dado para usar uma velha bata que tempos atrás relegara a um baú; lembro-me de tê-la usado uma vez no Halloween, para me fantasiar de velha gorda com bolsinha. A ela fazia parecer uma mulher pobre.

Era assustador ver mamãe dormindo no meio do dia. Não combinava com ela. Normalmente era uma pessoa que partia em caminhadas decididas, patinava pelos rinques no inverno com uma velocidade impressionante, nadava chutando a água ou batia os pratos na cozinha – ela dizia bater os pratos. Sempre sabia o que fazer numa emergência, era metódica e alegre, e assumia o comando. Agora era como se tivesse abdicado.

Quando eu não estava tricotando, varria o chão com empenho. Bombeava baldes e mais baldes d'água com a bomba manual e os arrastava morro acima um por um, derramando água em minhas pernas descobertas; lavava roupa numa tina de zinco, esfregando com sabão Sunlight na tábua de lavar, carregava tudo para o lago a fim de enxaguar, e depois a arrastava morro acima outra vez para pendurar na corda. Arrancava o mato do jardim, trazia lenha para casa, tudo contra o pano de fundo da alarmante passividade de mamãe.

Uma vez por dia ela ainda ia nadar, embora já não nadasse com energia, nem da forma antiga; agora ficava boiando, e eu também entrava, quisesse ou não: tinha de impedir que ela se afogasse. Eu tinha aquele medo de ver a minha mãe afundar subitamente, atravessando o frio da água acastanhada, com o cabelo a se abrir em leque como algas e os olhos a me fitar solenemente. Neste caso eu teria de mergulhar, enlaçar o seu pescoço com meus braços e rebocá-la para a margem, mas como eu poderia fazer isso? Ela era tão grande! Contudo, ainda não acontecera nada desse tipo, e ela gostava de entrar na água; parecia despertá-la. Só com a cabeça à tona d'água, parecia mais ela mesma. Nesses momentos ela até sorria, e eu tinha a ilusão de que tudo estava outra vez como devia estar.

Mas então ela emergia, pingando água – havia veias varicosas na batata das pernas, eu não podia deixar de ver, embora ficasse constrangida –, e com penosa lentidão ela abria caminho até nossa cabana e organizava o almoço. O almoço era sardinha ou bolacha com manteiga de amendoim, ou queijo, quando havia, e tomate da horta, e cenoura que eu tinha desenterrado e lavado. Ela não parecia muito interessada em almoçar nada daquilo, mas ia mastigando mesmo assim. Fazia um esforço para conversar – como estava indo meu tricô? –, mas eu não sabia o que dizer.

Não conseguia entender por que ela escolhera o que escolhera – por que se transformara nessa versão apática e inchada de si mesma, convertendo o futuro – o meu futuro – em uma coisa prenhe de sombra e incerteza. Achava que ela fizera tudo de propósito. Não me ocorreu que ela pudesse ter caído numa cilada.

Estávamos em meados de agosto: quente e opressivo. As cigarras cantavam nas árvores, as agulhas secas dos pinheiros estalavam debaixo dos pés. O lago estava numa calma carregada de presságios, como ele fica ao se armar a trovoada. Mamãe estava cochilando. Sentei-me no cais, batendo nas moscas-de-estábulo e refletindo, preocupada. Tinha vontade de chorar, mas isso não me podia permitir. Estava totalmente só. O que faria se a ameaça – fosse o que fosse – começasse a se concretizar? Achei que sabia o que podia ser: o bebê começaria a sair antes da hora. E então, que aconteceria? Eu não podia enfiá-lo de novo em minha mãe.

Estávamos em uma ilha, não havia ninguém à vista, não havia telefone, eram onze quilômetros de barco até a vila mais próxima. Eu teria de ligar o motor de popa de nosso velho, pesado e desajeitado barco – sabia fazer isso, embora estivesse quase além de minhas forças dar um puxão na corda com força bastante – e navegar por toda a rota até a vila, o que podia custar uma hora. De lá eu poderia pedir ajuda por telefone. Mas... e se o motor não pegasse? Isto já tinha acontecido, era coisa sabida. E se quebrasse no caminho? Havia um estojo de ferramentas, mas eu só tinha aprendido as operações mais elementares. Sabia consertar o pino do eixo de transmissão, sabia checar um cano de gás; se isso não funcionasse, teria que remar ou acenar e gritar para os pescadores que passassem, se é que passaria algum.

Ou podia usar a canoa – pôr uma pedra na popa a fim de fazer peso, remar na proa como me ensinaram. Mas esse método seria inútil com vento, mesmo um vento fraco: eu não era bastante forte para manter o curso, seria empurrada de través. Pensei num último recurso. Eu levaria a canoa para uma das ilhotas ao largo da costa – até lá era capaz de ir, fosse como fosse. Depois atearia fogo à ilhota. A fumaça ia ser vista por um bombeiro florestal, que mandaria um hidroavião, e eu ficaria no cais, bem à vista, pulando e acenando com uma fronha branca. Esse plano não podia falhar. O risco era eu incendiar também o continente, sem querer. E acabar na cadeia como incendiária. Mas teria que tentar, de qualquer modo. Ou isso, ou minha mãe... Minha mãe o quê?

Aqui a minha mente apagou e eu corri morro acima e caminhei mansamente passando por minha mãe adormecida e entrei na cabana, e apanhei o pote cheio de passas e avancei para o grande choupo aonde sempre eu ia quando chegava à beira de um pensamento inconcebível. Encostei-me na árvore, atulhei na boca um punhado de passas e mergulhei em meu livro predileto.

Era um livro de cozinha. Chamava-se *A arte de cozinhar e servir*, pois recentemente eu havia me separado de todos os romances, e até do *Guia dos cogumelos da mata*, e me dedicado inteiramente a ele. Era de uma mulher chamada Sarah Field Splint, um nome que me inspira confiança. "Sarah" era antiquado e confiável, "Field" pastoral e florido, e "Splint" – bem, não há lugar para absurdo, choramingo, histeria ou dúvida sobre o correto curso de ação quando se tem ao lado uma mulher que tem Tala no nome. Este livro remonta aos velhos tempos, dez anos antes de eu nascer; tinha sido publicado pela companhia Crisco, fabricante de gordura vegetal para confeitaria, no começo da Depressão, quando a manteiga encareceu – explicou minha mãe –, de modo que todas as receitas do livro incluíam a Crisco na lista de ingredientes. Nós sempre tivemos muita Crisco na ilha, pois a manteiga estragava no calor. Já a Crisco era praticamente indestrutível. Muito tempo atrás, antes de ficar esperando, minha mãe a tinha usado para fazer tortas, e sua escrita aparecia aqui e ali entre as receitas. "Bom!", havia escrito ela. "Usar metade do branco, metade do mascavo." Mas não eram as receitas que me cativavam. Eram os dois primeiros capítulos do livro. O primeiro intitulava-se "A casa sem criados" e o segundo "A casa com criado". Cada um era uma janela para um novo mundo, e por elas eu espiava avidamente. Sabia que eram janelas, e não portas. Eu não podia entrar. Mas que extasiantes vidas se viviam ali!

Sarah Field Splint tinha ideias estritas sobre o correto modo de se conduzir na vida. Tinha regras, impunha ordem. Os pratos quentes devem ser servidos *quentes*, os pratos frios, *frios*. Isso *tem* que ser feito, seja qual for o resultado, ela dizia. Era o tipo de conselho de que eu precisava. Ela era firme no capítulo da limpeza da roupa de mesa e da prata. "Melhor jamais usar coisa alguma exceto *doilies* e mantê-los imaculadamente novos do que pôr na mesa, nem que seja para uma única refeição, uma toalha onde se veja uma só mancha", determinava ela. Nós tínhamos oleado na mesa, e talheres de aço inoxidável. Quanto aos *doilies*, eram coisa além de minha experiência, mas imaginei que devia ser elegante possuir alguns.

A despeito de sua ênfase nas coisas básicas, Sarah Field Splint tinha também outros valores, mais flexíveis. A hora da refeição é um momento de prazer, deve ter encanto. Não pode faltar um centro de mesa: umas flores, um arranjo de frutas. À falta disso, resolveriam o problema "umas samambaias miúdas num arranjo com vinha-índia e outras coisas lenhosas coloridas num jarro baixo ou numa cesta de vime delicada".

Como eu ansiava por uma bandeja de desjejum com uns narcisos num vasinho, como na foto do livro, ou uma mesa de chá onde receber "alguns amigos selecionados" – quem seriam? – ou, melhor ainda, um desjejum servido numa varanda lateral, com uma encantadora vista para o "rio coleante e a agulha da igreja branca que brotava entre as árvores na margem oposta"! *Singrar* – gostei dessa palavra. Soava tão pacata.

Todas essas coisas estavam à disposição da casa sem criados. Depois vinha o capítulo do criado. Também neste a sra. Splint era minuciosa, e densamente informativa. (Via-se que se tratava da sra. Splint; era casada, embora, ao contrário de mamãe, sem consequências desleixadas.) "Com paciência, bondade e senso de justiça", ela me afirmou, "pode-se transformar uma moça desmazelada e inexperiente numa criada bem-vestida e profissional." A palavra a que eu me agarrei foi *transformar*. Será que eu queria transformar, ou ser transformada? Viria a ser a patroa bondosa, ou a criada antes desmazelada? Difícil dizer.

Havia duas fotos da criada, uma em vestido matinal, com sapatos e meias brancos e um avental branco de musselina – que é musselina? –, e a outra num traje de chá da tarde ou jantar, com meias pretas e gola e punhos de organdi. Nas duas fotos sua expressão era a mesma: um meigo sorrisinho, um olhar direto e franco, porém reservado, como se ela aguardasse instruções. Havia leves olheiras abaixo de suas pestanas. Não consegui saber se ela parecia amistosa, ou explorada, ou simplesmente chocada. Era ela que ia levar a culpa se houvesse uma mancha na toalha ou um talher menos brilhante. Mesmo assim, eu tive inveja dela. Ela já havia sido transformada, e já não tinha que tomar decisões.

Acabei as passas, fechei o livro, limpei no short as minhas mãos pegajosas. Era hora de prosseguir no tricô. Às vezes eu me esquecia de lavar as mãos e deixava na lã branca nódoas castanhas de passas, mas isso tinha remédio. O que a sra. Splint sempre usava era sabão Ivory; é bom saber essas coisas. Primeiro eu desci ao jardim e quebrei um galho de ervilha e um punhado de flores vermelhas do feijão-da-espanha para o centro de mesa, cujo arranjo era agora uma tarefa minha. Mas o encanto de meu centro de mesa não apagaria a vulgaridade de nossos guardanapos de papel: mamãe insistia em usá-los pelo menos duas vezes para evitar desperdício, e escrevia neles os nossos nomes, a lápis. Não era difícil imaginar o que a sra. Splint pensaria de uma prática tão desmazelada.

Por quanto tempo aquilo tudo prosseguiu? Uma eternidade, era o que parecia, porém talvez de fato fosse apenas uma semana ou duas. A seu tempo, o meu pai regressou, algumas folhas de bordo passaram a cor de laranja e depois algumas mais; na iminência da migração do outono os mergulhões se agruparam, e à noite lançavam seu chamado. Não tardou que nós voltássemos à cidade, e então eu pude retomar a rotina da escola.

Tinha terminado o enxoval, tudo menos uma meia, que era encargo de mamãe – será que o bebê teria pé de cisne? –, e eu o embrulhei em papel de seda branco e o guardei numa gaveta. Além de um pouco torto, estava imperfeitamente limpo – restavam nódoas de passas –, mas nada disso aparecia com o enxoval dobrado.

Minha irmãzinha nasceu em outubro, umas duas semanas antes de eu fazer doze anos. Tinha todos os dedos e todos os artelhos. Passei a fita cor-de-rosa nos ilhoses do enxoval e prendi as rosetas do gorro, e a bebê saiu do hospital e chegou em casa da forma devida e com o devido estilo. As amigas de mamãe vieram de visita e admiraram meu trabalho artesanal, ou pelo menos foi o que pareceu. "Você fez tudo isso?", perguntavam. "Quase tudo", respondia, modesta. Não mencionei que minha mãe não tinha terminado o pedacinho de que se havia encarregado.

Minha mãe disse que não tinha mexido um dedo, eu é que havia atacado o tricô como uma formiguinha. "Que ótimo trabalhinho", diziam as amigas; mas eu fiquei com a impressão de que achavam era engraçado.

A bebê era mimosa, porém não tardou a ficar grande para meu enxoval. Mas não dormia. Bastava deitá-la para ela despertar e chorar: as nuvens de ansiedade que a cercavam antes de nascer pareciam ter penetrado em seu corpo, e ela acordava seis ou sete, ou oito ou nove vezes por noite, chorando penosamente. E isso não melhorou dentro de uns meses, como prometia *Meu filho, meu tesouro*, do dr. Benjamin Spock. Ao contrário: piorou.

Depois de engordar demais, a minha mãe emagreceu demais. Estava emaciada por falta de sono, o cabelo opaco, os olhos magoados, os ombros encurvados. Eu fazia meu dever de casa deitada de costas e com os pés no berço da bebê, balançando e tornando a balançar para que mamãe pudesse ter algum descanso. Ou voltava da escola e trocava a bebê e a enrolava, e saía com ela no carrinho, ou então ficava andando para lá e para cá, apertando seu tépido, aromático, coleante corpinho de flanela contra meu ombro com uma mão e levantando um livro com a outra, ou então a levava até meu quarto e a embalava nos braços e cantava para ela. Cantar era particularmente eficaz. "Oh, minha querida Nellie Gray, levaram de mim você, nunca mais eu vou te ver", cantava eu. Ou então a Canção de Natal de Coventry do coro júnior:

*O Rei Herodes, tomado de ira,
Proclama a ordem nesse mesmo dia,
Para que seus homens, à sua vista,
Matem todas as crianças pequenas.*

A canção era melancólica, mas fazia a bebê adormecer de imediato. Quando eu não estava ocupada com essas coisas, tinha de limpar o banheiro ou lavar pratos. Minha irmã fez um ano, eu fiz treze; agora estava na escola secundária. Ela fez dois, eu fiz catorze. Minhas colegas de escola – algumas já contavam quinze anos – voltavam para casa devagar, conversando com os garotos. Algumas iam ao cinema, onde arranjavam garotos de outras escolas; outras faziam a mesma coisa em rinques de patinação. Trocavam opiniões sobre o garoto que era massa e o que era chato, iam em pares a drive-ins com seus novos namorados e comiam pipoca e rolavam no assento traseiro de carros, provavam vestidos sem alça, iam a bailes onde, impregnadas de música eletrizante e banhadas na luz azul de ginásios escurecidos, arrastavam os pés amassadas contra seus pares e beijavam no sofá da sala com a TV ligada.

Eu escutava todas essas descrições na hora do almoço, mas não conseguia aderir. Evitava os garotos que me procuravam: de algum modo eu tinha de me afastar, de ir para casa e cuidar da bebê, que ainda não dormia. Minha mãe se arrastava pela casa como se estivesse doente, ou faminta. Tinha consultado o médico sobre a insônia da bebê, mas sem resultado. Ele se limitara a comentar: "Então a senhora tem um *desses*."

Depois de ficar preocupada, fiquei irritadiça. Escapava da mesa de jantar toda noite assim que podia, trancava-me no quarto, e respondia às perguntas de meus pais com uma má vontade monossilábica. Quando não estava a fazer dever de casa ou outras tarefas de rotina, ou cuidando da bebê, ficava na cama, com a cabeça pendurada para fora, segurando um espelho para ver como eu era quando vista de cabeça para baixo.

Uma noite eu estava em pé atrás de minha mãe. Devia ter estado a esperar que ela saísse do banheiro para experimentar alguma coisa, provavelmente outro xampu. Ela estava curvada sobre o cesto, tirando a roupa suja. A bebê começou a chorar. "Você vai pô-la para dormir?", pediu, como tinha feito tantas vezes. Normalmente, eu ia, acalmava, cantava, embalava.

– Por que eu? – respondi. – Ela não é *minha* filha. Não fui eu que tive. Foi você. – Eu nunca tinha dito a ela uma coisa tão grosseira. Antes de acabar, já sabia que havia passado da conta, embora só tivesse dito a verdade, ou parte da verdade.

Minha mãe se endireitou e deu uma volta, em um só movimento, e me bateu no rosto. Ela nunca tinha feito isso, nem nada nem de longe parecido. Eu não disse nada. Ela não disse nada. Cada uma estava chocada consigo mesma, e também com a outra.

Eu devia ficar magoada, e fiquei. Mas me senti também livre, como se liberta de um feitiço. Já não estava obrigada a prestar serviço. Por fora, ainda seria prestativa – eu não podia mudar isso em mim. Mas agora outra vida, mais secreta, abria-se diante de mim, desenrolando-se como um tecido escuro. Dentro em breve também eu iria aos cinemas drive-in, também eu ia comer pipoca. Em espírito, eu já estava correndo – para os cinemas, para os rinques de patinação, para os eletrizantes bailes iluminados em azul, e para todo tipo de outros prazeres sedutores e vistosos e assustadores que mal começava a imaginar.

# O CAVALEIRO SEM CABEÇA

No Halloween daquele ano – o ano em que a minha irmã tinha dois anos –, eu me fantasiei de Cavaleiro sem Cabeça. Antes só tinha sido fantasma ou senhora gorda, tudo fácil: bastava um lençol e muito talco, ou um vestido e um chapéu e um pouco de enchimento. Mas aquele seria o último ano em que poderia me fantasiar, ou pelo menos era o que eu acreditava. Estava já ficando muito velha para isso – quase ao fim de meu décimo terceiro ano de vida –, de modo que senti o impulso de fazer um esforço especial.

O Halloween era meu feriado predileto. Por que eu gostava tanto? Talvez porque então podia tirar folga de mim mesma, ou da personificação de mim que achava cada vez mais conveniente – mas também cada vez mais opressivo – desempenhar em público.

Tirei a ideia do Cavaleiro sem Cabeça de uma história que tinha lido na escola. Na história o Cavaleiro sem Cabeça era uma lenda pavorosa e também uma piada, e era esse o efeito que eu visava. Achei que todo o mundo estaria familiarizado com essa figura: se havia uma coisa que eu tinha estudado na escola, eu pressupunha, eram conhecimentos gerais. Ainda não havia descoberto que vivia numa espécie de balão transparente, vogando à deriva acima do mundo e sem fazer muito contato com ele, e que as pessoas que eu conhecia apareciam a meus olhos de um ângulo diverso do ângulo de que apareciam para si mesmas; e que o contrário era igualmente verdadeiro. Lá no alto, em meu balão, eu era menor para os outros do que para mim mesma. E também mais indistinta.

Eu tinha uma imagem da aparência que o Cavaleiro sem Cabeça deveria ter. Diziam que ele cavalgava à noite sem nada em cima dos ombros exceto o pescoço, e com a cabeça segura em um braço, fitando o horrorizado espectador com um olhar medonho. Fiz a cabeça com papel machê, usando tiras de jornal e cola de farinha de trigo que eu mesma preparei pela receita do Livro dos Passatempos para Dias de Chuva. Num momento anterior da vida — muito tempo atrás, há pelo menos dois anos —, eu desejara sofregamente fazer todas as coisas que o livro propunha: animais de desentupidor de cano torcido, botes de cortiça que giravam zunindo quando se derramava óleo de cozinha por um orifício no meio, e um trator montado com um carretel vazio, dois palitos de fósforo e um elástico; mas por algum motivo nunca achei em casa o material adequado. Fazer cola, porém, era simples: bastava juntar farinha e água. Depois você fervia a mistura a fogo lento e mexia até ficar translúcida. E não fazia mal se embolotasse, depois você podia tirar os caroços. A cola ficava muito dura quando secava, e no momento seguinte eu percebi que devia ter enchido a panela d'água depois de usá-la. Mamãe sempre dizia: "O bom cozinheiro lava sua própria louça." Mas fazer cola, refleti, não era realmente cozinhar.

A cabeça ficou muito quadrada. Apertei no cocuruto para ficar mais com forma de cabeça e depois deixei secar junto à caldeira. A secagem demorou mais do que eu tinha planejado, e no processo o nariz encolheu e a cabeça começou a cheirar esquisito. Vi que devia ter caprichado mais no queixo, mas era tarde para fazer mais alguma coisa. Quando a cabeça ficou seca, ao menos por fora, eu a pintei com uma cor que esperei fosse de carne – um rosa aguado de robe – e depois pintei dois globos oculares muito brancos com pupilas negras na tinta branca molhada. Acrescentei olheiras escuras e sobrancelhas negras, e cabelo de esmalte negro que parecia alisado a brilhantina. Pintei uma boca vermelha com um fio de sangue de esmalte vermelho brilhante escorrendo de um canto. Tive o cuidado de pôr um coto de pescoço na parte de baixo da cabeça e o pintei de vermelho – no ponto onde a cabeça havia sido cortada –, com um círculo branco no centro da parte inferior, para indicar o osso do pescoço. Sobre o corpo do cavaleiro eu tive que pensar mais. Fiz uma capa com um pedaço de tecido preto que tinha sobrado de um teatro de bonecos meu que já estava obsoleto, franzindo no pescoço – para prender no meu cocuruto –, costurando botões ao longo da frente e abrindo dois buracos discretos à altura dos olhos para eu poder enxergar. Peguei emprestados os calções e as botas de montar de minha mãe, reminiscências de seu tempo de solteira – ela não montava desde o dia do casamento, costumava dizer como quem se lamenta ou se orgulha. Provavelmente as duas coisas. Mas eu não dei muita atenção ao tom de voz de minha mãe naquela ocasião. Tinha de fazer ouvidos moucos para acelerar ao máximo o que eu estava fazendo.

As botas eram grandes demais, o que eu compensei com meias de hóquei. Prendi os calções com alfinetes de segurança em torno da cintura para não caírem. Peguei umas luvas de inverno pretas e improvisei um chicote com uma vareta e uma tira de couro, donativos que eu consegui na caixa de material de arco e flecha. O arco e flecha tinha sido predileção de meu pai, e depois de meu irmão; mas o meu pai o havia abandonado, e agora que meu irmão tinha tanta coisa para estudar a caixa estava largada no quarto de despejo, no porão.

Provei o traje todo em frente ao espelho, com a cabeça na curva do braço. Eu mal podia ver pelos buracos abertos para os olhos, mas gostei daquela forma escura que espreitava do espelho, com dois sinistros globos oculares a fitar ameaçadoramente de um ponto perto do cotovelo.

Na noite de Halloween eu tenteei o meu caminho para sair de casa e me encontrar com minha melhor amiga no momento, cujo nome era Annie. Annie tinha um traje completo de Raggedy Ann, com peruca, tranças vermelhas de lã e tudo. Tínhamos levado lanternas, mas Annie teve de me pegar pelo braço e me guiar nos trechos mais escuros da noite, que eram numerosos no subúrbio mal iluminado que estávamos atravessando. Eu devia ter feito os buracos dos olhos maiores.

Fomos de porta em porta, gritando: "Gostosura ou travessura?", e ganhando bolas de pipoca e maçãs do amor e ramos de alcaçuz e balas de Halloween embrulhadas em papel de cera laranja e preto com desenhos de abóboras e morcegos, de que eu gostava particularmente. Eu adorava a sensação de rondar furtivamente cá fora na escuridão – de não ser vista nem conhecida, de ser potencialmente apavorante, embora conservando o tempo todo, por trás dessa aparência, a minha personalidade inofensiva, insossa e obediente.

Acho que a lua estava cheia; devia estar. O ar era seco e friozinho; havia folhas caídas; nos pórticos brilhavam cabeças de abóbora, que soltavam um cheiro estimulante de coisa chamuscada. Tudo estava como eu havia imaginado, embora eu sentisse que tudo já me escapava. Eu era velha demais, eis o problema. O Halloween era coisa de criança. Eu tinha deixado a infância para trás, estava olhando para baixo lá do meu balão. E agora que chegara ao momento para o qual havia feito planos, era incapaz de me lembrar por que tinha me dado todo aquele trabalho.

Estava decepcionada igualmente com a reação dos adultos que abriam a porta. Todo o mundo sabia qual era a personagem que Annie representava – "Raggedy Annie!", exclamavam deleitados –, mas para mim diziam: "E seu disfarce é de quê?" Minha capa abafava minha voz, de modo que muitas vezes eu tinha de repetir a resposta duas vezes: "De Cavaleiro sem Cabeça." "Cavaleiro o quê?" E prosseguiam: "Que é isso que você está segurando?" "É a cabeça. A cabeça do Cavaleiro sem Cabeça." "Ah, sim. Entendi." E então a cabeça vinha a ser admirada, mas da forma exagerada como os adultos admiram uma coisa que no fundo acham incompetente e ridícula. Não me ocorreu então que, se eu quisesse ver minha fantasia entendida imediatamente, devia ter escolhido alguma coisa mais óbvia.

Contudo, havia na audiência alguém que ficou devidamente impressionada. Foi minha irmãzinha, que ainda não havia ido para a cama quando eu atravessei a sala a caminho da porta. Tendo relanceado os olhos para o negro tronco trôpego e para as grandes botas e a carrancuda cabeça de cabelo brilhantinado, ela começou a gritar. Gritou, gritou, e só se acalmou quando eu levantei a capa e mostrei que debaixo só tinha eu. Para mim, isto só fez piorar as coisas.

– Você se lembra da cabeça? – pergunto a minha irmã. Estávamos em seu barulhento carro indo ver a minha mãe, que agora está velha, e acamada, e cega.

Minha irmã não pergunta: "Que cabeça?" Ela sabe. "Parecia uma cabeça de cafetão, com aquele cabelo sebento." E depois: "Boa manobra, Fred." Ao dirigir ela fala em voz alta com os outros motoristas, que são inferiores, e faz isso com desembaraço. Todos os outros se chamam Fred, inclusive as mulheres.

— Como você conhece a aparência de um cafetão?
— Você sabe o que eu quero dizer.
— Um cafetão morto, então — eu digo.
— Não completamente. Os olhos seguiam você pela sala, como aqueles cristos em 3-D.
— Não podiam. Eram como que cruzados.
— Mas seguiam. Eu tinha medo.
— Depois você brincava com ela — lembrei. — Quando ficou mais velha. Fazia-a falar.
— Mesmo assim, eu tinha medo — insiste ela. — Isso mesmo, Fred, tome a pista toda.
— Talvez eu tenha distorcido você quando era criança — eu digo.
— Alguma coisa me distorceu — responde ela, e ri.

Por algum tempo, após aquele Halloween, a cabeça morou no quarto de despejo, onde havia não só dois baús de navio cheios de coisas da vida anterior de minha mãe — panos de chá que ela tinha bordado para o enxoval, luvas de criança que tinha guardado —, mas também várias malas vazias e a caixa de metal do equipamento de atar moscas de pesca e o material de arco e flecha, além de uma miscelânea de artigos que eu esquadrinhava e afanava. A cabeça ficava numa prateleira alta, onde estavam os surrados patins e as botas de couro — do meu pai, e também da minha mãe. Pé, pé, pé, pé, cabeça, pé, pé, pé — se você não estivesse pronto para essas arrumações e olhasse para cima por acaso, o efeito podia ser desconcertante.

Àquela altura tínhamos um segundo telefone em casa, de modo que eu podia falar com meus namorados, ou praticar o que passava por conversação, sem exasperar meu pai além da conta – ele achava que as conversações telefônicas deviam ser curtas e transmitir informações. A porta do quarto de despejo ficava bem ao lado do telefone. Antes de falar eu fechava aquela porta, do contrário veria a cabeça me encarando através do sangue que escorria melancolicamente do canto da boca. Com seu cabelo preto lustroso e queixo mínimo, lembrava um chefe de garçons de história em quadrinhos que tivesse entrado numa briga. Ao mesmo tempo, parecia prestar uma atenção maligna, como se absorvesse cada palavra que eu dizia e lhe atribuísse uma azeda interpretação de meus motivos.

Após o seu retiro no quarto de despejo, a cabeça mudou-se para a caixa das fantasias de minha irmã. A essa altura eu tinha quinze anos e minha irmã quatro. Ainda era uma criança ansiosa – aliás, estava mais ansiosa do que nunca. Não dormia a noite toda – acordava cinco ou seis ou sete ou nove ou dez ou onze vezes, segundo minha mãe. Embora meu quarto ficasse ao lado do dela, nunca ouvia seus lamentosos chamados nem o seu choro assustador. Eu dormia no meio disso como se estivesse drogada.

Mas as mães adormecidas ouvem o choro dos filhos, era o que nos diziam. Não podem evitá-lo. Há estudos sobre isso. Minha mãe não fugia à regra: ouvia a vozinha que a chamava no vazio do sono e, semiadormecida, entrava tropeçando no quarto de minha irmã, acalmava-a mecanicamente, trazia-lhe água, aconchegava-a de novo nos lençóis e voltava para a cama e mergulhava no sono, só para ser acordada uma vez mais, e mais uma, e mais outra. Nos quatro últimos anos ela tinha emagrecido mais e mais, sua pele estava pálida, o cabelo quebradiço e grisalho, os olhos estranhamente grandes.

Na verdade, ela havia apanhado uma doença da tiroide com o hamster de estimação que nós tínhamos impingido a minha irmã na vã esperança de que o ranger de sua roda de exercício a girar e girar teria sobre ela um efeito calmante. Era essa doença que explicava o corpo descarnado de mamãe e seu olhar parado: uma vez diagnosticada, curou-se facilmente. Esse detalhe, porém, tendia a ficar em segundo plano quando mais tarde a história era contada, fosse por ela fosse por mim. A fadinha, a criança deficiente deixada pelas fadas em lugar da que fora roubada, que não seguia o padrão conveniente das outras crianças, sugava a energia da mãe com uma estranha e noturna atividade – este é um tema pejado de interesse próprio, muito mais que uma doença da tiroide transmitida por hamsters.

A minha irmã lembrava um pouco as crianças deixadas pelas fadas. Era miúda, tinha tranças louras e grandes olhos azuis, e um jeito de coelho quando mordiscava o lábio inferior, como que para impedir que tremesse. Sua abordagem da vida era provisória. Comida nova a enervava, assim como gente nova, experiências novas: ficava rondando, esticava o dedo, tocava com cautela e, o mais das vezes, as repelia. Aprendeu cedo a palavra *não*. Nas festas infantis relutava em entrar na brincadeira, os bolos de aniversário a faziam vomitar. Vivia particularmente apreensiva em relação às portas e a quem pudesse chegar por elas.

De modo que provavelmente foi uma má ideia a do meu pai fingir de urso, brincadeira que tivera muito sucesso com os dois filhos maiores. Minha irmã também ficou fascinada, mas seu interesse assumiu uma forma diferente. Não entendeu que era uma brincadeira feita para se divertir – um pretexto para rir, soltar gritos estridentes e fugir. Em vez disso, ela quis observar o urso sem ser vista. Foi por isso que ela abriu dois buracos à altura dos olhos na cortina de minha mãe, que iam do teto ao chão. Ela se escondia atrás da cortina e espiava pelos buracos, esperando num estado de terror paralisante que meu pai chegasse em casa. Ele seria um urso ou um pai? E mesmo que parecesse um pai, será que viraria urso sem aviso? Ela nunca tinha certeza.

Minha mãe não achou graça ao descobrir os buracos abertos na cortina. Era uma cortina forrada, e ela mesma tinha feito as pregas e a bainha, não porque gostasse de costura, mas porque assim ficava bem mais barato. Com uma filha dessas, castigo não era o caso: de qualquer modo a pobrezinha já vivia em estado de constante sofrimento, por um motivo ou por outro. Suas reações eram sempre exageradas para a situação. Que fazer? Que fazer, em especial, para ela parar de acordar à noite? Decerto aquilo não era normal. Minha irmã foi carregada para o médico, que não deu solução. "Isso vai passar quando ela crescer", foi só o que ele disse. E não disse quando.

Devido à sua sensibilidade, ou talvez por minha mãe estar tão esgotada, minha irmã fazia impunemente coisas que a mim jamais permitiriam, ou pelo menos era isto que eu sentia. Passava a maioria das refeições debaixo da mesa, em vez de se sentar na cadeira trazida para ela, e lá embaixo amarrava uns nos outros os cordões dos sapatos das pessoas.

— Você se lembra dos laços dos sapatos? — pergunto. — Nunca soubemos exatamente por que você fazia aquilo.
— Eu odiava me sentar na mesa do jantar — explica ela. — Para mim era tão chato. Eu não tinha um irmão e uma irmã de verdade. Era mais como um filho único, só que com duas mães e dois pais. Dois mais dois, depois eu.
— Mas por que amarrar os cordões dos sapatos?
— Quem sabe? Talvez fosse uma piada.
— Você não era muito chegada a piadas quando tinha aquela idade.

— Eu queria que vocês dois gostassem de mim. Queria ser divertida.
— Você é divertida! E nós gostamos de você!
— Eu sei, mas estou falando daquele tempo. Você não me dava muita atenção. Só falava de coisas de gente grande.
— Isso não é justo — protesto. — Eu ficava muito com você.
— Tinha de ficar. Faziam você ficar comigo.
— Eles tinham essa impressão de que eu era boa com você. É o que diziam: "Você é sempre tão boa com ela!"
— Olhe por onde vai, Fred, debiloide! — diz minha irmã. — Você viu isso? Ninguém dá sinal. É, bem, eles se safaram.
— Eu fiz aqueles jardins de musgo para você — disse eu, na defensiva. Tinham sido algo especial para ela: construí numa caixa de areia, usando musgo para fazer as árvores e arbustos, cercas de pau a pique com fósforos, casas de areia decoradas com seixos. Veredas pavimentadas com pétalas de flores. Ela olhava, extasiada: seu rosto se iluminava, e ela ficava muito quieta, como escutando. O jardim de verdade também lhe causava este efeito. E na época estava no apogeu. Ela se punha de pé entre as íris e as papoulas, em êxtase, como que enfeitiçada.
— Jardins de musgo — repito. — E jardins com conchinhas; você adorava, e também fui eu que fiz.
— Mas não à mesa do jantar — diz ela. — Tudo bem, o sinal está verde, pode ir! E depois do jantar você se trancava no quarto e me deixava do lado de fora.
— Eu tinha de estudar. Não podia ficar brincando com você o tempo todo.
— Você não queria era que eu ficasse mexendo nas suas coisas. E, aliás, você não estudava o tempo todo. Ficava lendo livros de Perry Mason e experimentando batom. E depois saía, quando eu tinha oito anos. Abandonava-me.

— Nove — corrigi. — E eu não *abandonava* você. Eu tinha vinte e um! Saí de casa e arranjei um emprego. É o que todo o mundo faz.
— É proibido virar à esquerda até seis horas, Fred, nojento! Eu queria estar com uma câmera. O problema — continua minha irmã — é que eu não conseguia entender quem *seria* você.

Minha irmã tinha uma amiga muito parecida com ela — outra criança de conto de fadas, quieta, tímida, ansiosa e de olhos grandes, morena enquanto minha irmã era loura, mas com a mesma fragilidade de porcelana. O nome dela era Leonie. As duas insistiam em usar saias de babados em vez de jeans, e a história favorita de ambas era *As doze princesas bailarinas*. Ansiavam para serem vestidas vistosamente por mim com trajes improvisados da caixa das fantasias: eu lhes prendia o cabelo, passava batom e as deixava usar meus brincos de pressão. E depois elas se pavoneavam solenemente nos meus sapatos de salto alto, levantando as saias compridas demais e mantendo rígidas as bocas vermelhas.
— Você se lembra do veludo cortado? — diz a minha irmã. Estávamos de novo em seu carro, indo ver outra vez nossa mãe. Preferimos fazer isso juntas. A casa em decadência, com a pintura descascando, o mato emaranhado onde existira o jardim, nossa mãe encarquilhada — juntas lidamos com isto melhor. Trazemos ambas úmidos muffins de passas em sacos de papel e café para viagem em reles copos de poliestireno: compramos para nós mesmas lanches e propinas, precisamos nos amparar.
— Ela nunca devia ter-nos deixado ficar com aquilo — digo eu. — Devia ter guardado.

O "veludo cortado" era um vestido de noite preto, branco e prata, que datava da década de 1930. Por que nossa mãe o dera a nós? Por que havia descartado um tesouro semelhante, como se estivesse abdicando de sua vida anterior – sua vida de jovem que se divertia e tinha aventuras? Nós duas, cada uma por sua vez, havíamos admirado esse vestido; no curso de nossa admiração, nós duas o havíamos arruinado.

– *Nós* não teríamos feito uma coisa dessas – digo eu. – Desperdiçar um vestido daqueles.

– Não. Não teríamos. Teríamos sido egoístas. É só jogar o lixo no banco de trás. Eu sempre espalho lixo aí, para desestimular os ladrões.

– Eu não chamaria isso propriamente de egoísmo – respondo.

– Não é que alguém queira roubar essa banheira enferrujada. Então vamos chamar de entesouramento. Vamos acabar como aquelas damas velhas que são descobertas em casas atulhadas de pilhas de jornais e potes de picles e latas de comida de gato.

– Eu, não. Não tenho o menor interesse em comida de gato.

– A velhice é o fim – diz minha irmã. – Eu guardei um pedaço.

– Guardou?

– E aquela saia sua com rosas vermelhas grandes. Guardei um pedaço. E uma parte de seu vestido de brocado azul. Eu achava tão glamouroso! Achava glamouroso tudo que você fazia. Fred, babaca! Você viu como ele me fechou?

– E o de tule rosa?

– Acho que mamãe transformou em panos de limpeza.

– Não se perdeu grande coisa – opino eu. – Parecia um bolo.

– Eu achava magnífico; ia ter um igualzinho quando crescesse. Mas quando passei para a escola secundária ninguém mais ia a bailes formais.

Minha irmã e Leonie se divertiam juntas com brincadeiras corretas em que a vida era aprazível e as pessoas amáveis e meticulosas, e o tempo dividia-se em rotinas previsíveis. Adoravam miniaturas: minúsculos vasos de vidro com florzinhas, minúsculas xicrinhas e colheres, caixinhas miúdas – qualquer coisa que fosse pequena e graciosa. Os chás com coelhinhos de pelúcia e as roupinhas de boneca as absorviam. Assim, nada mais estranho do que elas acharem o Cavaleiro sem Cabeça no quarto de despejo, o descerem da prateleira das botas e o adotarem.

Lá ele ficou, os olhos cruzados, a boca a gotejar sangue, arrumado em seu lugar entre o coelho branco de orelhas caídas e a boneca Sparkle Plenty de pele de borracha, que tinha levado uma vida bem mais arriscada e indecorosa no tempo em que era minha. Lá a cabeça estava deslocada, mas tinha conforto: fazia-se tudo para que se sentisse em casa. Enrolavam um guardanapo em torno de seu pescoço decepado e serviam-lhe xícaras de chá de água e biscoitos imaginários, como se tivesse um corpo. Melhor ainda, a cabeça respondia quando lhe falavam – dizia: "Muito obrigada" e "Dê-me outro biscoito, por favor", e respondia ao coelho branco e a Sparkle Plenty quando lhe perguntavam se estava se divertindo. Às vezes faziam a cabeça inclinar-se para dizer que sim. Quando a festa se tornava muito cansativa para ela, era levada para dormir na cama das bonecas, coberta por um cobertor de crochê até o queixo recuado.

Uma vez eu dei com ela apoiada no travesseiro de minha irmã, o pescoço enrolado em um dos melhores panos de prato de linho de minha mãe. Em volta estavam dispostas migalhas de biscoitos em pratos de boneca, misturados com frutinhas da cerca viva, como oferendas a um ídolo. Tinha em cima uma guirlanda tecida com folhas de cenoura e cravos-de-defunto que minha irmã e Leonie haviam colhido no jardim. As flores estavam murchas, a guirlanda torta; o efeito era espantosamente depravado, como se um debochado imperador romano tivesse chegado e amputado o próprio corpo na câmara de uma donzela, num derradeiro frêmito sexual.

— Por que vocês gostam tanto dela? — perguntei a minha irmã e a Leonie. Eu ainda tinha certo interesse na cabeça: afinal, era criatura minha, embora fosse tão jovem, era o que me parecia, quando a fiz. Olhava para ela de um modo crítico: a coisa não era mesmo convincente. O nariz e o queixo eram pequenos demais, o crânio muito quadrado, o cabelo excessivamente negro. Eu devia ter feito uma coisa melhor.

Elas me fitaram desconfiadas.

— Nós não *gostamos* dela — disse minha irmã.

— Estamos cuidando dela — explicou Leonie.

— Ela é doente — acrescentou minha irmã. — Nós somos as enfermeiras.

— Estamos fazendo ela se sentir melhor — completou Leonie.

— Ela tem nome? — perguntei.

As duas meninas se entreolharam.

— O nome dela é Bertha.

Achei aquilo engraçado. Tentei conter o riso: minha irmã ficava ofendida quando eu ria de qualquer coisa que tivesse a ver com ela.

— Bertha, a Cabeça? O nome dela é este?

— Você não pode fazer troça dela — protestou minha irmã num tom magoado.

— Por que não?

— Porque ela não tem culpa.

— O que não é culpa dela?

— Ela não ter, não ter...

— Não ter corpo? — atalhei.

– É – confirmou minha irmã com a voz embargada. – Ela não tem culpa! Ela é assim, pronto! – A essa altura, as lágrimas já lhe corriam pelo rosto.

Leonie olhou para mim indignada; apanhou a cabeça e a abraçou.

– Você não devia ser tão mesquinha.

– Eu sei – respondi. – Você tem razão. Eu não devia ser tão mesquinha. – Mas eu precisava entrar no meu quarto e fechar a porta, porque tinha de rir ou sufocar.

E, no entanto, em outras ocasiões as duas exigiam de mim mesquinharias. Atormentavam-me sem descanso porque queriam que eu jogasse um jogo chamado Monstro. Eu seria o monstro – rondando a casa e o pátio, pernas e braços duros como os de um zumbi, chamando numa voz apática: "Onde *está* você? Onde *está* você?", enquanto elas fugiam de mim de mãos dadas, e se escondiam atrás dos arbustos ou da mobília, trêmulas de medo. Quando eu chegava da escola elas estavam esperando; levantavam para mim as delicadas carinhas com olhos violeta e suplicavam: "Faça o monstro! Faça o monstro!" Era insaciável o seu apetite por minha monstruosidade; enquanto as duas estivessem juntas, de mãos dadas, poderiam aguentar, poderiam escapar, me desafiar.

Às vezes minha irmã estava só quando eu chegava em casa. E quando eu digo "só" quero dizer sem Leonie, porque naturalmente a minha mãe estava lá. Não por muito tempo, todavia: ela se metia na brecha proporcionada por minha presença e disparava para a rua, rumo à mercearia ou a outro destino igualmente espúrio, deixando-me como babá improvisada. O que ela de fato precisava era estar em plena estrada; precisava de velocidade e de exercício, e de seus próprios pensamentos. Queria estar livre

de nós – todos nós – nem que fosse durante uma hora. Mas isto eu não entendi na época.
— Tudo bem – eu respondia. – Eu tenho de fazer os meus deveres. Você pode brincar ali. Por que não faz um chá com as bonecas?

Mal, porém, eu me instalava com meus livros e minha irmã recomeçava.
— Faça o monstro! Faça o monstro!
— Não acho uma boa ideia. Leonie não está aqui. Você vai chorar.
— Não, não vou.
— Vai, sim. Você sempre chora.
— Desta vez, não. Por favor! Por favor!
— Tudo bem – eu cedia, mesmo sabendo como a coisa ia acabar. – Vou contar até dez. Aí eu venho pegar você.

Eu já dizia isso com minha voz neutra de monstro. Quando eu chegava a dez, minha irmã já tinha se fechado no armário da entrada onde estavam os casacos de inverno e o aspirador de pó, e dizia numa voz abafada:
— A brincadeira acabou! A brincadeira acabou!
— Tudo bem – dizia eu num tom razoável, mas ainda estranho. – Acabou a brincadeira. Agora você pode sair.
— Não! Você ainda é o monstro!
— Não sou monstro. Sou sua irmã. Pode sair, não tem perigo.
— Pare! Pare! Pare a brincadeira!
— Parar o quê? Não tem mais brincadeira.
— Pare! Pare!

Eu não devia ter feito aquilo. Uma irmã fingindo de monstro ou um monstro fingindo de irmã? Era mistério demais para ela decifrar. As crianças pequenas têm dificuldade para ver fronteiras imprecisas, e minha irmã mais dificuldade que a maioria. Enquanto eu lhe falava com minha voz dúplice, já sabia perfeitamente qual seria o resultado: soluços e histeria, e depois, muitas horas depois, pesadelos. No meio da noite, gritos de terror viriam do quarto de minha irmã; minha mãe seria arrastada da inconsciência, içando-se penosamente da cama, arrastando os pés para cruzar o corredor e acalmar e apaziguar, enquanto eu dormia o tempo todo, fora de combate como uma lesma afogada em cerveja, fugindo às consequências de meus crimes.

– Que foi que você fez com ela? – perguntava minha mãe ao voltar de sua excursão. Minha irmã ainda estaria no armário dos casacos, chorando, com medo de sair. Eu estaria à mesa da sala de jantar, fazendo placidamente meu dever de casa.

– Nada. Brincamos de monstro. Ela quis.

– Você sabe como ela é impressionável.

Eu encolhia os ombros e sorria. Era difícil me culpar por fazer o que ela pedia.

Por que eu me portava assim? Minha desculpa – até para mim mesma, em certo nível – era que eu só estava cedendo a um pedido urgente de minha irmãzinha. Fazendo a vontade dela. Sendo indulgente. Hoje, o que mais me desperta o interesse é a razão por que a minha irmã insistia em tal pedido. Acaso ela acreditava que acabaria capaz de enfrentar meu lado monstro, de lidar com ele em seus próprios termos? Acaso esperava que eu acabasse – afinal – me transformando, na hora certa, naquela que eu realmente deveria ser?

– Por que você gostava de brincar de monstro? – pergunto a ela.

– Não sei – ela responde. – Vá pro inferno, Fred, o sinal estava fechado. Você quer almoçar antes de ir à mamãe ou depois?

– Almoçando antes nós vamos ficar tristes depois, sem a perspectiva de uma coisa boa. Por outro lado, já estou faminta.

— Eu também. Vamos para o Satay on the Road.
— Ou para o Small Talk. A sopa é boa.
— Sopa eu faço em casa, e muita. Preciso é daquele molho de amendoim. E se eu pintar o meu cabelo de vermelho? Está ficando bem grisalho.
— Seu cabelo está bem — digo eu. — Distinto.
— E se eu pintar de vermelho?
— Por que não? — respondo. — Se é o que você quer... Eu nunca me entenderia com o vermelho, mas você se entende.
— É estranho, porque nós duas temos um amarelo/laranja, segundo as tabelas de cores.
— Sei. Você também pode usar verde-limão. Em mim me torna pálida. Você fazia campanha por aquela brincadeira de monstro, se fechava no armário da entrada assim que a brincadeira começava.
— Eu me lembro. Lembro-me daquela sensação de terror absoluto. Lã quente, cheiro de aspirador de pó, terror.
— E você continuava querendo. Achava que podia ter outro desfecho?
— É como dizer: "Amanhã de manhã eu vou me levantar cedo e fazer exercício." E quando chega a hora você não consegue.
— Mamãe achava que era culpa dela — digo eu.
— O quê? Eu me esconder no armário dos casacos?
— Ah... e outras coisas. A coisa toda. Você se lembra quando passou pela fase da honestidade absoluta?
— E eu saí?
— Bem... não. Eu mesma nunca aderi; preferia mentir.
— Ora, você nunca mentiu muito.
Deste comentário eu me esquivo.
— Seja lá como for, você estava pelo meio da escola secundária quando realmente mergulhou na honestidade. Ia falar com

mamãe e papai sobre drogas, sobre gazeta e adolescentes como você fazendo sexo, porque achava que os dois viviam uma vida protegida e eram reprimidos demais.

— Viviam e eram — diz ela. — E de fato eu contei umas coisas a eles. Falei sobre viagem de LSD.

— E o que foi que eles disseram?

— Papai fingiu que não estava ouvindo. Mamãe perguntou: "Que tal foi?"

— Eu não sabia que você tinha tomado LSD.

— Só uma vez — diz ela. — Não foi grande coisa. Foi como uma viagem de carro realmente longa. Fiquei imaginando quando ia terminar.

— Foi o mesmo que aconteceu comigo.

Quando minha irmã estava com dezesseis anos e eu com vinte e oito, meus pais ligaram para minha casa. Isso nunca tinha acontecido: o telefonema tinha a natureza de um SOS. Eles estavam cada vez mais desesperados: minha irmã tinha acrescentado a raiva a seu elenco de emoções. Ainda chorava muito, mas agora tanto de fúria quanto de desespero. Ou mergulhava em iras compactas, silenciosas, que desciam sobre todos como um denso nevoeiro negro. Eu as testemunhava nas ceias de Natal familiares — eventos que agora tentava evitar o mais possível.

Meus pais persistiam na crença de que eu era particularmente boa para lidar com minha irmã — melhor que meu irmão, que não levava a sério os rompantes emocionais. Eles próprios decerto não lidavam bem com ela, assim me disse minha mãe. Queriam que ela fosse feliz — era tão inteligente, tinha tanto potencial —, mas era tão imatura. Simplesmente não sabiam o que fazer.

— Talvez fôssemos velhos demais para ter outro filho — dizia minha mãe. — Não entendemos essas coisas. Quando eu tinha

aquela idade, quem era infeliz guardava sua infelicidade para si mesmo.
— Ela é uma adolescente — ponderei. — São todos assim. São os hormônios.
— Você não era assim na adolescência — rebateu minha mãe, esperançosa.
— Eu era mais furtiva — disse eu. Não cheguei a dizer que ela mal podia ter ideia de como eu era, porque tinha estado numa espécie de coma a maior parte do tempo. Eu tinha feito muita coisa que ela ignorava, e não ia revelar agora. — Ela se expõe.
— Sem dúvida — concordou mamãe.

Meus pais queriam que eu fosse para casa para eles aproveitarem uma chance de ir à Europa — era algum tipo de excursão, não seria muito caro — e nunca tinham ido lá. Queriam ver castelos. Queriam ver a Escócia e a Torre Eiffel. Estavam animados como garotos. Mas tinham medo de deixar a minha irmã sozinha: ela levava tudo muito a sério, e estava atravessando uma fase ruim. ("Por causa de um garoto", contou mamãe com certo desprezo. Quando jovem, ela preferiria se deixar queimar em azeite fervente a admitir que estava numa fase ruim por causa de um rapaz. O negócio era ter muitos namorados e tratar a todos com um desdém sorridente.)

Só iam demorar duas semanas, disse o meu pai. Um pouquinho mais, disse mamãe, com uma mistura de culpa e ansiedade. Dezoito dias. Vinte, contando com a viagem.

Eu não via como negar. Eles estavam chegando à velhice, ou ao que eu via como velhice. Tinham quase sessenta anos. Talvez nunca tivessem outra chance de ver um castelo. De modo que eu disse que sim.

Era verão — um verão de Toronto, quente e úmido. Meus pais nunca tinham se incomodado com ar-condicionado ou ventiladores – o desconforto físico não significava grande coisa para eles –, de modo que a casa ia ficando cada vez mais quente à medida que o dia avançava, e não refrescava até a meia-noite. A essa altura minha irmã dormia em meu antigo quarto, de modo que eu fui parar no dela. Nossos dias entraram numa estranha rotina, ou falta de rotina. Nós nos levantávamos quando dava vontade e não tínhamos hora para ir para a cama. Comíamos pela casa, aqui e ali, e deixávamos os pratos sujos se empilharem no balcão da cozinha antes de lavá-los. Às vezes almoçávamos no porão, que era mais fresco. Líamos histórias de detetive e comprávamos revistas femininas, que folheávamos a fim de nos rearrumarmos, embora só teoricamente. Eu estava cansada demais para me dedicar a outra coisa; se não cansada, sonolenta. Adormecia no sofá Chesterfield pelo meio do dia, afundava em sonhos cavernosos e acordava tonta e ressacada pela hora do jantar. Normalmente, eu nunca fazia sesta.

Vez por outra fazíamos uma incursão ao escaldante jardim para regá-lo, segundo as meticulosas instruções que nossos pais tinham deixado – e que não seguíamos – ou para arrancar o mato mais ostensivo, a beladona, a bardana, a serralha; ou cortar de tesoura fragmentos da exuberante cerca viva, que ameaçava tomar toda a bordadura lateral. As polemoniáceas estavam em flor, e também as dálias, as zínias: as cores eram estonteantes. Fizemos um esforço para cortar a grama com a idosa máquina que estava ali desde o começo dos tempos. Ainda ficou alta demais: as lâminas emperravam em grama moída e nos trevos.

– Talvez esteja na hora de eles entrarem no século XX e comprarem uma máquina a gasolina – comentei.

– Eu acho que devíamos cortar o jardim todinho. – Foi a resposta de minha irmã. – Arrasar com ele.

— Assim ia ficar um gramado só. Mais grama para cortar. Seja como for, vamos aparar a beira.
— Por que se dar esse trabalho? É esforço demais. Eu estou com sede.
— Tudo bem. Eu também. — E entramos.

Em momentos imprevisíveis, eu ouvi muitos capítulos sobre um garoto que se chamava Dave, tocava tambor e era inatingível. Era sempre a mesma história: minha irmã amava Dave, Dave não amava minha irmã. Talvez ele a tivesse amado, ou começado a amar, porém alguma coisa acontecia. Ela não sabia o quê. A vida dela ficava arruinada. Nunca mais poderia ser feliz de novo. Ninguém a amava.

— Ele tem pinta de chato — disse eu.
— Ele não é chato! Já foi muito bom!
— Só me baseio no que você contou. Não ouvi nada sobre a parte muito boa. Seja como for, se ele não está interessado, não está.
— Você sempre com essa lógica de merda! — Minha irmã tinha dado pra xingar muito mais nova do que eu, e já era fluente nessa língua.
— Não se trata de lógica — ponderei. — O fato é que eu não sei o que devo dizer.
— Você acabou com tudo. Você acabou com tudo que era bom — acusou ela. — Não sobrou nada para mim.

Isto já era terreno minado.
— Que é que você quer dizer? — perguntei cautelosa. — Com que eu acabei, exatamente?

Minha irmã estava enxugando as lágrimas. Teve de pensar um pouco, puxar alguma coisa de seu transbordante estoque de tristezas.

— Dança. Você acabou com a dança.

— Não se pode acabar com a dança — argumentei. — Dançar é uma coisa que se *faz*. Você pode fazer o que quiser.

— Não posso, não.

— Pode, sim. Não sou eu que impeço.

— Acho que eu não devia estar neste planeta — disse ela sombria. — Que eu não devia ter nascido.

Senti como se estivesse tateando em meio a espinheiros numa noite escura a ponto de não enxergar as minhas próprias mãos. Até então, *não saber o que pensar* era um modo de dizer, mas agora exprimia uma realidade concreta. Eu via meus pensamentos se desdobrando como um novelo de linha, pensamento após pensamento aparecendo, e todos incapazes de se firmarem, quebrando-se como se estivessem podres, até que finalmente o novelo acabava, e então o quê? Quantos dias restavam para eu preencher — preencher de modo responsável — antes que os pais de verdade voltassem e assumissem as suas funções e eu pudesse escapar para minha própria vida?

Talvez eles jamais voltassem. Talvez eu tivesse de ficar aqui para sempre. Talvez nós duas tivéssemos de ficar aqui para sempre, apanhadas em nossa idade atual, jamais ficando mais velhas, enquanto o jardim crescia como uma mata e o azevinho-espinhoso inchava até a altura de uma árvore, tapando a luz que vinha das janelas.

À beira do pânico, sugeri a minha irmã empreender uma excursão. Uma aventura. Iríamos até a cidade de Kitchener num ônibus da Greyhound. Era só coisa de uma hora. Em Kitchener havia umas casas encantadoras; tiraríamos fotos com minha câmera. Naquele tempo eu andava a tirar em quantidade fotos de arquitetura — prédios do século XIX na província de Ontário. Era um interesse meu, expliquei, sem mentir muito. Por estranho que pareça, minha irmã concordou com o plano. Eu esperava que ela recusasse: muita complicação, muito esforço, por que se dar a esse trabalho?

Partimos no dia seguinte, abastecidas com laranjas e biscoitos digestivos, e rumamos para a rodoviária sem incidentes, e passamos a viagem em relativa calma. Depois, caminhamos sossegadamente por Kitchener olhando as coisas. Fotografei as casas. Compramos sanduíches. Fomos até o parque e ficamos a olhar os cisnes.

No parque, uma mulher mais velha nos perguntou:
– Vocês são gêmeas?
– Somos – respondeu minha irmã. Depois riu e consertou:
– Não. Somos apenas irmãs.
– Bem, vocês parecem gêmeas.

Tínhamos a mesma altura. O mesmo nariz. Nossas roupas eram parecidas. Não era difícil entender como a mulher tinha pensado aquilo, supondo que fosse um pouco míope. Essa ideia me alarmou: até então, eu tinha visto a nós duas em termos de nossas diferenças. Agora via que éramos muito mais parecidas do que eu imaginava. Eu tinha mais camadas em cima de mim, mais camadas de gaze, era só isso.

O humor de minha irmã tinha mudado. Agora ela estava quase eufórica.

– Olhe para os cisnes – disse ela. – São tão, são tão...
– São como cisnes – completei. Estava me sentindo quase tonta. O sol da tarde estava dourado no lago onde os cisnes boiavam; uma névoa branda banhava o ar. Banhava, pensei. Era assim que eu a sentia. Os nossos pais tinham talvez razão: talvez só eu tivesse a chave mágica, aquela que abriria a porta trancada e livraria minha irmã do calabouço que parecia encerrá-la.

– Maravilha vir aqui – disse ela. Tinha o rosto radiante.

Mas no dia seguinte estava mais infeliz que nunca. E depois aquilo piorou ainda mais. Fosse qual fosse a magia que eu acaso tivesse – ou que todo o mundo pensava que eu tivesse –, ela se revelou inútil. Os bons momentos rarearam, os maus se agravaram. Cada vez mais graves, ao longo de anos e anos. E ninguém sabia por quê.

Minha irmã está sentada no primeiro degrau de minha escada, mordendo os dedos e chorando. Isso não acontece uma vez, porém muitas vezes.

– Eu devia ir embora – diz ela. – Devia sair desse lugar. Aqui eu sou inútil. É esforço demais. – Ela quer dizer: *dar conta do tempo*.

– Você já se divertiu – argumento. – Não foi? Você gosta de um monte de coisas.

– Isso já faz um tempo – ela objeta. – E não basta. Estou cansada desse jogo. Aqui não é meu lugar.

Ela não quer dizer "minha casa". Quer dizer o corpo dela. Quer dizer o planeta Terra. Enxergo a mesma coisa que ela está vendo: é a beira de um precipício, a ponte com uma íngreme descida, é o fim. É isto que ela quer: *O Fim*. Como o fim de uma história.

– Você não é inútil, e não deve ir embora! – exclamo. – Amanhã vai se sentir melhor. – Mas é como chamar alguém que está do lado de lá de um vasto campo. Ela não tem como ouvir. Já está se virando, olhando para baixo, olhando para baixo e avaliando, se preparando para o sombrio voo.

Ela vai se perder. Eu vou perdê-la. Não estou bastante perto para detê-la.

– Seria uma coisa terrível – digo.

— Não há outra saída — diz ela. — Mas não se preocupe. Você é realmente forte. Vai administrar isso.

Dobramos uma esquina e depois outra, passamos um salgueiro-chorão e depois uma amoreira, pegamos a entrada de carros da casa de minha mãe e paramos.

— Olhe só o Fred — ela diz. — Estacionado bem no meio da rua. Se eu fosse um limpa-neve, jogava esse aí bem na cerca de azevinho-espinhoso.

— A ideia é esta — respondo. Arrastei-me para fora do carro, o que está ficando difícil. Alguma coisa está acontecendo com meus joelhos. Ponho-me de pé, com uma mão no carro, me esticando, inspecionando o jardim arruinado.

— Preciso cuidar daquele teixo — digo. — Esqueci a tesoura de podar. E tem beladona por toda parte.

— Para que se incomodar? — pergunta minha irmã, em pleno espírito de honestidade. — Mamãe não está vendo.

— Eu estou. E os outros também. Mamãe tinha tanto orgulho do jardim.

— Você se preocupa demais com os outros. Eu era mesmo uma criança horrível?

— Absolutamente. Você era mimosa. Tinha uns olhos azuis grandes e umas trancinhas louras.

— Pelo que dizem, eu choramingava à beça.

— Aquilo não era choramingar — rebati. — Você tinha um sistema nervoso sensível. Reagia intensamente à realidade.

— Em outras palavras, eu choramingava à beça.

— Você queria que o mundo fosse melhor.

— Não, isso era você. Você é que queria. Eu só queria que fosse melhor para mim.

Aquilo eu contornei.
— Você era muito afetuosa — digo. — Apreciava as coisas. Mais do que outras pessoas. Entrava praticamente em transe.
— Mas agora eu estou bem — diz ela. — Graças a Deus pelos produtos farmacêuticos.
— É isso — confirmo. — Agora você está bem.
Ela toma um comprimido todo dia, para um desequilíbrio químico congênito. Era isso, sempre foi. Foi isso que a fez passar um mau pedaço. Não alguma monstruosidade.
Eu acredito nisso, quase sempre.

Agora estamos à porta. A persistência dos objetos materiais está se tornando um prodígio aos meus olhos. É a mesma porta — aquela que eu cruzava, por onde saía, ano após ano, na minha roupa diária ou em vários trajes e disfarces, sem pensar que tempos depois ia parar em frente a essa mesma porta com minha irmãzinha grisalha. Mas todas as portas que se cruzam com regularidade são portas para o além.

— Não sei onde foi parar a cabeça — digo. — A cabeça do Cavaleiro sem Cabeça. Você se lembra quando ela vivia no quarto de despejo? Lembra-se de todas aquelas botas, e do material de arco e flecha?

— Vagamente.

— Vamos ter de repassar aquele material, sabe? Quando for hora. Vamos ter que arrumar aquilo.

— Não estou com vontade de fazer isso — diz minha irmã.

— Onde ela foi parar afinal, aquela cabeça? Você se livrou dela?

— Oh, ainda está lá, em alguma parte — ela responde.

# MINHA ÚLTIMA DUQUESA

— Aquela é minha última Duquesa pintada na parede – disse Miss Bessie. Ninguém ousaria chamá-la *Miss Bessie* pela frente, mas entre nós o nome dela era este. Muito mais respeitoso que outros, dados a outros professores: o Gorila, o Manco, o Hipopótamo. – E agora, para vocês, o que diz logo de início esta palavra, *última*?

As janelas da sala de aula, nova em folha, eram bastante altas para nos impedir de ver fosse o que fosse lá fora, com exceção do céu. Hoje o céu estava de um azul nevoento, uma cor tépida, letárgica. Eu não estava olhando para ele, mas ele estava lá, na orla da minha visão, enorme e despojado e calmante, desdobrando-se a perder de vista, como o mar. Uma das almofadas da janela estava aberta e algumas moscas tinham entrado. Zuniam e giravam desorientadas, e se chocavam contra o vidro tentando sair. Eu as ouvia mas não via, não podia arriscar-me a virar a cabeça. Devia pensar na palavra *última*.

Última, última, última. Ser a *última* é estar a um passo da *perda*. Última Duquesa. *Duquesa* era um farfalhar insinuante, um sussurro: tafetá roçando o piso. Num dia como este era difícil resistir a cochilar, derivar para o sonho ou para a sonolência. Era de tarde, era maio, as árvores lá fora floresciam, o pólen fluía em toda parte. A sala estava quente demais; e tomada por uma vibração, a vibração do novo – a madeira dourada das modernas carteiras curvas de armação metálica, o verde dos quadros-negros, o débil zumbido das lâmpadas fluorescentes, que pareciam zumbir até quando apagadas. Mas a despeito de tanta coisa nova havia nesta sala um velho cheiro, um cheiro antigo de fermentação: um vapor invisível subia em torno, oleoso, salgado, exalado por vinte e cinco corpos adolescentes cozinhando a fogo lento no ar úmido da primavera.

*Última Duquesa*. Então tinha que haver mais de uma. Um punhado de Duquesas, enfileiradas como coristas. Não: era *última* como em *último ano*. A Duquesa tinha voltado ao passado – tinha ido embora, acabado, fora deixada para trás.

Muitas vezes Miss Bessie não esperava até que alguém erguesse a mão: a espera podia ser longa, pois aos nossos olhos era ridículo soltar alguma coisa impulsivamente. Não queríamos passar por bobos dando uma resposta errada ou – coisa igualmente boba – dando a resposta certa. Miss Bessie estava a par dessa reação, e por isso quase sempre se limitava a responder às suas próprias perguntas.

– *Última* Duquesa quer dizer – explica ela – que esta Duquesa já não é a esposa do Duque. Implica também que talvez haja uma nova Duquesa. O primeiro verso de um poema é muito importante. Define o tom. Vamos prosseguir.

Miss Bessie estava sentada em sua mesa, como de costume. Tinha as pernas em boa forma, não só para uma mulher de sua idade, mas também para qualquer mulher, e calçava sapatos lindos – não o tipo de sapato que nós teríamos calçado, não uns mocassins *loafer,* nem sapatos de duas cores, nem sapatos rasos de belbutina, nem salto agulha para dançar, mas víamos que eram de bom gosto e estavam bem tratados. Jamais se via uma mancha ou nódoa de gordura interferir com o discreto brilho dos sapatos de Miss Bessie.

Cada par de sapatos combinava com seu próprio traje, e também neste ponto Miss Bessie era fora do comum. As professoras de nossa escola vestiam conjuntos feitos sob medida para trabalhar. Vinham a ser uma espécie de uniforme – saia lisa, godê ou plissada, um paletó combinando, uma blusa por baixo, branca ou creme, muitas vezes com um laço que pendia do pescoço e um broche na lapela esquerda –, mas o conjunto de Miss Bessie tinha uma elegância que os outros não podiam igualar. As blusas dela não eram desse náilon vistoso e mole, tinham um brilho e uma solidez próprios, e seus broches a aparência de joias, como se as suas pedras semipreciosas fossem verdadeiras: o melhor era âmbar e ouro e tinha forma de abelha. O cabelo dela não era cinza mas prata, e habilmente ondulado; as maçãs do rosto eram salientes, o queixo firme, os olhos penetrantes; o nariz, discretamente empoado, era *aquilino,* palavra que tínhamos aprendido com ela.

As outras professoras da escola nos davam pena – serviçais desesperançadas e malvestidas, nervosas e facilmente perturbadas, presas a uma tarefa ingrata, ou seja, nos ensinar –, mas Miss Bessie não inspirava pena.

Não era apenas sua aparência profissional sensata que os garotos da turma respeitavam: era o fato de que ela tinha um M.A. Aquelas duas letras constituíam uma qualificação: representavam algo importante, da mesma forma que um M.D. E aquilo os garotos respeitavam, mas também respeitavam a rédea curta em que ela os mantinha. "Richard, você tem alguma coisa engraçada a dizer? Se for o caso, tenha a bondade de dizer a todos nós." "David, esta observação não é digna de você. Você pode se sair melhor. O alcance do homem deve superar o de seu braço." "Robert, você estava tentando ser espirituoso?" *Sarcásticos* era a palavra com que qualificávamos esses comentários. Mas Miss Bessie nunca reagia com sarcasmo ao erro honesto. Com este ela era paciente.

– Então... "Aquela é minha última Duquesa pintada na parede" – prosseguiu Miss Bessie. – "Parece viva." *Como se estivesse viva.* O que revela o termo *parece?* Desta vez ela esperou. Eu nunca sabia – nenhum de nós sabia – quando essas esperas iam ocorrer. Elas sempre me acordavam. Era o suspense, o perigo a rondar – a ameaça de ser agarrada, chamada pelo nome, forçada a falar. Nesses momentos minha boca se enchia de palavras, palavras demais, um pegajoso pudim de sílabas que eu teria de moldar numa fala enquanto os zombeteiros olhos apertados de Miss Bessie irradiavam sua mensagem para mim. *Você pode se sair melhor.* Durante essas esperas eu achava melhor olhar para o chão – do contrário Miss Bessie podia me escolher –, de modo que me apressei a tomar notas no caderno. *Ele deu cabo dela,* escrevi. *Deu cabo dela* não era coisa que eu jamais dissesse alto na sala de aula, pois era gíria e Miss Bessie não aprovava essa linguagem desleixada e vulgar. Eu tinha aprendido a *dar cabo de* nas histórias de detetive que eu lia para escapar ao dever de casa, ou ao menos adiá-lo. Infelizmente, havia muitas histórias de detetive em casa, além de romances históricos e livros sobre a Primeira Guerra Mundial e sobre monastérios no Tibete – um país onde as mulheres podiam ter dois maridos ao mesmo tempo – e sobre guerras navais nos tempos napoleônicos e sobre a forma e a função das trompas de Falópio. Quando não estava disposta a ler um livro inteiro eu passava pilhas de velhas *Life* e *Times* e *Chatelaines* e *Good Housekeeping* – meus pais relutavam em jogar fora qualquer coisa – e olhava intrigada os anúncios (o que era ducha vaginal?) e os artigos sobre moda e problemas pessoais ("Rebelião adolescente: cinco antídotos." "Halitose: seu inimigo silencioso." "Este casamento pode ser salvo?"). Anos após anos, aprendi muito evitando o que devia estar aprendendo. *Deu cabo,* escrevi. O Duque dera cabo da Duquesa. É comum as vagabundas acabarem assim, da mesma forma que as vistosas e as peruas estúpidas, além das mulheres reles. *Dar cabo* me sugeria uma pancada na cabeça com um instrumento contundente, como uma maça, mas não é provável que o Duque usasse tal método com a Duquesa. Nem que ele a enterrasse no porão e cobrisse a sepultura com cimento, nem que a esquartejasse e lançasse os pedaços no lago ou os deixasse cair num poço ou os largasse num parque, como os maridos de algumas narrativas mais horripilantes com que já me havia deparado. Achei que o mais provável era ele a ter envenenado: é fato sabido entre os autores de romances históricos que os duques daquela época eram exímios envenenadores. Tinham anéis com pedras ocas na frente, cuja tampinha eles faziam correr quando ninguém estava olhando a fim de deixar o veneno escorrer para as jarras de vinho, em forma de pó. O arsênico era a substância preferida. A pobre Duquesa devia ter começado a adoecer gradualmente, alguém teria chamado um médico, um sinistro médico a soldo do Duque. O médico teria preparado uma poção final, letal, para acabar com ela. Devia ter-se passado uma tocante cena de morte e depois um caprichado funeral, com muitas velas, e depois o Duque estaria livre para rondar outra moça linda, fazer dela uma Duquesa e afinal dar cabo dela.

Pensando melhor, resolvi que pessoalmente o Duque não devia ter levantado um dedo nessa história: era esnobe demais para se incomodar com o envenenamento propriamente dito. *Eu dei ordens,* dizia ele no poema, adiante. (Eu tinha saltado um pedaço.) O trabalho sujo devia ter sido obra de algum sicário com um nome como Primeiro Sicário – como numa peça de Shakespeare – enquanto o próprio Duque estaria em outra parte, citando gente importante e fazendo elogios hipócritas e se exibindo com suas caras obras de arte. Eu tinha uma ideia da aparência dele: devia ser escuro e meloso e de uma insultuosa polidez, e usar muito veludo. Havia astros do cinema assim, como James Mason. Sempre tinham um elegante sotaque inglês. O Duque teria um sotaque parecido, embora fosse italiano.

– Então? – quis saber Miss Bessie. – O tema é *como se*. Não temos o dia inteiro. Marilyn?

– Talvez ela esteja morta – arriscou ela.

– Muito bem, Marilyn. Esta é uma possibilidade. O leitor atento, eu disse *atento*, Bill, isto é com você, a menos que tenha um compromisso mais importante (não é?). O leitor *atento* com certeza pensaria nisso e poderia também considerar (*se* a Duquesa estiver de fato morta) como poderia ter morrido.

Diante do nome de Bill eu me pilhei corando, porque ele era meu namorado; ser alvo do sarcasmo de Miss Bessie era humilhante para ele e, portanto, por extensão, para mim também. De fato Bill não era um leitor atento, mas lamentava esta circunstância, ou se ressentia dela, não tenho certeza. Eu podia visualizá-lo agora, duas filas atrás de mim, vermelho de vergonha e raiva enquanto seus amigos riam dele. Miss Bessie, porém, ignorava esse problema. Espezinhava quem quer que se distraísse – quem se atravessasse no caminho da aula.

– Claro que é comum dizer de um retrato que "é cheio de vida" – prosseguiu ela. – Seria esta a outra possibilidade. Talvez a observação do Duque se refira apenas à verossimilhança: à *sugestão de vida* que o próprio retrato transmite. Todo o poema é escrito do ponto de vista do Duque; por conseguinte nada do que ele diz pode ser tomado como verdade objetiva. Mais tarde voltaremos à questão do ponto de vista.

*Verossimilhança*, escrevi no meu caderno. *Sugestão de vida. A Duquesa está quase viva. Ponto de vista.*

Miss Bessie era o melhor professor de inglês da escola. Talvez fosse o melhor da cidade: nossos pais diziam que tínhamos sorte em tê-la. Ela nos guiava através do currículo num ritmo vivo, como quem tange carneiros, tangendo a nós para longe dos desvios enganosos e da beira dos precipícios, cutucando nossos calcanhares quando afrouxávamos o passo no lugar errado, fazendo com que nos demorássemos nos lugares certos para assimilar o material importante. Qualificava nossa tarefa de aprendizes como uma competição, uma espécie de corrida de obstáculos: havia ainda uma longa estrada a percorrer antes do exame final, dizia ela, e era preciso percorrê-la velozmente. Essa rota era pontilhada de barreiras, de trechos ásperos e outras dificuldades. Os dias estavam correndo, e lá na frente ainda nos espreitava *Tess* como – era nossa sensação – um morro alto, íngreme e lamacento. Era verdade que, uma vez no cume, Miss Bessie – que muitas vezes já estivera lá – poderia nos mostrar uma paisagem; mas até então havia muito que escorregar. No ano anterior nós nos tínhamos emaranhado com Thomas Hardy em forma de *O prefeito de Casterbridge*: o trabalho ia ser longo e pesado. Portanto, era preciso dar o acabamento na Última Duquesa antes que a semana terminasse, para poder respirar no fim de semana e então dar um bom mergulho em *Tess*.

*Aquela é minha última Duquesa pintada na parede,*
*Mirando como se viva fosse. A esta peça*
*Eu chamo agora maravilha; as mãos de Frà Pandolf*

*Trabalharam um dia diligentes, e lá está ela.*
*Gostaríeis de sentar-se e contemplá-la?*

– Então... "Gostaríeis." A quem vocês acham que o Duque está se dirigindo?

Verso por verso, Miss Bessie foi nos conduzindo ao longo do poema. Era uma obra importante, que valia – informou ela – quinze pontos no exame final. Inglês era matéria obrigatória, não podíamos sair da escola secundária sem passar em inglês. Miss Bessie, porém, não estava interessada simplesmente em aprovação; queria notas altas para nós. Tinha que zelar pela reputação da escola, e pela própria reputação. Seus alunos se saíam bem porque eram bem preparados. "Vocês têm de estar *bem preparados*", dizia sempre. "Claro, terão coberto a matéria, mas além disso têm que ler a questão duas vezes e tratar de redigir a resposta que corresponda à questão. Têm que manter a cabeça fria e não entrar em pânico. Têm de *esboçar* e *organizar*." Para cada tema em que trabalhávamos, ela apresentava uma amostra das questões formuladas em anos anteriores e nos treinava nas respostas aceitáveis.

Uma vez nossas respostas redigidas, as provas receberiam notas dadas por uma equipe central selecionada a dedo e depois, num dia de agosto, os resultados finais seriam publicados nos jornais, brutalmente, sem aviso, para todo o mundo ver – nossos amigos, nossos inimigos, nossas famílias. Temíamos este momento. Seria como chegar alguém e dar um puxão na cortina quando você está debaixo do chuveiro.

As notas publicadas no jornal decidiriam se você ia continuar. *Continuar* significava ir para a universidade. Nossa escola não era para crianças ricas – estas iam para instituições particulares. Para a vida delas não importava tanto sair-se bem na secundária, porque de algum modo se abriria lugar para elas. Tampouco era para as pobres: não tínhamos a opção de sermos considerados estúpidos demais para continuar. Os que abandonavam a escola já tinham saído o mais cedo possível, mas não sem antes nos torturar com epítetos desdenhosos, "sabichão", "puxa-saco", "exibido", "chaleira", e escarnecer de qualquer um que fizesse de fato seus deveres. Deixavam-nos com uma opinião ambígua sobre nós mesmos.

"Você pensa que é sabido", diziam com um sorriso de escárnio, e de fato nós tínhamos pensado que éramos sabidos, pelo menos mais sabidos que eles; mas não aprovávamos de todo nossa própria sabedoria. Era como ter uma mão a mais: uma vantagem na hora de abrir as portas, porém mesmo assim uma anomalia.

Contudo, teríamos de viver de acordo com nossa deformidade. Teríamos de usar o nosso engenho, subir a escada fornecida, ser alguém. A expectativa era que os garotos se tornariam médicos, advogados, dentistas, contadores, engenheiros. Quanto a nós, garotas, não sabíamos ao certo para onde rumávamos. Se não continuássemos, teríamos de nos casar, ou então virar solteironas; com boas notas, porém, essa desalentadora bifurcação poderia ser temporariamente adiada.

Faríamos os exames durante um período de três semanas de junho, no ginásio. Seria – lembrou Miss Bessie – uma encruzilhada em nossa vida, mas se estivéssemos bem preparados não teríamos por que temer o teste, que avaliaria também nosso caráter, não só a nossa inteligência. Para ter êxito precisaríamos de coragem e sangue-frio; com estas qualidades presentes a prova seria mera questão de redigir os fatos e observações corretos na ordem correta.

Mesmo assim, nós nos assustávamos mutuamente com histórias de potenciais desastres. Não havia ar-condicionado no ginásio, e se viesse uma onda de calor – o que era comum em junho – nós todos íamos cozinhar, assar e fritar. Sabia-se que várias garotas haviam desmaiado e caído da carteira; outras tinham menstruado inesperadamente e dado consigo mesmas sentadas em poças de sangue, que – segundo os relatos mais sórdidos – pingava da carteira para o chão, plift, ploft – uma perspectiva humilhante. Havia garotos que tinham sofrido crises nervosas, e começado a gritar e xingar; outros haviam perdido o controle, e tudo que tinham memorizado havia se evaporado do cérebro, e no fim do exame se via que não tinham escrito nada a não ser o próprio nome, interminavelmente. Um garoto tinha desenhado um triângulo isósceles perfeito em cada página – meticulosamente, enfatizaram. *Meticulosamente* era um detalhe de arrepiar; a meticulosidade, sabíamos, estava a um passo da demência rematada.

Depois da escola eu caminhava para casa atravessando o campo de futebol americano, local que para mim já tinha sido assustador e proibido, e significativo de uma forma que eu não conseguia definir, mas que agora se reduzia a uma irrelevante extensão de grama lamacenta. Alguns garotos mais novos estavam dando umas baforadas atrás do prédio onde ficavam o vestiário e o depósito e onde, segundo se murmurava, aconteceram sórdidas orgias envolvendo uma garota chamada Loretta – uma das que tinham abandonado a escola. Eu carregava meu grande classificador preto de couro abraçado ao peito com os dois braços e os livros empilhados em cima. Todas as garotas faziam isso. Impedia que alguém ficasse de olho nos seus seios, que eram pequenos demais e desprezíveis, ou demasiado grandes e hilariantes, ou então do tamanho certo – mas qual seria o tamanho certo? Fosse qual fosse o tipo, os seios eram uma vergonha e podiam atrair apupos como: "Olha a peitaria!", de garotos brilhantinados que andavam à toa em bandos ou de homens jovens de dentro de carros. Ou então eles cantavam:

*Meu busto, meu busto, eu tenho que aumentar!
Senão, senão, suéter não posso usar!*

E mexiam os braços dobrados para frente e para trás como galinha de desenho animado. Embora na verdade os apupos não fossem muito frequentes, era constante o medo deles. Responder aos garotos aos gritos era audacioso, e ignorá-los era considerado um comportamento digno, embora a sensação não fosse de dignidade, e sim de degradação. O simples fato de ter seios era degradante. Mas não ter seria pior.

– Eretos, ombros para trás, não relaxem – vociferava nossa professora de Educação Física no treino de voleibol, séculos atrás, naquele mesmo ginásio onde logo estaríamos para os exames. Mas que é que ela sabia? Ela mesma tinha o peito chato, e além do mais era muito velha. Tinha pelo menos quarenta anos.

Os seios eram uma coisa: ficavam na frente, onde você tinha algum controle. Havia também a bunda, que ficava atrás, fora de sua vista e portanto mais fora da lei. Além de umas saias mal arrepanhadas, não se podia fazer grande coisa a esse respeito. *Ei, ei! Mexe e remexe! Olha só o rebolado!*

Caminhando a meu lado através do campo de futebol americano vinha Bill, que não era o tipo de garoto que vadiasse pelos parques gritando coisas sobre o busto das garotas; ou eu é que achava que ele não era. Era muito sério para isso, tinha mais o que fazer, queria ter sucesso. Queria subir a escada. Como namorado oficial, ele me escoltava para casa todo dia, exceto na sexta-feira, quando iniciava seu emprego de fim de semana numa mercearia que ficava na direção oposta. Sexta-feira depois da escola, sábado até as três – ele estava economizando para a universidade, porque seus pais não podiam pagar, ou não queriam. Nenhum deles tinha continuado e ambos tinham se dado bem. A atitude era esta, segundo Bill, mas nem por isso eles pareciam ter caído no seu conceito.

Vários meses antes, Bill tinha substituído meu namorado anterior, que por sua vez havia substituído outro. O processo de substituição era delicado – requeria tato e sensibilidade para as nuances, e força de vontade para não atender ao telefone –, mas a certa altura isso tinha que ser feito. Essa fase chegava depois de percorridas as fases anteriores permitidas – a primeira saída, a primeira vez que uma mão hesitante segurava a outra, o braço no ombro no cinema, a dança lenta, gelatinosa, as ofegantes carícias em carros estacionados, os ataques e contra-ataques de mãos, a batalha dos zíperes e botões. Depois de um tempo, chegava-se a um impasse: nenhum dos lados sabia o que devia seguir-se. Avançar era impensável, recuar impossível. Esse período caracterizava-se por letargia, rusgas e reconciliações, por uma incapacidade para decidir qual filme ver e – de minha parte – pela leitura de romances que acabavam mal e me faziam chorar. Era então que se impunha a troca do namorado velho por um novo.

Não é que eu lamentasse tanto pelos garotos individualmente, é que eu odiava ver as coisas se acabarem. Não queria que nenhuma fase de minha vida se fosse para sempre, como um caso liquidado. Preferia os começos aos fins também nos livros – era instigante não saber o que me estava reservado nas páginas por ler –, mas, perversamente, não resistia a lançar um olho sorrateiro ao último capítulo de todo livro que lia.

Como namorado, Bill não estava seguindo – não podia seguir – o ciclo padrão. Tinham ficado para trás os encontros do sábado à noite e diante de nós se erguia o cruel cenário do ginásio, com tudo que podia acarretar: desmaio, ira, pânico, fracasso, vergonha. Agora, quando ainda restava um caminho tão longo a percorrer até o mês de junho, já não havia tempo para as infindáveis noites estacionados num carro, com o policial apontando a lanterna para dentro e perguntando se estava tudo bem; já não havia tempo para as brigas, os amuos, os telefonemas monossilábicos e o relutante perdão. Em vez de passar por tudo isso, estudávamos juntos. Ou, para ser exata, eu ajudava Bill a estudar. Ajudava com literatura inglesa. Até então ele tinha conseguido se safar, mas agora estava amedrontado, embora não chamasse de medo ao que sentia. Em vez disso, culpava a própria literatura, que se recusava a ter sentido. Ele queria que tudo fosse definido, como na álgebra, matéria em que era bom. Como era possível a mesma palavra ter ao mesmo tempo dois significados? Como é que Miss Bessie tirava tanta coisa de um único poema? Por que as pessoas não conseguiam dizer as coisas com simplicidade?

Ajudar Bill não estava se mostrando fácil. Ele se enfurecia com o poema por ser complicado, discutia com ele e exigia que fosse diferente; depois se enfurecia com o poeta por ter escrito daquela forma; depois se enfurecia comigo. Após um tempo ele pedia desculpas, não tinha intenção – eu era realmente, realmente inteligente, pelo menos para aquilo; era boa com as palavras, não era como ele, e ele me admirava por isso. Só precisava que eu lhe explicasse de novo a coisa, mais devagar. Depois disso eram beijos e carícias, mas não muitos, porque não tínhamos tempo.

Naquele dia, Bill e eu estávamos sem pressa de chegar em casa. Andávamos devagar, passeávamos, paramos na drogaria para comprar cone de sorvete. Você tem que descansar dos livros de vez em quando, disse Bill. O sorvete veio em cilindros e com um leve gosto do papelão onde havia sido rolado; e os cones tinham uma textura de couro. Chegamos à casa funerária e nos sentamos na mureta de pedra em frente. A luz do sol era dourada; franjas de um esverdeado pálido pendiam das árvores; o cabelo de Bill, que era castanho-claro e cortado bem curto, brilhava como uma macia grama aveludada. Era tudo que eu podia fazer para não lhe afagar a cabeça, como se ele fosse um cachorrinho de luxo de brinquedo, mas ele não teria gostado. Não gostava de palmadinhas amistosas.

– Eu não vou passar – disse Bill. – Vou levar bomba.

– Não, não vai – protestei.

– Eu não entendo, é isso.

– Não entende o quê?

– O que está acontecendo.

– Acontecendo com o quê? – perguntei, mesmo sabendo o que ele queria dizer.

– Com o desgraçado poema da Duquesa.

"Desgraçado" foi o pior xingamento que Bill jamais soltou diante de mim. Pronunciar os outros – palavras de quatro letras, por exemplo – significaria que ele me achava o tipo de garota a quem se podia dizer essas coisas. Um lixo.

Suspirei.

– O.k., vamos recordar. O poema é de Robert Browning. Ele foi um dos poetas mais importantes do século XIX. É um monólogo dramático. Quer dizer, só fala uma pessoa, como num monólogo de uma peça de teatro. Foi escrito em forma de parelhas em pentâmetros iâmbicos.

– Até aí eu entendo – disse Bill. Forma não era coisa difícil para ele, pois tinha a ver com contagem. Um soneto, sextilha, uma balada com uma estrutura de rimas *abab*... para ele não era problema identificar essas formas.

Acabei meu sorvete e acomodei o resto do cone entre a mureta de pedra e o canteiro da funerária, onde estava disposta uma cuidada fileira de tulipas vermelhas. Estava com preguiça, não me sentia realmente com ânimo para ensinar, mas Bill se inclinava para a frente, de fato escutando.

— Então, é o Duque de Ferrara que está falando — expliquei.

— Todo o poema é apresentado de seu ponto de vista; isto é importante, porque sempre há questões sobre o ponto de vista. Sabemos que é Ferrara porque *Ferrara* aparece bem abaixo do título do poema. Ferrara era um famoso centro artístico na Itália, de modo que tem sentido o Duque possuir uma pinacoteca. A época é a Renascença. Estão acontecendo muitos assassinatos. Tudo bem até agora?

— Tudo bem, mas...

— Tudo bem. Então o Duque está falando com um enviado do Conde. Sabemos que é do Conde porque está dito lá, bem no fim. Está barganhando para conseguir a filha do Conde, quer se apossar dela para ser a próxima Duquesa. Não diz qual Conde. Os dois estão no andar de cima, o Duque e o enviado. Sabemos disso porque eles descem no fim, onde diz: "Não, Excelência, desceremos juntos."

— Por que colocar isso? — perguntou Bill.

— Isso o quê?

— Que diferença faz estar no primeiro andar ou no térreo? — Bill já estava ficando exasperado.

— Eles têm de estar no andar de cima porque embaixo há outras pessoas. Olhe, veja, bem aqui. E o Duque quer uma conversação particular. Seja como for, o retrato da Duquesa está em cima. E é para ver o retrato que o Duque leva o enviado. O Duque puxa uma cortina. Por trás está o retrato de sua última Duquesa. Sua *última* Duquesa, percebeu? O retrato tem verossimilhança.

— O quê?
— Verossimilhança. Quer dizer que *tem vida*. Ponha essa expressão em sua resposta quando fizer o exame. Aposto que vale um ponto inteiro.
— Que chatice — disse Bill com um sorrisinho pesaroso. — Claro. Você é que sabe. Tudo bem. Ponha isso no papel para mim.
— Tudo bem. Então eles ficam olhando para o retrato da Duquesa. Depois, essencialmente, o Duque fala ao enviado sobre ela e sobre os defeitos dela e por que ele deu cabo dela.
— Ou a trancou num convento — disse Bill esperançoso.
Miss Bessie tinha proposto esta alternativa, dizendo que o próprio Browning o havia feito. Por estranho que pareça, os garotos da turma preferiram esta versão mais branda. Entendiam que alguém quisesse descartar a própria esposa porque era chata ou feia ou impertinente, ou de algum modo insatisfatória; compreendiam o desejo de um modelo melhor; mas matar a primeira esposa lhes parecia um ato extremo. Eram bons garotos, pretendiam ser médicos, e assim por diante. Só perversos como o Duque teriam que ir até o fim da linha.
— Num convento ela não seria mais incomodada — continuou Bill. — Lá ela seria mais feliz, de qualquer forma. O cara era intragável.
— Esta eu não engulo — respondi. — O cara decididamente a matou. "Todos os sorrisos cessaram ao mesmo tempo": isto é realmente abrupto. É indiscutível. Mas no exame você precisa *dizer* que há duas opções. De qualquer forma, ele se livrou dela. *Por quê*, é disso que trata o poema. O que o Duque diz é que ela sorria demais.
— É isso que eu não entendo — disse Bill. — É um motivo realmente estúpido. E há outra coisa que não entendo. Se ele é tão afável... — Miss Bessie tinha se detido algum tempo na afabilidade

do Duque, embora sem usar esta palavra; ela o chamou de culto e sofisticado. — Se ele é tão afável, por que é ao mesmo tempo estúpido a ponto de contar tudo isso ao enviado? O enviado vai correr para o Conde e dizer: "Desmanche o casamento. O cara é traiçoeiro e perigoso."
Levantei-me da mureta da funerária, alisei minha saia na frente e atrás, apanhei meus livros.
— No sábado nós vamos repassar isso — disse a ele. — Vou copiar minhas anotações para você.
— Eu não vou passar — disse Bill.

Em casa, eu vivia no porão. Tinha me mudado para lá a fim de estudar para os exames. O porão era mais fresco do que o resto da casa; além disso, ficava mais longe de todos os outros. Nessa fase eu não tinha vontade de falar com ninguém, não com meus pais, pelo menos. Eles não entendiam a crueldade da provação que me esperava, pensavam que eu ainda tinha tempo para cortar grama.

Esgueirei-me pela porta dos fundos e desci furtivamente a escada para o porão, sem que minha mãe me visse, e abri o freezer e tirei um pote de Noxzema que guardava ali. Eu tinha a teoria de que se cobrisse o rosto com creme mentolado para a pele gelado estimularia o fluxo sanguíneo para o cérebro e aumentaria minhas possibilidades de estudar.

Uma vez com o rosto totalmente frio e branco, comecei a andar para lá e para cá no meu quarto do porão. Precisava pôr em ordem os pensamentos, mas a Duquesa se esquivava. Talvez, afinal, não a tivessem envenenado. Talvez a tivessem apunhalado ou estrangulado — não com uma meia de náilon, como nas histórias de detetive, mas com um cordão de seda. Talvez a tivessem garroteado. Este método também implicava estrangulamento, eu não sabia exatamente de que tipo, mas gostava do som da palavra. Pobre moça, pensei. *Garroteada,* e tudo porque sorria demais. Mas – dizia também o poema – o sorriso dela não era um sorriso tradicional qualquer. Tinha "profundidade e paixão" e era "grave". Eu não entendia – agora, por fim, eu estava considerando este aspecto –, não entendia como uma esposa que anda sorrindo gravemente à esquerda e à direita poderia se tornar incômoda. Na escola havia garotas que sorriam para todo o mundo da mesma forma grave, sem humor. No anuário da escola, geralmente se diz que elas tinham uma "tremenda personalidade" ou que eram "nossa Miss Bom Tempo", mas eu jamais gostei muito delas. O olhar dessas garotas deslizava por mim, com sorriso e tudo, e geralmente acabava pousando num garoto. Mas elas só estavam fazendo o que mandavam as revistas femininas. *Sorrir não custa nada! Sorriso: a melhor dica de maquiagem! Use a tentação do sorriso!* Essas garotas viviam ansiosas para agradar. Eram baratas. Era isso – era esta a objeção do Duque: a Duquesa era barata. Deve ter sido este o ponto de vista dele. Quanto mais eu pensava na Duquesa e no quanto ela deve ter sido irritante – irritante, e prestativa demais, e simplesmente chata, o mesmo sorriso dia após dia –, mais eu simpatizava com o Duque.

Para o propósito do exame final, porém, não tinha sentido insistir nas queixas do Duque; ele era necessariamente o vilão. Miss Bessie nos prevenira para esperar questões como: "Compare o caráter do Duque com o da Duquesa e exponha seus contrastes." Para isso, disse ela, nós devíamos fazer uma lista de traços opostos organizados em pares plausíveis. Eu tinha começado minha própria lista:

*Duque*: cruel, orgulhoso, esnobe, untuosa e falsamente polido, egocêntrico, exibido com seu dinheiro, experiente, ganancioso, colecionador de arte, psicopata.

*Duquesa*: inocente, modesta, hipocritamente sincera, grave, tipo morbidamente meigo com os outros, humilde, inexperiente, estúpida, objeto de arte.

Uma lista assim ajudaria o Bill. Ele conseguiria entendê-la, desde que eu desenhasse flechinhas de cada traço de caráter do *Duque* para a característica correspondente da *Duquesa*. Meus pensamentos reais, confusos, eu guardaria para mim mesma.

A pergunta do Bill sobre o enviado permanecera comigo. Ela me perturbava. De fato, por que o Duque teria dado com a língua nos dentes daquela forma tão descuidada para uma pessoa totalmente estranha, se estava tentando convencer o enviado a fechar o negócio? *Portanto, eu quero me casar com a filha do Conde e foi isto que eu fiz com a última Duquesa em que pus as mãos. Lá está ela, como se estivesse viva.* Pisque para o enviado, cutuque as costelas dele com o cotovelo, sacou? *Ah, entendo*, diz o enviado. *Como se. Esta é boa.*

O Duque não era um idiota. Deve ter tido suas razões.

E se o pacto já estivesse assinado e selado? Se fosse assim – se a boda já estivesse assegurada –, tudo se tornaria claro no poema. O Duque detestava explicar pessoalmente as coisas, pois o ato de explicar-se não estava à sua altura, de modo que usava o enviado como um meio para mandar uma mensagem à próxima Duquesa, e a mensagem era: *É assim que eu gosto que minha Duquesa se porte. E se ela não se porta assim, cai o pano.* É literalmente o fim da peça, pois se essa próxima Duquesa sair da linha, também ela acabará virando quadro, com seu próprio pano, sua própria cortina diante de si. Quem saberia quantos outros retratos o Duque manteria atrás de cortinas lá no segundo andar?

Ao dizer tudo isso ao enviado, o Duque estava simplesmente a demonstrar consideração: queria que suas preferências pessoais fossem plenamente entendidas com antecedência — sorrir só até este ponto, e só para mim — para evitar cenas desagradáveis depois. "Só isto/Ou aquilo em você me enoja...", dissera ele. *Enoja:* palavra bem pesada. Ele devia achar a última Duquesa enojante, e não queria ser enojado pela próxima.

Não era esta a percepção geralmente aceita do poema. A percepção geralmente aceita era que o enviado se horrorizou com a revelação do Duque e tentou correr escada abaixo, na frente, a fim de se afastar daquele perverso louco. Quando o Duque disse, "Não, Excelência, desceremos juntos", estaria impedindo o enviado de se intrometer à sua frente. Mas eu achava que não. Achava mais provável o enviado ter cedido a precedência ao Duque com um gesto — e provavelmente com uma pequena reverência subserviente —, e o Duque, cortesmente, tê-lo colocado em pé de igualdade. "Desceremos juntos, Excelência" — ele estava agindo como um colega. O mais provável é ele ter até passado o braço no ombro do enviado.

Se eu tivesse razão, estariam todos três mancomunados — o Duque, o enviado e o Conde. O casamento seria uma barganha: o Conde entregaria o dote e daria na filha um beijo de adeus, recebendo em troca prestígio social, pois os duques eram superiores aos condes. Uma vez que a filha do Conde chegasse ao palácio do Duque — seu *palazzo*, como Miss Bessie nos ensinou —, ela estaria só. Não poderia esperar ajuda do pai, nem de ninguém. Pensei nela sentada em frente ao espelho, praticando o sorriso. Caloroso demais? Demasiado frio? Uma curva convexa excessivamente acentuada na comissura dos lábios? Insuficiente? Diante do que o enviado lhe teria dado a entender, ela teria absoluta certeza de que sua vida dependia de uma perfeita execução de seu sorriso.

No sábado à noite eu rumei para a casa de Bill vestida em minhas roupas de estudar: jeans e uma camiseta sem mangas, com uma camisa folgada de homem por cima. Fui de bicicleta porque os pais de Bill tinham saído no carro, pelo menos foi o que ele me disse ao telefone, de modo que não podia me apanhar.

A família de Bill morava numa pequena casa quadrada de tijolo amarelo, que tinha dois andares e era relativamente nova; fileiras e fileiras de casas idênticas tinham sido construídas naquele bairro logo após a guerra. O quarto principal ficava em cima da garagem; havia um vestíbulo minúsculo, depois um corredor para onde se abriam as portas das salas de estar e de jantar e que acabava na cozinha, que parecia uma caixa. No fundo havia um cômodo abafado, atulhado, com uma espreguiçadeira La-Z-Boy e um sofá-cama que se abria para os hóspedes, e a televisão; era nesse cômodo que estudávamos na casa do Bill. Na minha casa, estudávamos na mesa da sala de jantar quando meus pais estavam em casa, e no porão quando não estavam.

Toquei a campainha, Bill abriu logo – devia estar me esperando –, e eu entrei no vestíbulo e tirei o tênis. Era regra na casa dele: os sapatos ficavam na porta. A mãe de Bill tinha um emprego – trabalhava num hospital, embora não fosse enfermeira –, mas apesar disso mantinha a casa impecavelmente limpa. Cheirava a produtos de limpeza – alvejante Javex e limpa-móveis de óleo de limão – com um toque de naftalina. Era como se a casa inteira estivesse mergulhada em preservativos para não mudar, porque mudança quer dizer sujeira. Bill e eu nunca entrávamos na sala de visitas, embora eu a tivesse olhado. Era toda carpetada numa cor de toupeira e atulhada de mesinhas laterais envernizadas, que por sua vez sustentavam uma legião de figurinhas de porcelana e cinzeiros de cristal – ou seriam pratinhos de bombom? As cortinas viviam fechadas para evitar que as coisas desbotassem. Na minha casa não havia esse espaço isolado, silenciado, consagrado. A mãe de Bill não me aprovava de todo. Eu já conhecia esse tipo de desaprovação – a velha desaprovação das mães em relação a qualquer garota que brinque com seus filhos – pela *Chatelaine* e pela *Good Housekeeping* ("A sogra: sua melhor amiga ou sua pior inimiga?"), de modo que a frieza de seu sorriso não me surpreendia. Por outro lado, sempre que eu a encontrava ela fazia questão de me agradecer por ajudar Bill a estudar o que ela chamava "o inglês dele". Era uma pena ele ter de estudar isso – não ia lhe servir de nada pela vida afora, e ele ficava tão desanimado; por que não o deixavam se concentrar nos seus pontos fortes? Mas já que ele tinha de estudar, era bom ter uma amiga sabida como eu – ela não dizia "namorada" – para mantê-lo estudando com afinco.

Começamos bem nossa sessão de estudo, repassando as possíveis questões e suas respostas, ponto por ponto. Mas depois Bill disse: você tem que descansar dos livros de vez em quando, e foi buscar ginger ale e daí a pouco estávamos trocando carícias no sofá-cama. Não o abrimos, porém – só uma garota barata teria compactuado com uma coisa dessas, e além do mais sabíamos que os pais de Bill podiam voltar inesperadamente, como já tinha acontecido. Nesta noite não voltaram, mas de qualquer modo a certa altura nos sentamos, ajeitamos o cabelo e nos abotoamos, e recomeçamos a estudar.

Bill não parecia capaz de concentrar-se. Agarrou a lista de traços opostos — aquilo tinha sentido para ele. Mas então disse que era uma vergonha o que o cara tinha feito com a Duquesa. Provavelmente ela nem viu a coisa acontecer, e depois aquele perverso presunçoso ainda teve a desfaçatez de se gabar, pendurou o retrato na parede como se fosse uma garota-propaganda, provavelmente ela era bem bonita, que desperdício.

Eu disse que tudo isso eram assuntos paralelos: as pessoas que davam as notas nos exames não iam se interessar pelas opiniões pessoais de Bill. O que elas queriam era uma análise objetiva do poema, baseada em indícios. O poema estaria impresso na própria prova — elas não esperavam que ele o memorizasse. Ele só tinha que ler a questão duas vezes e apresentar os argumentos aceitos — aqueles pontos que vínhamos passando com Miss Bessie — e então localizar no poema os versos que justificavam os argumentos, para finalmente copiá-los entre aspas.

Bill disse então tá, ele sabia disso, é só que aquilo era uma forma tão inútil de gastar tempo e energia — afinal para que tudo isso, o que é que isso ia provar? Respondi que provaria que ele era um leitor atento, e era só isso que elas queriam saber.

Eu não devia ter dito "leitor atento". Lembrou a Bill o seu recente atrito com Miss Bessie, e o sarcasmo dela. O rosto dele ficou rosado.

Ele disse que era tudo bem inútil, porque o fato de ser leitor atento não lhe daria um emprego. Respondi que daria, porque assim ele passaria no exame e poderia continuar. Seja como for, eu disse, não fui eu que fiz as normas; por que ele se irritava comigo?

Bill disse que não estava irritado comigo, estava irritado com o diabo do Duque, por matar a Duquesa. Devia ter sido trancafiado ou, melhor ainda, enforcado. Por que eu o defendia?

Não era a primeira vez que travávamos esse tipo de discussão estúpida. Elas começavam não se sabe como, não levavam a parte alguma e no seu decorrer cada um de nós acusava o outro de dizer coisas que o outro não tinha dito.

– Eu não o estava defendendo – protestei.

– Então, tá. Estava, sim. Ela era uma boa moça normal que tinha por marido um cafajeste doentio, e você parece que pensa que a culpa era dela.

Eu não tinha dito isso, mas em parte era verdade. Por que me enraiveceria o fato de Bill adivinhar meus sentimentos?

– Ela era uma perua estúpida – disse eu. – Devia ter percebido que ele não gostava que ela sorrisse de um modo tão servical para todo Tom, Dick e Harry, e *chega*, pelo amor de Deus.

– Ela só estava sendo amistosa.

– Estava sendo simplória.

– Não era simplória. Como ia saber o que ele queria? Não podia ler os pensamentos dele.

– Justamente – respondi num tom aborrecido. – Ela era estúpida.

– Não, não era! Ele é que era repulsivo! Nunca admitiu a coisa do sorriso. Nunca disse uma palavra a ela. Está no poema. Tudo aquilo sobre a decisão de jamais se rebaixar.

– Ela era pouco sagaz.

– Pelo menos não era um gênio nem exibida – disparou Bill, ofensivo.

Eu disse que o Duque teria preferido um gênio ou uma exibida a uma perua estúpida – uma perua estúpida *nojenta* – porque ele era culto e sofisticado, apreciava obras de arte. Seja como for, eu não estava me exibindo, só estava tentando ajudá-lo a passar no exame.

– Você se acha muito sabida – disse Bill. – Não, obrigado. Não preciso do diabo de ajuda nenhuma, muito menos de você. – Tudo bem – respondi. – Você é que sabe. Boa sorte.

Apanhei meus livros no chão e peguei o corredor o mais depressa que pude calçada só com meias e coloquei os tênis no vestíbulo. Bill não tentou me deter. Ficou na salinha. Pelo som que veio de lá vi que ele tinha ligado a TV.

Voltei para casa pedalando no escuro. Era mais tarde do que eu pensava. Meus pais estavam deitados de luz apagada. Eu tinha me esquecido de levar a minha chave. Trepei no latão de lixo junto à porta dos fundos e, torcendo o corpo, escorreguei para dentro de casa pelo armário do leite, façanha que já executara muitas vezes. Depois desci pé ante pé a meu quarto no porão, onde rompi a chorar. Fossem quais fossem os remendos ainda possíveis, a era Bill estava acabada. Adeus, amor, como nas canções. Agora, estava sozinha. Era tão triste. Por que essas coisas tinham de se desintegrar assim? Por que o anelo e o desejo, e também a amizade e a boa vontade tinham de se despedaçar? Por que tinham de acabar de um modo tão completo?

Consegui chorar ainda mais repetindo as palavras-chaves: *amor, sozinha, triste, fim.* Fiz isso de propósito. Quando afinal terminei de chorar, vesti o pijama e escovei os dentes, e cobri o rosto com o creme facial Noxzema gelado. Depois me enfiei na cama com *Tess.* Miss Bessie ia tratar do romance na segunda-feira. Seria pleno galope para todos nós, e eu disse a mim mesma que queria sair na dianteira. Na verdade, eu estava sabendo que não conseguiria dormir. Precisava de alguma distração para minha briga com Bill, que de outra forma ficaria se repetindo indefinidamente, enquanto eu trocava as palavras ditas por outras que me colocassem na vantagem e tentava lembrar o que significavam as palavras realmente ditas, e depois chorava um pouco mais.

Não foi preciso ler nem folhear muito para descobrir que Tess tinha problemas graves – muito mais do que os meus. A coisa mais importante de sua vida ocorreu bem na primeira parte do livro. Um homem aproveitou-se dela à noite, na floresta, porque ela cometeu a estupidez de aceitar uma carona de um cafajeste, e depois disso ela foi ladeira abaixo, uma coisa horrível depois da outra, trabalho penoso, bebês mortos, ser ludibriada pelo homem a quem amava e a trágica morte no final (eu dei uma espiada nos três últimos capítulos). Tess era evidentemente mais uma dessas vítimas, como a última Duquesa, e como Ofélia – já tínhamos estudado *Hamlet*. Essas mulheres eram todas parecidas. Eram muito confiantes, caíam nas mãos do homem errado, não conseguiam enfrentar os assassinos, acabavam à deriva. Sorriam demais. Viviam ansiosas demais para agradar. E alguém dava cabo delas, de um jeito ou de outro. Ninguém as ajudava em nada.

Por que tínhamos de estudar essas mulheres desgraçadas, incômodas, essas estúpidas peruas? Eu não sabia. Quem escolheu os livros e poemas para o currículo? O que, exatamente, se esperava aprender com eles? Talvez Bill tivesse razão. Talvez a coisa toda fosse uma perda de tempo.

No andar de cima os meus pais dormiam sossegados; nada sabiam do amor condenado, das palavras ditas em assomos de cólera, de separações decretadas pelos fados. Ignoravam o lado mais sombrio da vida – moças traídas na floresta, moças caindo na correnteza e cantando até afogar-se, moças liquidadas por ser demasiado afáveis. Pela cidade inteira todo o mundo dormia, à deriva no vasto mar azul da inconsciência. Todo o mundo, exceto eu.

Eu e Miss Bessie. Também ela deve ter ficado de pé até tarde. Eu não podia imaginá-la entregue a uma coisa tão negligente e indefesa quanto o sono. Seus olhos – não sarcásticos, eu percebia agora, mas alegres, olhos de criança mais velha, franzidos nos cantos como se estivessem contendo uma piada ou um dito gracioso e sábio –, aqueles olhos dela nunca se fechavam, com certeza.

Talvez fosse ela a responsável pela escolha de nosso material de leitura obrigatória – ela e um grupo de pessoas semelhantes, todas de certa idade, todas vestidas com excelentes conjuntos, todas com pedras verdadeiras no broche da lapela, todas qualificadas. Elas se juntavam, faziam reuniões secretas, conferenciavam, e entre si armavam a nossa lista de livros. Sabiam de alguma coisa que nós precisávamos saber, mas era uma coisa complicada – não chegava a formar um padrão como as pistas numa história de detetive quando você começa a relacioná-las. Essas mulheres – essas professoras – não tinham um método direto para nos transmitir esta coisa, pelo menos não de uma forma que nos fizesse escutar, porque era muito emaranhada, era oblíqua demais. Estava oculta nas histórias.

Olhei para o meu relógio: três horas da madrugada. Meu cansaço era tamanho que eu via as coisas duplicadas, mas ao mesmo tempo me sentia bem desperta. Devo ter estado a remoer o episódio Bill – será que ia requerer lágrimas suplementares? Em vez disso, no ponto de luz que brilhava lá no fundo de minha consciência, havia uma imagem de Miss Bessie. Ela estava de pé num círculo de luz que piscava no seu broche, aquele âmbar e ouro em forma de abelha. Vestia seu melhor conjunto e uma blusa com um perfeito laço branco, e calçava impecáveis sapatos de um discreto brilho. Parecia distante mas muito nítida, como uma foto. Em dado momento estava me sorrindo com amável ironia e afastando uma cortina; atrás da cortina ficava a entrada para um túnel escuro. Eu teria de entrar no túnel, quisesse ou não – o túnel era o caminho para continuar, que prosseguia além dele –, mas a entrada era o ponto onde Miss Bessie tinha que parar. Dentro do túnel estava aquilo que eu devia aprender. Eu não tardaria a ser uma concluinte. Teria deixado para trás o mundo de Miss Bessie e ela teria deixado o meu. Estaríamos ambas no passado, ambas liquidadas — eu do ponto de vista dela, ela do meu. Na carteira que hoje era minha se sentaria outro estudante, mais jovem, que, como eu, seria implacavelmente cutucado, empurrado e tangido ao longo dos textos obrigatórios. *O primeiro verso de um poema é muito importante,* diria Miss Bessie. *Define o tom. Vamos prosseguir.* Enquanto isso, eu estaria dentro do túnel escuro. Estaria continuando. Estaria descobrindo coisas. E estaria só.

O OUTRO LUGAR

Por muito tempo eu vagueei sem rumo. A sensação era essa, muito tempo. Porém não me sentia sem rumo, ou despreocupada: era impelida pela necessidade, pelo destino, como os personagens dos romances mais melodramáticos que eu tinha lido na escola secundária, que se embrenhavam em tormentas e se postavam de alcateia em meio aos pântanos. Como eles, eu precisava seguir em movimento. Era mais forte que eu.

Tinha uma imagem de mim mesma a me arrastar ao longo de uma trilha poeirenta ou corcoveante, carregando uma trouxinha na ponta de um cajado, como os vagabundos dos livros em quadrinhos. Mas estes eram cômicos demais. Eu parecia mais uma viajante misteriosa, avançando inexoravelmente a passos largos, entrando em cada nova cidade como um arauto da desgraça e depois sumindo sem deixar rastro, missão cumprida.

Na verdade eu não tinha missão, não me arrastava nem andava a passos largos. Ia de trem ou – um luxo, naquela época – de avião.

Vivia com prazer cada deslocamento, tirava da bagagem meus poucos pertences com vivacidade e até contentamento, e então partia para explorar o bairro ou distrito ou cidade e aprender os caminhos; mas não tardava a começar a imaginar o que seria de mim se ficasse para sempre ali. Aqui uma intelectual de cabelo fino, comprido e por lavar, rosto oleoso, humor inexistente, e mórbida; ali uma matrona satisfeita consigo mesma, trancada numa casa-gaiola em que só enxergaria uma gaiola quando fosse tarde demais. Tarde demais para quê? Para sair, prosseguir. E, no entanto, ao mesmo tempo, eu ansiava por segurança. Era a mesma coisa com os homens. Cada um era uma possibilidade que logo virava impossibilidade. Assim que se juntavam duas escovas de dentes – não, assim que eu imaginava as duas escovas de dentes lado a lado no balcão do banheiro, presas na cilada de um estagnado companheirismo de cerdas moles – eu tinha de ir embora. Meus livros entravam em caixas de papelão e eram despachados de ônibus, alguns se perdendo no caminho; minhas roupas e minha toalha – eu tinha mesmo uma toalha – entravam no bauzinho de metal. Punha as coisas no baú cantarolando. E no entanto, cada vez que eu começava a fazer o baú me sentia como se deixasse para trás a minha casa: o cantarolar se alternava com rompantes de lacrimosa nostalgia desse lugar onde estava empacotando as coisas e que sequer desocupara ainda.

Quanto à minha casa de verdade, a única onde crescera, eu raramente me lembrava, pelo menos com detalhes. Sabia vagamente que eu preocupava meus pais, mas sua preocupação me deixava ressentida. Eu estava me saindo bem. Estava me sustentando. Vez por outra uma janela interior se abria e eu vislumbrava meus pais, lá longe e bem pequenos, no afã da rotina diária, como num filme acelerado: lavando os pratos numa névoa de mãos e talheres ensaboados, lançando-se em crises de jardinagem maníaca, viajando para a sua casa de verão com o carro zunindo como se fosse movido a jato; depois lavando pratos lá, depois o frenesi da jardinagem lá, depois voltando, depois em cama, depois de pé logo ao raiar do sol, sem parar nunca. Estavam imersos em assuntos prosaicos, não atentavam para verdades mais elevadas.

Eu me sentia superior a eles. Depois tinha saudade de casa. Depois me sentia como uma órfã, uma menina de rua numa noite gelada, espreitando cenas de vida aconchegante de família e pegando furtivamente uma ou duas batatas da sua horta. Eu me torturava com estas cenas patéticas, depois me apressava a fechar outra vez a janela.

Eu não era órfã, dizia a mim mesma; não tinha nada de órfã. Necessitava, isto sim, ser mais órfã, para poder comer comida que me fazia mal, ficar de pé a noite inteira, usar roupas que não me favoreciam e sair em companhias inadequadas, sem o ansioso e constante comentário que este comportamento despertaria em minha própria cabeça. *Por que você está vivendo nesta pocilga? O que está fazendo do seu tempo? Por que está com esse cafajeste? Por que não consegue realizar coisa nenhuma? Dormir o suficiente? Você vai arruinar sua saúde! Use menos preto!*

Nada disso era coisa que meus pais dissessem abertamente – não eram bobos –, mas eu acreditava em telepatia. O crânio de meus pais despedia pensamentos em forma de raios diretamente para o meu. Eram como ondas de rádio. Quanto mais eu me afastava de casa, mais fracos eram os raios que eles silenciosamente me lançavam. De modo que eu precisava de muita distância entre nós.

Opondo-se a meu desejo de irresponsabilidade agia outro, mais vergonhoso. Jamais eu conseguira superar meu livro de leitura da segunda série, aquele sobre um pai que ia trabalhar todos os dias e tinha um carro, uma mãe que usava avental e assava coisas, dois filhos – um menino e uma menina – e um gato e um cachorro, todos morando numa casa branca com cortinas de babados nas janelas. Embora eu jamais tivesse visto uma casa com semelhantes cortinas, elas me pareciam de rigor. Não eram uma meta, não eram algo por que eu tivesse de lutar: essas cortinas simplesmente se materializariam em minha vida porque estavam predestinadas. Meu futuro não seria completo – não, não seria *normal* – se não trouxesse cortinas assim e tudo que implicavam. Esta imagem estava acomodada num canto de minha bagagem, como uma peça de emergência num guarda-roupa: nada que eu quisesse usar agora, mas se acontecesse o pior eu poderia tirá-la, sacudir para desamarrotar e me enfiar nela. Não podia manter eternamente a minha existência transitória. Teria de acabar com alguém, em algum momento, em algum lugar. Não é?

Mas e se eu perdesse uma saída em algum ponto da estrada – se perdesse o meu próprio futuro? Era uma coisa assustadoramente fácil de ocorrer. Bastava uma hesitação ou uma partida a mais para que minhas opções se esgotassem. Eu estaria inteiramente só, como o queijo da canção infantil sobre o fazendeiro que fica com uma esposa. *Ei-ei, derry-o, o queijo ficou só*; as crianças cantavam o verso sobre o queijo, e todas batiam palmas acima da cabeça dele e riam.

Até eu tinha rido do queijo solitário nessa brincadeira. Agora eu me espantava. Por que o fato de estar só – dentro ou fora de si mesmo – seria motivo para zombaria? Mas era. Quem ficava só – os *solitários* – não mereciam confiança. Eram criaturas estranhas e tortuosas. Com toda a probabilidade, psicopatas. Quem sabe tinham no freezer um cadáver assassinado? Não amavam ninguém e ninguém os amava.

Em meus momentos mais rebeldes eu me perguntei por que me importaria ficar fora da arca de Noé da vida a dois – de fato um zoológico glorificado, com trancas e barras e rações entregues a intervalos predeterminados. Eu não me deixaria tentar; manteria distância; permaneceria magra e me portando como loba, e ficaria nas beiras. Seria uma criatura da noite, metida numa capa de chuva com a gola virada para cima, andando entre postes de iluminação, fazendo com os tacões das botas um impressionante ruído cavernoso que despertaria um eco, lançando longa sombra à minha frente e meditando gravemente sobre temas relevantes. Mesmo assim, obcecava-me um poema lido aos vinte anos, escrito por um conhecido poeta bem mais velho do que eu. O poema afirmava que todas as intelectuais tinham espinhas na bunda. Era uma generalização absurda, eu percebia; não obstante, preocupava-me. As cortinas de babados que eu estava destinada a conseguir e a bunda espinhenta que estava condenada a ter não combinavam. Mas nenhuma se concretizara, até agora.

Enquanto isso, eu tinha de ganhar a vida. Naquela época você podia arranjar um emprego, trabalhar um tempo, sair, depois arranjar outra coisa em outra parte. Havia falta de mão de obra, ou de meu tipo de mão de obra, que não tem exatamente um nome. Eu me via como um cérebro volante – o equivalente a um ator ambulante dos tempos elisabetanos, ou um trovador –, agarrada a meu diploma universitário como se fosse um alaúde barato. Além disso – era o que eu sentia – tinha a má fama que acompanha esse trabalho. Nas festas – festas dos professores, quando o emprego era numa universidade, ou da empresa, quando eu vendia minhas aptidões em outros setores – eu surpreendia as esposas do corpo docente ou da empresa a me olharem como se eu tivesse piolho. Talvez achassem que eu nutria segundas intenções em relação a seus maridos, embora não houvesse razão para se preocuparem comigo.

Os maridos eram outra história. Qualquer mulher que não tivesse anel de casamento, por mais que se vestisse com severidade, estava exposta a um avanço. Por que eu nunca os via chegar?

Não via, não me esgueirava com presteza, e então havia entreveros, podia ser na cozinha que eu estava ajudando a arrumar, ou no quarto onde se empilhavam os casados, e a consequência era revolta e sentimentos feridos, aparentemente para todo o mundo. Os maridos se encolerizavam porque eu chamava a atenção para suas apalpadelas furtivas, as mulheres porque eu teria provocado os maridos. Quanto a mim, estava menos revoltada que espantada. Como é que esses homens, idosos, rechonchudos ou rançosos, podiam achar que tinham algum atrativo? (Esse tipo de espanto é função da juventude. Isto eu vim a superar.)

Tais atitudes e contatos eram a norma nos primeiros anos de minhas andanças. Depois as coisas mudaram. No tempo em que eu dei partida, esperava-se de todas as mulheres que se casassem, e muitas de minhas amigas já tinham feito isso. Mas no fim desse período — apenas oito anos, não foi preciso muito tempo — a paisagem fora varrida por uma vaga que a mudou completamente. A minissaia e as calças boca de sino fizeram uma breve aparição e logo foram substituídas por sandálias e camisetas *tie-dye*. As barbas tinham brotado, floresceram as comunidades, por toda parte se viam garotas de cabelo comprido e liso e sem sutiã. Ter ciúme sexual era como usar o talher errado, o casamento parecia uma piada e os já casados viram sua união um dia sólida desmoronar como estuque barato. O certo era andar sem compromisso, colecionar experiências, viver como a pedra que rola.

Não era isso que eu vinha fazendo, anos antes do generalizado advento dos pelos faciais e das pinças para queimar baseado sem queimar os dedos? Mas eu me sentia muito velha, ou talvez muito solene, para os colares de continhas ou a multidão fumada. Eles não tinham gravidade. Queriam viver o momento, mas como rãs, não como lobos. Queriam sentar-se ao sol e piscar. Eu, porém, tinha sido criada na era do esforço. A descontração me aborrecia. Pensei que devia tomar o meu caminho no mundo, fosse qual fosse. Pensei que devia chegar a alguma parte – no meu caso, como acontecia tanto, em outra parte.

Durante esse período morei em quartos alugados ou em apartamentos compartilhados ou sublocados. Não tinha mobília própria: teria reduzido minha velocidade. Comprava arremedos de artigos em lojas barateiras aonde chegava e os vendia ao partir. Não tinha louça nem talheres. Vez por outra me permitia um luxo – um vulgar vaso colorido, uma curiosidade de brechó. Adquiri uma mão de madeira entalhada que segurava uma espécie de cálice, onde estavam gravadas as palavras *Lembrança da Ilha de Pitcairn*. Cometi a extravagância de comprar um frasco de perfume dos anos 1930 sem a tampa.

Os objetos que escolhia eram feitos para guardar coisas, mas eu não os usava. Permaneciam vazios. Eram pequenos santuários simbólicos da minha sede. Eu sabia que era tudo um monte de coisas imprestáveis, mas elas sempre achavam um lugar no meu baú de lata quando eu fazia a bagagem outra vez.

Certo ano eu arranjei um emprego como professora de gramática para novatos de uma universidade, o que significava poder morar num apartamento de verdade, só meu. O emprego era em Vancouver; o apartamento ficava no andar que a família havia construído para aluguel em cima de seu bangalô. Tinha sua própria escada, muito íngreme e simples, com passadeira de borracha e sem corrimão nem aberturas – mais parecia um túnel vertical do que uma escada. Havia até alguns móveis – coisas que já não tinham utilidade para a família. Havia – por exemplo – uma cama, coberta com uma colcha de um escorregadio cetim verde vivo, de um tipo que deve ter sido considerado glamouroso uns vinte anos antes. Havia uma penteadeira de um estilo que talvez fosse dos anos 1930. Havia também um gigantesco espelho de moldura dourada. Toda essa mobília estava no quarto, que parecia o cenário de um filme antigo ou a capa de um livro de detetive de alguns anos atrás. As colchas de cetim eram típicas dessas histórias. O cadáver da mulher era exibido cercado pelo cetim habilmente amarfanhado, como uma grande torta de carne numa embalagem de luxo. No espelho de moldura dourada estaria refletido um homem — só parte de um homem, de costas, retirando-se após o crime.

O apartamento tinha uma sala com um recanto para refeições e outro quarto onde eu pus uma mesa de trabalho do Exército da Salvação e uma cadeira e uma máquina de escrever. Na sala eu montei uma mesa de jogo emprestada que fazia de mesa de jantar sempre que vinham convidados. Nessas ocasiões eu usava pratos e talheres, também emprestados.

Eu tinha um quadro, comprado ao amigo de um amigo que precisava de vinte e cinto dólares. Era um quadro abstrato onde se destacavam manchas e garranchos avermelhados. Depois de uns drinques eu conseguia ver alguma coisa ali, mas sem esse tipo de estímulo a coisa parecia um remendo úmido no papel de parede através do qual alguma coisa tivesse vazado. Pendurei o quadro acima da lareira, que não funcionava.

Dentro do apartamento, afinal livre dos olhares das companheiras de quarto e longe dos pensamentos despedidos como raios por meus pais, eu circulava pelas versões mais extremas do entrar e do sair, do sim e do não, ficar ou ir embora, alto e baixo, só e acompanhada, entusiasmo e desespero. Um dia eu estava nas nuvens, embriagada de imprecisas possibilidades; no dia seguinte, soterrada em lama, arrastada para baixo pelas duras perspectivas do aqui e agora. Cruzava os quartos despida; esgotava-me lendo até tarde da noite, depois dormia até o meio-dia e acordava emaranhada na colcha de escorregadio cetim verde, mal sabendo onde estava. Falava sozinha; cantava em voz alta canções tolas, desafiadoras, que tinha aprendido em recreios de escola muito tempo atrás. *Ei-ei, derry-o, o queijo ficou só! Tentou o outro lugar, tentou o outro lugar, tentou o outro lugar ontem de noite... Tem um buraco no fundo do mar, tem um buraco no fundo do mar... Não me importo com ninguém, eu não, ninguém se importa comigo!* Ou então, privada de toda fala e da canção e até do movimento, eu dava comigo deitada de bruços no carpete inteiro do corredor, através do qual eu não podia deixar de ouvir o riso escarninho que vinha da televisão na morada de baixo. E se eu morresse de fome, bem ali, por pura incapacidade de me arrastar até a geladeira e tirar alguma coisa de comer? Então toda essa gente pândega daquela televisão ia se arrepender.

À noite, quando não estava tagarelando alegremente ou prostrada no chão, eu empreendia caminhadas longas, meditativas. Partia decidida, marchando como se tivesse um destino em vista. Tinha consciência de estar sendo observada pela janela do andar de baixo pelo marido e a mulher donos do apartamento – ele de cabelo à escovinha e com uma máquina de cortar grama, ela de avental e bob no cabelo. Embora eu me vestisse de forma rigorosamente insípida, de castanhos-escuros e cinza e pretos informes, eles ficaram apreensivos com a ideia de alugar para mim até eu provar que tinha um salário. Excitava-os acreditar que eu fosse de algum modo depravada, ou pelo menos foi esta a minha sensação. De fato eu tive um ou dois amantes nessa fase – amantes temporários, de empréstimo –, e o casal terá ouvido alguma vez os passos de mais de um par de pés subindo a escada.

Na caminhada noturna, porém, eu estava só. Fazia questão. Tão logo ficava fora das vistas do casal de baixo, eu afrouxava o passo e escolhia ao acaso onde virar, tentando não pisar nas enormes lesmas pretas e cinzentas que passavam a rastejar pelas calçadas tão logo escurecia. As lesmas comiam tudo e não eram comidas por nada. Não ser atraente tem suas vantagens. Mas eu não era desprovida de prendas sociais. Não tirava a roupa e cantava em público: agia de forma tolerável. Sorria, fazia que sim com a cabeça, travava conversação, e assim por diante. Era capaz de imitar bem uma jovem competente. Tinha vários amigos e conhecidos, homens e mulheres, do tipo que se pode fazer com uma vida a tal ponto provisória. Vinham comer, sentavam-se em torno da mesa de jogo, bebiam garrafas de um vinho local que tingia o pano de prato de vermelho sempre que eu fazia a limpeza. Aprendi a fazer lasanha, substância que custava pouco e rendia muito. Servia também uma coisa apelidada de "porca e parafuso", feita com vários tipos de cereal seco com amendoim e molho inglês e torrada no forno. Era um aperitivo, não uma sobremesa. Eu ainda não tinha começado a assar, de modo que a sobremesa era sorvete comprado na esquina e tão cheio de alga que ao derreter não virava um creme, e sim uma substância gelatinosa que mantinha sua forma e mal descia pelo ralo.

Um dos conhecidos que apareciam e se sentavam à mesa de jogo era um homem chamado Owen. Eu não sabia muito bem quem ele era. Vinha sem avisar, tocava a campainha – eu tinha mesmo uma campainha –, e eu descia a escada íngreme e abria a porta. Dava-lhe uma sobra de lasanha, quando havia, ou então porca e parafuso. Depois ele passava um longo tempo sentado e calado, nós dois contemplando o lento pôr do sol estival do noroeste, que passava da cor de pêssego ao rosa e ao rosa-escuro e ao baço vermelho bruxuleante de um fósforo apagado com um sopro.

Owen não era um amante, sequer potencial: nada disso. Estava na cidade temporariamente, como eu, e fora descarregado à minha porta por um contato de boas intenções (preocupado, suponho agora, com seu estado de espírito). Estava mais só — era visível — do que eu mesma jamais estivera. Havia nele uma desolação que eu não podia explicar: sentar-se à minha mesa de jogo ao cair da noite era a coisa mais parecida com estar na companhia de alguém de que ele era capaz. Por que seguia aparecendo? Sua presença era um enigma. Não estava inclinado a fazer corte, com certeza. Nem queria amizade. Não me pedia nada, mas tampouco parecia oferecer alguma coisa. Tivesse eu uma imaginação mais sinistra — ou se minha imaginação sinistra fosse do tipo que se fixa a qualquer coisa do mundo real —, ele poderia ter me amedrontado. Eu poderia tê-lo tachado de assassino em potencial. Mas nunca estabeleci esse tipo de vinculação.

A despeito de toda a irrelevância dessas visitas ao cair da noite, era difícil fazer Owen sair. Ele ficava indefinidamente na cadeira, praticamente imóvel, inerte como uma trouxa de roupa, embora encimada por uma cabeça que mesmo assim estava viva, pois os olhos se moviam. Era como se ele tivesse ficado paralítico em um terrível acidente sem ficar com cicatrizes externas. Sua mudez era mais exaustiva que qualquer conversação.

Eu não queria dizer: "Estou cansada, agora vou me deitar." Pareceria indelicado. Com ele, as deixas sutis eram perda de tempo, mas ele não era uma pessoa com quem eu pudesse falar sem rodeios. Não podia dizer simplesmente: "Vá para casa", como se fosse um cachorro. Seria uma forma de crueldade. (E de qualquer modo, onde era a casa dele? Teria sequer tal coisa?) No fim, depois que decorria dentro dele algum tempo interior, ele se punha de pé, agradecia desajeitadamente a lasanha e se deixava ir escada abaixo.

Um dia, ao anoitecer, ele afinal me contou que seus três irmãos mais velhos tinham tentado matá-lo quando eram crianças. Alegando uma brincadeira, eles o trancaram numa geladeira e fugiram. A sorte foi sua mãe dar por falta dele, ir atrás e soltá-lo, bem a tempo: ele já estava arquejando e ficando com o rosto azulado. Provavelmente a intenção dos irmãos não era matá-lo, ponderou ele. Na verdade não podiam saber o que faziam.

Owen relatou este episódio com voz neutra, olhando não para mim mas pela janela, para a vermelhidão do poente que ia desmaiando. Fui tomada de surpresa a tal ponto que naquela hora nada me ocorreu para dizer. Não admira ele estar do jeito que está, pensei. Quais as consequências de uma coisa dessas na vida de uma pessoa? Ver-se em tenra idade num mundo que já demonstrou tamanha hostilidade devia ter um efeito depressivo. Mais que depressivo: esmagador. Será que Owen estaria considerando o suicídio? Ele nada tinha dito a este respeito, mas nem todo suicida diz, ou pelo menos era o que me constava.

Percebi que devia responder com energia, manifestar uma posição firme, estender a mão. O "mas isso foi terrível" que acabei murmurando nem de longe parecia bastante. Pior ainda: tive uma vergonhosa vontade de rir, porque a coisa era grotesca, como frequentemente acontece com as que são trágicas. Decerto me faltava empatia ou até simples bondade.

Owen deve ter sentido a mesma coisa, porque depois daquela noite nunca mais voltou.

Aquela imagem – uma criança pequena sufocada ou quase sufocada por outras para quem era tudo uma brincadeira – amalgamou-se com as furtivas lesmas noturnas e com meu noturno caminhar e cantar, e com a claustrofóbica escada separada e com o quadro abstrato sem graça, e com o espelho de moldura dourada, e com a escorregadia colcha verde de cetim, e tornou-se inseparável deles. Não era uma combinação feliz. Como memória, está mais para um banco de neblina que para uma campina ensolarada.

E contudo, penso naquela época como a mais feliz da minha vida. Feliz é a palavra errada. *Importante*.

Isso aconteceu há muito tempo. Vejo tudo de modo complacente, da perspectiva a que cheguei agora. Mas como haveria de ver? Não se pode realmente viajar ao passado, por mais que se tente. E quando se viaja, é como turista. Mudei-me daquela cidade para outra, e depois para outra. Ainda havia várias mudanças pela frente. Mas afinal, mesmo assim, as coisas caminhavam. Conheci Tig, depois segui os cães e gatos e crianças, e o assar, e até as cortinas brancas de babados, embora por seu turno acabassem por sumir, sujavam demais, descobri, e era trabalhoso retirá-las e tornar a pendurá-las.

Não me tornei nenhuma das coisas que temia. Não tive as espinhas na bunda com que me ameaçava nem me tornei uma órfã renegada e errante. E moro há décadas na mesma casa.

Mas o meu ego sonhador recusa-se a aceitar consolo. Continua a vaguear sem rumo, sozinho. Nenhuma prova colhida em minha vida consciente pode convencê-lo de sua segurança. Sei disso porque sigo tendo o mesmo sonho, sempre repetido.

Estou no outro lugar, um lugar que para mim é bem familiar, embora nunca tenha morado lá ou sequer o tenha visto exceto neste sonho. Os detalhes variam – o espaço tem numerosos cômodos distintos, em geral sem mobília, alguns com piso sem revestimento –, mas todos com a escada íngreme e estreita do longínquo apartamento. Aqui, em algum lugar, eu sei – à medida que abro porta após porta, passo por corredor após corredor –, vou dar com o espelho dourado, e também com a colcha verde de cetim, que adquiriu vida própria e é capaz de metamorfosear-se em almofada, ou sofá, ou cadeira de balanço, ou até – uma vez – em uma rede. Neste lugar é sempre lusco-fusco; no sonho é sempre um fresco e escuro entardecer de verão. É aqui que terei de viver, penso no sonho. Terei de ficar sozinha, para sempre. Perdi a vida que deveria ser minha. Eu mesma fechei a porta dessa vida. Não amo ninguém. Em algum lugar, num desses quartos onde ainda não entrei, está presa uma criança pequena. Não está chorando nem gemendo, está calada, mas eu sinto sua presença.

Então acordo e volto sobre os passos do meu sonho, e tento sacudir os tristes sentimentos que deixou comigo. Ah, sim, o outro lugar, digo para mim mesma. De novo. Desta vez havia muito espaço lá. Não era tão mau.

Eu sei que a colcha não é uma colcha de verdade: é algum pedaço de mim mesma, alguma velha insegurança ou medo. A criança que não cheguei a ver no sonho não é meu conhecido quase assassinado, mas só um fragmento psíquico, um farrapo de meu próprio ser infantil e arcaico. Com a luz do dia este conhecimento chega, e então tudo está bem. Mesmo assim, por que eu continuo tendo este sonho? Talvez um dia ele tenha tido algum sentido, mas a esta altura eu já devia ter-lhe posto fim.

Então eu me levanto e pergunto a Tig se ele dormiu bem, e comemos juntos as torradas com café, e tratamos de fazer as numerosas coisas prosaicas e práticas que têm que ser feitas.

O sonho me assusta, porém. Traz consigo uma obscura apreensão. E se o outro lugar não estiver no passado? E se ainda me aguardar no futuro? Afinal?

# MONOPÓLIO

Nell e Tig fugiram para o campo. Ou, como Nell contou mais tarde, Tig fugiu para o campo e depois de um tempo Nell foi se juntar a ele. Não era o óbvio. Podia ter acontecido de outro modo. Nell tinha estado dividida em relação à ida. Havia previsto as dificuldades. Tinha outras opções. Era esta a versão dela, em que veio a acreditar à medida que passava o tempo e as posições se endureciam.

Na verdade não previra dificuldade alguma. Andava agindo como sonâmbula. Tinha andado apaixonada, estado que para ela implicava limpar a mente de qualquer poder profético ou mesmo do senso comum que acaso tivesse. Mudar-se para o campo com Tig fora como saltar de um avião acreditando que o paraquedas ia abrir. E deve ter sido a decisão correta, pois Nell não se arrebentou, e seja como for eles aqui estão, cá estão eles ainda, após todos esses anos. Depois que se passa algum tempo você pode olhar para trás, rir do que houve, diria ela.

Esta era sua outra versão, a sua segunda versão; alternava para a primeira, como nas antigas sessões duplas de cinema.

Ademais, Tig não fugiu, exatamente. Ele se foi a passo. Foi um movimento em marcha contida, de imagem congelada, como um chinês solitário fazendo tai chi num gramado. Como qualquer ladrão de banco lhe dirá (lembrava Nell), a melhor coisa a fazer quando se foge é não correr. Só andar. Apenas passear. O que se busca é uma combinação de naturalidade com determinação. Assim ninguém vai perceber que você está fugindo. Além disso, não leve malas pesadas, nem sacolas de lona cheias de dinheiro, nem pacotes com pedaços de corpos. Deixe tudo para trás, exceto o que tem nos bolsos. O ideal é estar o mais leve possível.

Tig alugou uma fazenda, ou o que antes era uma fazenda. O aluguel não era muito alto: o dono não tinha nada de fazendeiro. Era um homem de negócios – a natureza dos negócios era obscura – que ainda hesitava entre converter a propriedade numa casa de fim de semana para si e sua quase esposa muito mais jovem do que ele, ou mudar-se para o México. Só queria que houvesse alguém na casa, para que os adolescentes locais não a arrombassem e estragassem tudo, como tinha acontecido a vários infelizes proprietários absenteístas de casas logo adiante. Não queria chegar num sábado com um corretor pronto para avaliar a casa e encontrar um FODA-SE escrito com garrafas conta-gotas de mostarda nas janelas e cocô humano nas paredes e pontas de baseado espalhadas e cinzas fumegando num buraco no soalho de tábuas de pinho. Foi assim que ele explicou a decisão a Tig.

O negociante já vendera a maior parte das terras da fazenda. Só restavam oito hectares – alguns campos e uma pequena área de mata. Os campos não eram trabalhados há algum tempo, e em toda a sua extensão cresciam cenouras silvestres e cardos e bardanas, e também arbustos – espinheiros, ameixa silvestre, maçã silvestre.

Havia uma casa com um abrigo de meia-água no fundo e um celeiro gigantesco com vigas enormes e pranchas inclinadas e um teto de zinco. A casa ficava numa elevação, olhando para o laguinho que o dono havia acrescentado. Do outro lado da estrada havia uma fileira de torres da rede elétrica que se estendiam de um horizonte a outro. Você pode vê-la como algo que estraga a paisagem ou simplesmente incorporá-la, disse Nell a Tig, conforme você se sinta em relação ao surrealismo.

A casa era uma casa de fazenda de dois andares em tijolo vermelho com um frontão central – padrão no fim do século XIX naquela parte da província, informava *The American Roof*, um livro que Nell comprou e consultou com frequência durante seu primeiro inverno com Tig, quando ela ainda achava que a vida na fazenda correspondia a uma forma superior de autenticidade. Originalmente, haveria uma sala de visitas à esquerda da porta da frente, uma cozinha e uma despensa à direita e uma sala nos fundos dando para a cozinha, mas o dono tinha derrubado algumas paredes – para entrar mais luz, explicou. Tinha instalado uma mesa embutida e pintado o papel de parede todo de branco, e começado a arrancar o esmalte verde lascado do parapeito e da moldura das janelas, embora só uma estivesse terminada.

Em novo surto de decoração de interiores, ele havia cortado um segmento da viga principal do celeiro, fazendo as paredes penderem para fora – mais cedo ou mais tarde a coisa toda ia desabar –, e prendido este segmento à guisa de cornija de lareira, o que aliás não funcionou.

Uma escada central levava ao segundo andar. Os degraus eram de madeira nua, sem passadeira, e pintados de um cinza-azulado. No tempo das bacias de mãos, banheiras de zinco e privadas externas devia ter havido quatro pequenos quartos lá em cima, porém agora um deles era um banheiro varrido por correntes de ar.

Dos três quartos restantes, um era o de Tig, onde não havia nada além de um colchão. O segundo foi reservado a Nell, como uma espécie de escritório ou estúdio – ela precisava de uma mesa onde espalhar as provas de revisão em que estava trabalhando.

A mesa de trabalho era uma velha porta apoiada sobre dois arquivos, o que lhe dava muito espaço: tinham achado a porta no abrigo e tirado a maçaneta, e os arquivos vieram de uma venda de garagem na cidade, de modo que a mesa saiu quase de graça. O que era bom, pois Nell não ganhava muito e a maior parte da renda de Tig – esporádica na melhor das hipóteses – tinha outro destino.

Além da mesa de trabalho, o escritório ou estúdio tinha uma cama extra, uma cama de solteiro que também podia ser chamada de sofá ou cama de descanso. Afundava no meio e estava coberta com um veludo gasto de um castanho-avermelhado e cheirava a poeira molhada, e Nell jurou que se livraria dela ou pelo menos a cobriria assim que pudesse. Quando seria *assim que pudesse*? Depois que ela finalmente se mudasse para a casa, com Tig; embora ela trocasse o *depois que* por *se* toda vez que esse pensamento lhe ocorria.

No terceiro quarto havia dois beliches: eram para os filhos e seus amigos. Os filhos eram de Tig. Era por causa deles que Tig tinha fugido tão devagar e sem levar nada consigo, e era a eles que se destinava a maior parte de seu dinheiro.

Era do casamento que ele tinha fugido. Tivera que sair do casamento ou o casamento o teria arrastado para baixo, sugado seu sangue, arrancado suas tripas. Todas estas metáforas – que para Nell lembravam uma lula gigantesca, vampiros, processamento de peixe – eram de Tig. Ele tinha uma forma oblíqua de falar sobre seu casamento, coisa que aliás não fazia com frequência. Jamais dizia *minha mulher* nem usava o nome dela para isso, pois não era sua mulher como tal que teria acabado com ele, não era Oona por si só que tinha cometido o arrastar, sugar e arrancar: eram as duas juntas. Era *o casamento,* que Nell descrevia como um grande tumor espinhoso – uma cruza de mato denso ou arbusto verde-escuro com um câncer em forma de nuvem de tormenta, com as propriedades adesivas do cimento e numerosos tentáculos, como uma bola de sanguessugas. Nell sentia-se intimidada com esse casamento, e pequena e infantil comparada com ele. Ele tinha certo gigantismo e fosforescência, como uma baleia apodrecendo numa praia. Por comparação ela parecia descorada, pelo menos a seus próprios olhos: descorada, banal e de uma insípida integridade. Não tinha nem de longe tanto melodrama operístico e tenebroso e sanguinário para oferecer.

Os filhos de Tig vinham à fazenda nos fins de semana e dormiam nos beliches, com ou sem os seus amigos. Eram dois meninos – dois meninos louros e de aparência angelical, um com onze e outro com treze anos de idade. Tig os fotografava, e ele mesmo revelava as fotos na câmara escura que instalara fechando com cortinas um canto do porão de chão de terra da casa, e mostrava as fotos a Nell: os garotos em outubro, brincando no celeiro, saltando em torno de pilhas de feno mofado, resquício dos tempos em que se plantava; os garotos no começo de dezembro à beira do laguinho semicongelado, pedras nas mãos enluvadas, prontos para atirá-las no gelo; os garotos em janeiro, embrulhados para o inverno, juntando bolas de neve e sorrindo para a câmera. Nell achava que pareciam bem felizes.

Às vezes Oona ia de carro à fazenda com Tig e os meninos. Ficava com eles para o jantar de sábado e ia vistoriar com eles o celeiro, e olhava os dois a deslizar na neve, e dormia na cama de solteiro bolorenta do escritório de Nell. Esse arranjo destinava-se a infundir segurança aos meninos, dizia Tig: eles precisavam saber que tinham pai e mãe e que os dois os amavam muito, a despeito dos espinhos e sanguessugas do casamento. Nessas ocasiões Nell não ficava lá, nem era autorizada a ir lá em nenhum fim de semana, mesmo quando Oona não vinha. A presença de Nell (dizia Tig) não seria boa para as crianças, nem para a própria Nell a longo prazo, pois as crianças poderiam interpretá-la como um indício de que era ela que tinha destruído o casamento. Ela não o destruíra, claro, dizia Tig: a coisa já era a própria destruição muito antes de ela entrar em cena. Todos os amigos de Tig e de Oona sabiam disso, sabiam há anos, e tinham admirado o modo como Tig e Oona haviam organizado as coisas para que a vida parecesse prosseguir normalmente, dizia Tig. Disse também que uma noite havia se enfurecido tanto após uma discussão que arremessara peça por peça tudo que era de vidro ou porcelana contra a parede, deixando uma pilha de pratos quebrados para Oona encontrar de manhã. Nell ficou impressionada com este gesto. Nunca tinha sido boa em matéria de rompantes de ira. Jogar todos os pratos contra a parede era um ato admirável, muito superior aos silêncios pálidos e ao soturno ressentimento que talvez ela adotasse em seu lugar.

Mas Tig e Oona haviam evitado cuidadosamente brigar na frente das crianças, disse Tig. Tinham chegado a um acordo civilizado para efeitos externos, ou suficientemente civilizado; tratavam-se um ao outro de "querido, querida" em público e aos domingos se sentavam à mesa juntos para comer assados – a própria Nell tinha testemunhado isso. Assim as crianças teriam mais tempo para observar Tig morando sozinho no campo e Oona morando sozinha na cidade antes que Nell pudesse entrar em cena com segurança, saindo da sombra dos bastidores onde aguardava sua deixa.

De modo que, na primeira parte daquele inverno, Nell se deslocou furtivamente, como um foragido. Não havia traço de sua presença na casa quando não estava lá – não havia nada dela no pequeno guarda-roupa no topo da escada, nem escova de dente na inadequada prateleira do banheiro, nem livros didáticos nem notas de leitura ou provas de revisão na mesa improvisada. Será que Tig revistava a casa depois que ela saía, limpando suas impressões digitais das maçanetas? Era a impressão dela.

Na quinta e sexta-feira ela tinha um emprego temporário de meio expediente na universidade, substituindo um amigo em licença sabática. Ela ensinava o romance vitoriano a alunos do segundo ano de graduação: as irmãs Brontë, seguidas por Dickens, Eliot e Thackeray, depois os realistas depressivos, George Gissing e Thomas Hardy, com o final decadente fornecido pelo *Retrato de Dorian Gray*, de Oscar Wilde, e *A volta do parafuso*, de Henry James. Era a primeira vez que dava este curso, de modo que tinha de ler muito para se manter à frente dos alunos. Teoricamente, a segunda, terça e quarta-feira estavam reservadas ao trabalho editorial autônomo que nos últimos anos tinha sido seu arrimo principal. Tanto ler romances quanto rever provas eram coisas que podia fazer na fazenda. Nos dias em que não tinha aula, ela tomava o ônibus da Greyhound para Stiles, a cidadezinha mais próxima, esperava na rodoviária sentada num banco duro de madeira encostado numa parede como no vestiário de um rinque de patinação, respirando a fumaça de ônibus e de cigarro que impregnava o ar frio. Comia batata frita e bebia café preto ácido e lia coisas sobre o amor e o dinheiro e a loucura e mobília e governantas e adultério e cortinas e panoramas e morte até que Tig chegava no seu Chevrolet azul enferrujado para apanhá-la.

Ou então ela vinha dirigindo da cidade com ele depois que ele devolvia os meninos na segunda de manhã – cedo, para eles chegarem à escola até as nove. Nell e Tig podiam chegar à fazenda a tempo para o almoço, embora Nell não tivesse fome nessas viagens. Sentia-se tonta e enfermiça, como antes dos exames. Era a expectativa e a sensação de estar sendo testada e julgada, e o medo de fracassar. Mas em que ela poderia fracassar?

O carro estava quentinho e cheirava a maçã: frequentemente os meninos comiam maçã no carro a caminho da cidade. Tig e Nell ficavam de mãos dadas, nos trechos da estrada mais solitários e com menos gelo. Em vez de falar eles ouviam rádio. A certa distância da cidade, era principalmente música country. Nell gostava de canções de anseio, Tig de canções de arrependimento.

A fazenda estava situada numa estradinha de cascalho, a quilômetros da estrada principal. No inverno a paisagem ficava como uma fotografia – neve no telhado, pingentes de gelo nos beirais, colinas brancas e por trás sombrias árvores –, mas não uma fotografia que Nell jamais admitisse em seus cartões de Natal. Como o ocaso, era linda na vida real, mas para a arte muito exagerado.

No fim da entrada de carros, longa, sinuosa e coberta de gelo, os pneus começavam a patinar e o carro dançava. Às vezes Tig tinha que tentar várias vezes até subir a ladeira, mas ele sabia a hora de parar: era importante evitar que o carro mergulhasse no laguinho decorativo. Quando não conseguiam subir a ladeira de carro nem recorrendo a um saco de areia e à pá que ele mantinha no porta-malas, saíam do carro e subiam fazendo o chão ranger nos bancos de neve dos lados da entrada, com a respiração branqueando o ar e o nariz pingando. Não era o melhor prelúdio para o momento romântico que se seguiria uma vez que tivessem passado pela construção de meia-água e pela porta dos fundos e batido os pés para soltar a neve e tirado as botas e os pesados casacos e luvas e echarpes.

A camada de roupa seguinte seria jogada pelo gélido quarto de Tig – as casas tipo *Teto Ancestral* não brilhavam pelo aquecimento, observara Nell –, e então eles ficariam tiritando debaixo do edredom de Tig, entre os puídos lençóis de Tig, enredados numa espécie de abraço desesperado que lembrava a Nell as descrições de afogamento de seus romancistas vitorianos. Nesses romances muitos personagens se afogavam, principalmente quando faziam sexo fora do casamento.

A isto se seguiria um interlúdio de cálida e lânguida amnésia, logo seguido – no caso de Nell – por incredulidade: o que ela estava fazendo ali, naquela situação? E qual, exatamente, era a situação? Via a si mesma como uma pessoa que gostava de coisas claras e diretas e transparentes, portanto como teria se envolvido numa coisa tão nebulosa e – considerando-a objetivamente, do ponto de vista, digamos, de alguém que redigisse uma notícia para seu tabloide se Tig e Nell fossem descobertos asfixiados no carro em um monte de neve, envenenados com monóxido de carbono – tão desprezível? "Marido fugitivo envenenado perto do ninho de amor rural com belezoca editorial." Embora nada disso já tenha acontecido, e seja improvável que aconteça – nenhum deles era estúpido a ponto de deixar o motor ligado num carro bloqueado – só essa ideia já era humilhante.

Nell não fez nada para safar-se, já que estava interessada antes de tudo em autocrítica, e ademais era adulta – ela é que tinha escolhido, ela é que tinha agido – e, no entanto, a dura verdade é que em certa medida a coisa toda era obra de Oona. Era Oona o fator central. Oona tinha armado a relação. Oona a tinha empurrado para a frente, Oona tinha-se omitido no que se revelou um momento crítico, como certas figuras lúbricas de Ama em peças shakespearianas. Por quê? Porque Nell convinha aos propósitos de Oona. Não que a própria Nell tivesse reconhecido esses propósitos na época.

O primeiro par não tinha sido Nell e Tig, tinha sido Oona e Nell. As duas tinham dado partida em ótimos termos. Oona era muito agradável quando queria: sabia fazer você sentir que era sua melhor amiga, a única pessoa no mundo com quem ela realmente podia contar. Nell fora sensível a isso, pois esse tipo de dependência era parte da imagem que tinha de si mesma. Era mais jovem, mais jovem do que agora, mas também mais jovem que Oona.

Naquele tempo Nell era a editora de Oona. Já estava trabalhando como autônoma, fazendo seu pingue-pongue entre editores carentes de pessoal. Tinha cavado para si um razoável nicho – era conhecida por fazer maravilhas com material ainda não publicável, por cumprir prazos e por atender autores bêbados que telefonavam a horas mortas e os estimular com tato, presença de espírito e sussurros que passavam por gestos de compreensão. De ordinário ela fazia a editoração de romances. Tinha se encarregado do livro de Oona numa barganha com um editor seu chapinha, um ex-amante na verdade; ele oferecera um doce em troca do osso que na opinião dele era o livro de Oona.

No entanto, o livro de Oona era do tipo que os editores queriam, pois tinha um potencial de lucro. No tempo que sobrava de seu emprego como chefe de escritório de uma revista pequena, Oona tinha escrito um manual de autoajuda da Supermulher intitulado *Femágica*, sobre a arte de fazer malabarismo entre a carreira e a família e ainda achar tempo para as rotinas da beleza pessoal e reformar a saleta. Era um assunto então na moda, e o editor tinha pressa: tinha de pegar a onda antes que passasse. Contavam com Nell – disse o chapinha – para domar o livro e colocá-lo em forma em tempo recorde.

Nell passara muitas horas com Oona, remodelando capítulos e reordenando parágrafos e sugerindo novos detalhes e acréscimos e supressões. Ficou surpresa ao constatar que, a despeito de sua aparência externa – firmeza, ordem, capacidade para sorrir –, a mente de Oona parecia uma gaveta de meias onde se enfiassem coisas disparatadas. Havia muita bagunça.

Ao fim do processo editorial a coisa tinha virado praticamente outro livro, certamente melhor, pelo que Oona se declarou grata. Manifestou sua gratidão na nota de Agradecimento, que reiterou a tinta na página de título do exemplar que deu a Nell. *Para a preciosa Nell, rainha da editoração – eminência parda –, afetuosamente, Oona.* Nell gostou, porque admirava muito Oona e a via como uma mulher mais velha que, ao contrário dela própria, havia definido a própria vida.

O livro fora um sucesso, ou o que então era considerado um sucesso. Oona tinha sido entrevistada, não só por jornais e rádio, mas também pela TV, no tipo de programa matinal de bate-papo para mulheres que existia na época. Ficou modestamente e, como se viu depois, temporariamente famosa. No contexto da vida de Oona – as sessões de editoração com Nell e depois a publicação do livro e sua sequência –, Nell enxergara Tig como uma forma vaga, uma sombra ao fundo. Na época Nell não ficou sabendo nada sobre ele nem sobre os horrores submersos do casamento: estava muito longe do círculo dos amigos que estavam a par do civilizado acordo.

Em público, Oona era toda elogios para Tig. Tinha dado tanto apoio à sua carreira, dizia ela. Ajudou com as compras de casa, cozinhou muito, cuidou das crianças quando Oona estava ocupada com outras coisas, e tudo sem deixar o emprego na estação de rádio, onde produzia documentários e entrevistas. Ao contrário desses monstros ciumentos que fazem manchetes porque matam a mulher a golpes de pé de cabra ou a afogam na banheira, Tig era a favor de uma vida própria para ela.

Ambos haviam aparecido, em cores lustrosas, nas fotos que ilustravam um artigo de revista. Fingiam estar cozinhando juntos – talvez nem estivessem fingindo. Oona estava senhorial num cafetã, com um colar de âmbar bruto no pescoço, Tig grande e solidamente esportivo em colete e mangas de camisa. A revista era feminina, de modo que havia fotos da cozinha. Entre eles estava pousado um peru cru, rodeado por um habilidoso arranjo de cenouras e batatas e talos de aipo. Formavam um par imponente, pensara Nell melancólica: naquele momento eles tinham representado o tipo de estabilidade que faltava à sua própria vida. Recentemente, vinha descobrindo que era uma pessoa mais convencional do que ela própria imaginava.

Depois Oona quisera escrever outro livro, uma sequela do primeiro. Na verdade, quisera que Nell o escrevesse: ela, Oona, ditaria suas ideias para um gravador de fita e Nell poderia cumprir a proveitosa, necessária tarefa de transfigurar pensamentos em forma impressa. O livro se chamaria *A caixa de truques da Femágica,* que era – Nell também achava – um bom título, embora soasse um tanto como uma fantasia aventuresca para crianças. O problema era que Oona parecia indecisa sobre o que pôr na caixa. Certos dias o livro soava como um memorial, em outros como um faça-você-mesma – como tirar marcas de copos da mobília, o que fazer com as manchas de tinta no tapete –, em outros ainda parecia um manifesto. É claro que poderia ser as três coisas, dizia Nell – havia formas de fazer isso –, mas Oona tinha de tomar algumas decisões preliminares sobre metas e intenções. Neste ponto Oona tinha vacilado. Nell não poderia fazer isso? É que a própria Oona estava muito ocupada.

Durante esse tempo – o que eram? Arrazoados? Escaramuças? Negociações? – Oona fizera certas confidências a Nell. (Nell achou que estava sendo alvo de um tratamento especial, admitida em algo íntimo – Oona tinha um jeito de baixar a voz que insinuava segredo –, mas logo percebeu que não era o caso. Os segredos de Oona eram segredos de Polichinelo, e desfiá-los constituía um ritual frequente.) Seu casamento com Tig, contou Oona, já não era um casamento de verdade. Os dois dormiam em camas separadas, era assim há anos. Continuavam juntos a bem das crianças: Tig fora maravilhoso neste ponto. Tinham um acordo de cavalheiros sobre o que a Mulher de Bath, de Chaucer, chamara "outras companhias". Oona jogara a referência de uma forma descuidada: alguém menos competente poderia tê-la explorado mais, talvez se exibido com ela, mas Oona era mais sofisticada.

*Sofisticado* era a palavra que vinha à mente de Nell quando pensava em Oona. Oona tinha mobília de verdade, uma mistura de vitoriano, envolto numa aura de herança, e modernistas simplificados; tinha também quadros autênticos na parede, com molduras. E gravuras numeradas e assinadas. Nell não aspirava a tanto: seu quarto e sala tinha uma mesa e duas poltronas baratas, tipo saco recheado, e um sofá bojudo de belbute, e quatro estantes com seu acúmulo de livros, e uma cama de solteiro com molas que rangiam – tudo graças ao Exército da Salvação e à loja da rede beneficente Goodwill –, e uns cartazes pregados na parede com tachas. Ela estava economizando, embora não soubesse bem para quê. Tinha chegado a pintar a mesa de laranja e acrescentado umas almofadas ao sofá, mas não via por que se esfalfar mais, porque o apartamento era apenas uma escala, como muitos tantos apartamentos e quartos onde já havia acampado. Ainda não estava pronta para sossegar, como observou a um amigo.

Podia ser. Ou talvez ela ainda não tivesse encontrado alguém com quem sossegar. Vários homens já tinham passado por sua vida, mas nenhum havia convencido. Tratava-os um pouco como a sua mesa – adquiria depressa, dava um ligeiro lustro e considerava provisórios. Mas o prazo para esse tipo de coisa ia correndo. Estava cansada de pagar aluguel.

Depois da conversa sobre os quartos separados e o acordo de cavalheiros, Nell voltou a seu quarto e sala e se sentou à sua mesa Sally Ann com seu colega Chaucer e consultou a referência Mulher de Bath, só por curiosidade. A Mulher de Bath não era bem adúltera, como Oona, tecnicamente, era: as "outras companhias" eram homens com quem ela tinha se divertido antes do casamento, não durante. Mas isso era um sofisma. Seja como for, ninguém mais usa a palavra *adultério;* já não era uma palavra legal, e pronunciá-la era cometer uma gafe. Havia sido proibida por volta de 1968; agora, três anos depois, os casamentos longos ainda estavam desmoronando sem razão visível, homens de meia-idade com empregos respeitáveis queimavam fumo no fim de semana e usavam continhas coloridas e iam para a cama com mulheres com a metade de sua idade, e donas de casa um dia acomodadas pulavam a cerca e começavam carreiras novas e, em casos extremos, viravam lésbicas de um dia para o outro. Um tempo atrás não havia lésbicas, pelo menos que se vissem, mas de repente elas estavam pipocando por toda parte. Algumas nem eram lésbicas de fato; estavam só dando o troco aos maridos por causa das continhas coloridas e das garotas novas.

As próprias garotas novas, bem como as mulheres em modo de escapada, indicavam sua abertura pelo modo de vestir-se. Usavam macacões até o tornozelo e óculos com grandes armações redondas, ou folclóricas saias até o tornozelo e sandálias de sola grossa; tinham cabelos compridos e lisos de álbum de fotografias ou cabelo afro encaracolado ou cortado bem curto; circulavam os olhos de preto e usavam batom rosa-claro, ou não usavam maquiagem nenhuma. "Amor é amor", diziam sorrindo, mas com modos professorais que Nell achava autocomplacentes. *Amor* é amor. Soava tão simples. Mas, em termos práticos, significava o quê? Nell gostava de conhecer as normas, fosse qual fosse o jogo: nesse particular, era intransigente. Em criança organizava sua comida em pilhas: carne aqui, purê de batata ali, ervilha confinada numa área especial, segundo um rigoroso plano próprio. Uma pilha não podia ser comida antes de ser consumida outra já iniciada: a norma era esta. Não trapaceava sequer ao jogar paciência, em que gastou muito tempo ao longo dos anos.

Quanto à interação social, só aprendera as normas antigas, as que vigoravam até o momento explosivo – parecia um momento – em que todos os jogos tinham mudado instantaneamente e as estruturas anteriores desabado, e todo o mundo começara a fingir que a própria noção de normas era obsoleta. Segundo as normas anteriores, só para dar um exemplo, não se roubava o marido das outras mulheres. Mas agora roubar maridos era coisa que já não existia, ao que parece; em vez disso, havia só diferentes caras fazendo suas próprias coisas e alternando opções de vida.

Nell tinha passado a fase da rebelião perplexa e desorientada e impotente. Confessar tal coisa, porém, seria atrair desprezo. Sentia-se sozinha em sua reação e tinha calado a boca, e literalmente saído de festas cedo para não ter que debater-se contra barbudos em corredores e repelir indivíduos drogados que queriam sexo em jardins iluminados com lanternas japonesas de papel e ouvir suas sentenças trôpegas mas coléricas sobre seu comportamento altivo.

Seus casos – *caso*, outra palavra obsoleta –, suas *relações* antes deste instante ao menos tinham uma trama. Tinham começo, meio e fim e eram marcadas por cenas de vários tipos – em bares, em restaurantes, em cafés e até – quando as coisas chegavam ao extremo – em calçadas. A despeito da necessária dor e das lágrimas derramadas – em geral por ela mesma –, havia nestas cenas certa satisfação, se não prazer: depois, muitas vezes, Nell sentiu haver motivo para aplausos, pois os papéis tinham sido representados conforme o roteiro e cumpridos deveres não especificados.

Houvera então entradas e saídas de cena, não apenas o dispersivo entrar e sair de quartos e o balbuciar e arrastar-se e dar de ombros que substituíra a vida social. Foram afetadas as emoções a que se vinculavam palavras identificáveis: *ciúme, desespero, amor, traição, ódio, falta,* todas as antiguidades. Mas agora ter vocabulário era uma desvantagem, entre os que eram jovens e os que pretendiam ser.

Oona e Tig eram mais velhos que Nell. Não tinham descartado de todo as velhas normas, ainda participavam de conversas. Pouco após o episódio da Mulher de Bath, Oona convidou Nell para jantar – um dos festivos rosbifes pelos quais Oona e Tig eram famosos. Nell partiu para o jantar de boa-fé, confiante que ia ver cadeiras em volta de uma mesa de jantar de verdade e não uma maçaroca de arroz integral e o pastar desordenado que era moda em reuniões mais confusas e boêmias. Já tinha visto a mesa, e ali se reunira com Oona para sessões de editoração. Na pior das hipóteses, ainda haveria uma mesa posta; na melhor, não haveria ninguém sentado no chão de pernas cruzadas monologando sobre viagens de ácido. Havia lá outro casal – um professor de história e sua mulher, miraculosamente ainda juntos. O professor tinha aparecido em um dos documentários de Tig e era uma autoridade na Guerra dos Sete Anos.

Os dois filhos já tinham jantado, mas apareceram para a sobremesa especial, um suflê de Grand Marnier com calda de chocolate.

O clima era festivo, embora um tanto sobrecarregado. Oona e Tig voltavam para Nell um rosto alegre e interessado sempre que ela falava, o que não acontecia muito – era principalmente o professor de história que falava. Mesmo assim, quando Nell achava alguma coisa para dizer não tinha a sensação de ter que filtrar as palavras e só usar as que fossem curtas.

Após o jantar, o casal de história se foi, e Nell ajudou Oona a tirar a mesa – esta era uma das antigas normas – e depois jogou Monopólio com os dois meninos. Eles eram amistosos e educados, e a tratavam como se fosse uma criança um pouco mais velha. Ela sacudiu os dados e os fez rolar e teve sorte, e adquiriu não só a estação de tratamento d'água e a empresa de eletricidade e todas as quatro ferrovias e algumas quadras de propriedades pobres em ruas vermelhas e azul-claras e púrpura, mas também Park Place e Boardwalk, onde construiu hotéis. Embora surpresa com a própria crueldade – era só um jogo, devia deixar as crianças ganharem –, ela passou a cobrar aluguéis caros e acabou levando as crianças à falência e ganhando o jogo.

Surpreendentemente, as crianças não ficaram magoadas e até quiseram jogar outra partida, embora Oona dissesse que era tarde para isso. Depois elas tomaram sorvete e dois dos três gatos da família subiram para o colo de Nell e ronronaram. Nell sentiu-se encantada, e bem recebida, e aceita, e de certo modo protegida, com Tig e Oona sorrindo radiantes para ela e para os meninos como fadas madrinhas em certos contos sobre órfãos resgatados.

O convite para jantar tinha sido feito para que Nell pudesse aproveitar ao máximo a companhia de Tig. Esta foi uma conclusão a que Nell chegou mais tarde. De certa forma, ela estava sendo entrevistada: Oona a indicara para o cargo de segunda esposa, ou se não segunda esposa exatamente, segunda alguma coisa. Algo secundário. Algo controlável. Uma espécie de concubina. Nell devia servir como *a outra companhia* de Tig, para que Oona pudesse tocar a sua própria vida que estava tão decidida a levar.

Que acontecera em seguida? Nell não tinha bem certeza. Tinha sido arrebatada, evidentemente. Tinha sido carregada. Ou talvez sequestrada. Às vezes era esta a sensação. Fosse o que fosse, havia contribuído para Tig fugir para o campo, embora ninguém dissesse isso.

No fim de janeiro Nell comprou lã vermelha e azul e púrpura. Não tricotava havia muito tempo, desde criança, mas sentiu um impulso de recomeçar. A ideia era fazer uma colcha de lã para a cama sambada do chamado estúdio, a cama onde Oona dormia quando vinha à fazenda no fim de semana. Teceria longas tiras, um quadrado vermelho, um púrpura, um azul, e depois coseria as tiras. Seria preciso algum planejamento para a obra dar certo, com os quadrados criando o nítido efeito de xadrez que tinha em mente. Uma vez pronta a colcha, a poria sobre a cama, e lá ela ficaria.

Talvez fizesse isto. Por outro lado, talvez não fizesse. Talvez voltasse à sua mesa laranja e ao sofá Sally Ann, levando consigo o tricô. Não tinha decidido.

Quando Tig não estava lá – quando partia numa excursão –, ela ficava lendo, ou editando manuscritos, ou corrigindo ensaios de alunos. A Noção de Cavalheiro em *Grandes esperanças*. A Governanta em *Jane Eyre*, *A feira das vaidades* e *A volta do parafuso*: Subalterno, Caça-Dote, Histérico. Conformidade e Rebelião em *O moinho à beira do rio*. Mas o estúdio ficava no lado norte da casa: era frio, e escurecia cedo. De modo que ela tirava longas folgas do que estivesse fazendo, e preparava xícaras de chá e se sentava ao lado da janela ensolarada que um dia fora da saleta da frente, tricotando a coberta vermelha e azul e púrpura e ouvindo a água pingar dos pingentes da calha, e contemplando a esplêndida linha curva da neve que o vento amontoava pelo campo e a fileira de cedros por trás dela, e as sombras azuladas. Nesses momentos era capaz de se esquecer de que ainda havia decisões a tomar. Sentia-se preguiçosa e apaziguada, como se boiasse num banho quente. Mas depois tinha que se beliscar, e voltar ao estado de alerta, e tentar refletir sobre a sua posição.

O que, exatamente, Tig estava lhe ofertando? Ele alegava que era permanência, mas em que forma? Afinal, ele ainda estava casado. Haveria uma trama, haveria emoções e acontecimentos, isto era previsível. Haveria amor – esta palavra fora usada –, mas que tipo de amor? E, em termos da vida diária, que significava? "Acho que para nós poderia funcionar", assim Tig havia colocado a proposta. "Quero partilhar minha vida com você." Mas a vida que ele dizia querer partilhar incluiria – por exemplo – Oona?

Nell sentia a presença de Oona tão logo ela cruzava a porta do estúdio. Sentia, possivelmente farejava. Oona preferia cosméticos perfumados, que tendiam para o lado mais exótico do espectro aromático. Na fase da editoração Nell tinha achado esses perfumes agradáveis, mas agora não conseguia preparar-se para trabalhar sem primeiro abrir a janela para deixar entrar ar fresco, a despeito das temperaturas abaixo de zero. Tinha a sensação de que Oona estava bem atrás dela olhando por cima do seu ombro, sorrindo de um modo ambíguo e liberando ondas de odor soporífero, como um campo de papoulas maduras.

Mas Oona vinha visitando a fazenda cada vez menos, segundo Tig. Quanto ao projeto do novo livro, que Nell devia ter editado ou – o que seria mais provável – escrito, fora silenciosamente abandonado.

No fim de fevereiro Tig anunciou que já era hora de Nell estar na fazenda ao mesmo tempo que os meninos. Nell não estava certa de estar pronta para isso. Tinha se acostumado com a invisibilidade: agora, mudar a rotina perturbaria o equilíbrio. Mas Tig disse que falara com os meninos sobre ela, contara que ela estava morando na fazenda a maior parte da semana, de modo que era preciso ela fazer a sua parte. De qualquer modo ele e Oona tinham discutido a situação e concordado que as coisas deveriam ficar dessa maneira: era tempo de os meninos verem Nell em seu próprio terreno.

— Por que você discutiu isso com ela? — perguntou Nell, mantendo a voz o mais neutra possível.

Tig pareceu desconcertado.

— Naturalmente eu discuti com ela — respondeu. — Nós discutimos tudo que diz respeito aos meninos. Ela é mãe deles.

— Que foi que ela disse, exatamente? — quis saber Nell. — Sobre mim?

— Ela está totalmente a favor — disse Tig. — Está totalmente a favor de *você*. Acha que você vai ser uma boa coisa para os meninos.

— E eu? — interpelou Nell. Queria acrescentar que a fazenda não era seu terreno. Ela não tinha seu próprio terreno, não havia se estabelecido, não tomara semelhante decisão. Queria ser mais cortejada.

— Que é que você quer dizer com isso? — quis saber Tig.

— Que é que eles acham que eu sou? — insistiu Nell. — Que é que eu devo ser?

— Você deve ser a maravilhosa mulher que mora aqui comigo — declarou Tig. Ele a envolveu nos braços e lhe beijou o pescoço, mas mesmo assim ela percebeu que ele estava aborrecido. Ela estava criando dificuldades sem razão. Estava passando do limite. Mas onde estava o limite? Ela não conseguia ver.

No último sábado de fevereiro Nell tomou o ônibus da Greyhound para Stiles. Já era de tarde. Tig e Oona tinham resolvido que Nell não devia tentar passar todo o fim de semana, não da primeira vez, porque isso poderia causar tensão demais para as crianças. Na estação ela esperou que Tig a apanhasse tricotando a colcha. Só faltavam duas fileiras de quadrados; já havia prendido as fileiras acabadas, usando uma agulha de crochê, e o efeito xadrez em vermelho e púrpura e azul tinha aparecido bem como ela havia imaginado.

Tig estava atrasado, mas isso não era novidade. Ele geralmente se atrasava para apanhá-la. Tinha outras coisas a fazer em Stiles. Precisava comprar gás, ir à loja de ferragens, fazer compras na mercearia. Uma vez que ela entendia isso, ficava conformada com o atraso, mais ou menos.

Foram para a fazenda no Chevrolet enferrujado. Os meninos estavam deslizando no laguinho congelado. Estavam sem os patins, mas com os tacos de hóquei; estavam lançando discos de hóquei. Acenaram com as mãos enluvadas quando o carro subiu dançando.

Desta vez não houve abraços, nem roupas arremessadas, nem a corrida para mergulhar debaixo do edredom de Tig. Em vez disso, uma vez dentro de casa houve uma pausa desajeitada.

– Eles vão gostar de ficar lá fora um tempo – disse Tig.

– E se a gente fizer um chocolate? – propôs Nell. Era assim que se tratavam as crianças: fazendo chocolate. – E pipoca – acrescentou ela. Era isso que lhe davam quando criança, em frias tardes de inverno como esta: comida reconfortante, rica e doce e quente.

– Boa ideia – disse Tig. Ele sorriu para ela, satisfeito com o esforço que ela fazia.

Felizmente havia chocolate, e pipoca também. Nell se afanou a misturar o chocolate em pó e o açúcar. Mediu o leite, despejou na panela e acendeu o fogo e começou a sacudir os grãos de milho numa panela de ferro. Mãe reserva, pensou. Conselheira de acampamento. Professora temporária de escola dominical. Eis as suas escolhas, seu disfarce: todos afetados, cheirando a blusas de algodão azul com crachá na manga. Como cumprimentaria os meninos? "Oi, eu sou a amante de seu papai." Mas a palavra *amante* fora empurrada porta afora, juntamente com *adultério*. E não se podia ter uma sem a outra.

Os meninos entraram cruzando o abrigo; ela os ouviu rir, bater os pés para soltar a neve. Depois, já estavam no cômodo principal. Eles trancaram a porta com timidez e com o que também podia ser desconfiança e apreensão; de um modo muito parecido – supôs Nell – com o modo como estavam sendo olhados por ela. Depois apertaram a mão dela, um de cada vez. A despeito do caráter espinhoso e parasitário do casamento que fora seu habitat até então, eles eram o que se chamava crianças bem-educadas. Estavam mais altos do que Nell se lembrava, e mais velhos, mas claro que iam estar. Fazia meses – muitos – que ela não os via.

Os três sentaram-se à mesa da cozinha, tomando seu chocolate e comendo pipoca e jogando Monopólio, enquanto Tig preparava macarrão para o jantar. O jogo não tinha a espontaneidade da primeira vez que jogaram juntos, as jogadas eram mais cautelosas, mais precavidas; os meninos entesouravam seu dinheiro do Monopólio como se previssem uma futura emergência. Não se adquiriam propriedades temerariamente como antes, não se apostava da mesma forma, não se assumiam os mesmos riscos. Talvez eles estivessem a se lembrar da primeira partida com Nell, quando pai e mãe ainda estavam sob o mesmo teto fingindo que tudo estava bem. Agora eram os meninos que tinham de fingir que estava tudo bem. Tig também fingia: estava alegre demais, vibrava ansiosamente. Queria tanto que tudo corresse sem tropeços.

Nell jogou tão mal quanto podia e fez numerosos empréstimos, mas mesmo assim, apesar de seus esforços, ganhou a partida. Não conseguia trapacear. (Nos meses seguintes, ela e os meninos, e às vezes mesmo Tig, jogariam muitas vezes mais. Nell tentava jogar, em vez disso, Corações ou Paciência de grupo, mas os meninos exigiam Monopólio. Nell tinha pena deles: os dois queriam ganhar, pelo menos uma vez. Mas não tinham sorte, e por alguma razão isto não se conseguia contornar.)

Enquanto eles comiam o macarrão, Oona telefonou. Depois de trocar algumas frases com Tig e conversar com os dois meninos, ela pediu para falar com Nell. Nell foi ao telefone relutante. Era um telefone de parede, bem ali na cozinha. Tig e os meninos se imobilizaram: não podiam deixar de ouvir.

A voz de Oona tinha o tom de confidência mas também de autoridade familiar para Nell.

– Veja se eles fazem os deveres, ouviu? – disse ela. – Tig os deixa brincar demais. Estão se atrasando na escola.

Então é isso que esperam de mim, pensou Nell. Eu sou a governanta.

No fim de março, quando a neve tinha derretido quase toda, exceto nas sombras, e os botões estavam despontando nas árvores, Nell terminou a colcha e a arrumou sobre a cama de solteiro do estúdio. Gostou do resultado. Chamou Tig para admirá-la.

— Isto quer dizer que você veio para ficar? — perguntou ele, abraçando-a por trás com seus longos braços. Nell não disse nada, mas sorriu. Afinal, ele não era tão obtuso.

Em abril, os meninos trouxeram um dos gatos, porque fazenda precisa de gato: tinham visto ratos no celeiro, talvez ratazanas. Era um gato da cidade. Como não estava acostumado a viajar, rosnou e vomitou no carro, e quando chegaram à fazenda saltou fora antes que alguém pudesse agarrá-lo e correu para o mato e não foi visto durante vários dias. Quando voltou estava mais magro e tinha carrapichos agarrados por todo o pelo. Escapuliu para baixo da cama do estúdio de Nell e de lá não saía. Mas evidentemente deve ter emergido à noite e rolado na colcha de tricô, para onde transferiu a maioria dos carrapichos. Nell catou os carrapichos, porém jamais conseguiu retirar todas as pequenas farpas e espinhos.

# TRANSTORNO MORAL

Primavera tão linda nunca houve, pensou Nell. As rãs — ou seriam sapos? — trinavam no laguinho e havia vime unha-de-gato e amentilho — qual seria a diferença? — e depois as moitas de espinheiro e as ameixas silvestres e as macieiras esquecidas floresciam, e uma fileira irregular de narcisos plantados pela mulher de um fazendeiro há longo tempo desaparecido irrompia atravessando o mato e a grama seca à beira da entrada de automóveis. Os pássaros cantavam. A lama secava.

Ao anoitecer, Nell e Tig sentavam-se do lado de fora da casa alugada em duas cadeiras de jardim de alumínio que tinham achado no abrigo dos fundos, de mãos dadas, espantando com a mão eventuais mosquitos e olhando uma coruja listrada ensinar dois filhotes a caçar. Para treinar usavam os doze patinhos que Tig havia comprado e instalado no laguinho. Ele tinha feito um abrigo para os patinhos — como uma casinha sem paredes, montada numa balsa flutuante. Eles podiam ter se metido debaixo do teto e ficado em segurança, mas não pareciam ter aprendido o bastante para isso.

Sem fazer bulha, a coruja baixava para a superfície onde os patinhos chapinhavam sem saber o que estava acontecendo, e agarrava um por noite, e o levava para o oco da árvore morta onde fizera o ninho, depois dilacerava o patinho e o repartia entre os filhotes para que o devorassem, até que não sobrou um só dos doze.

— Veja só — disse Tig. — Quanto charme.

No começo de maio o negociante dono da fazenda comunicou que ia vendê-la. Deu um mês para eles desocuparem a propriedade. Como não havia um contrato formal de locação, tinham de sair. Mas não podiam voltar à cidade, nisso estavam de acordo. Isto aqui era belo demais.

Seguiram de carro meia hora rumo ao norte, onde os preços seriam mais baixos, e exploraram estradinhas afastadas, em busca de placas de Vende-se. Perto de Garrett conseguiram encontrar algo na faixa de preço desejada: uma casa, um celeiro e quarenta hectares. Estava no mercado há mais de um ano. Propriedade desocupada, dizia o dono, que a estava mostrando pessoalmente. Morava em outra fazenda; vinha usando o celeiro da primeira para armazenar feno. Mas agora ia vender as duas, liquidar tudo. "Quero ver o mundo antes que chegue a hora de vestir meu paletó de madeira", explicou.

Também nesta fazenda havia um laguinho, e numerosas macieiras nodosas em torno da casa e um depósito externo onde estava guardado um velho trator. O trator estava incluído no preço, disse o dono. A casa, revestida de tábuas, fora construída em meados da década de 1830 e tinha no fundo uma puxada com chão de cimento – uma cozinha de verão. O celeiro estava inacabado; as vigas eram árvores que ainda conservavam parte da casca. A escada de acesso tinha degraus altos e perigosos. O chão sujo estava úmido e exalava um cheiro difícil de identificar. Não era bem de podre, nem de rato morto, nem de esgoto.

– Tem muito que fazer – ponderou Nell. O fazendeiro concordou alegremente e baixou cinco mil dólares no preço. Depois havia a questão da hipoteca, lembrou Tig: eles eram candidatos duvidosos para o banco, já que nenhum dos dois tinha emprego efetivo em tempo integral. Mas o dono disse que ele mesmo lhes daria uma hipoteca.

– Ele está ansioso para se livrar dessa fazenda – disse Nell.

Estavam no meio do chão da cozinha, que descia acentuadamente em direção à parede central: mais cedo ou mais tarde iam ter que levantar o piso com um macaco instalado no andar de baixo e substituir a viga transversal. O papel de parede – uma das várias camadas, como se podia ver nos rasgões – era de um verde desbotado, com flores de um castanho-rosado em forma de bulbo. O chão estava revestido com um oleado de uma padronagem de formas oblongas castanho e laranja em que Nell reconheceu a década de 1950.

– São quarenta hectares – disse Tig.

– A casa é meio escura – ponderou Nell. – Não é lá muito animadora.

– Vamos limpar as janelas – propôs Tig. Há anos ninguém morava ali. O parapeito das janelas estava coberto de poeira e moscas mortas. – Vamos pintar de branco o papel de parede. – Ele tinha saído com o fazendeiro, caminhado pelas terras. Tinha visto um falcão-dos-pântanos no campo dos fundos; interpretou aquilo como um presságio.

Nell não disse que o problema não eram as janelas, nem o papel de parede. Mas era verdade que uma pintura ajudaria.

Rasparam as contas para juntar o dinheiro da entrada, usando as economias de Nell e o pagamento de um documentário de TV que Tig montara há pouco tempo. No fim de semana depois que fecharam o negócio, levaram a cama para lá. Depois se sentaram no piso de oleado, comendo sardinha direto da lata e fatias de pão integral e nacos de queijo, e bebendo vinho tinto. A única lâmpada dançava na ponta de um fio e era ofuscante, de modo que eles a apagaram e acenderam uma vela. Era como um piquenique dentro de casa.

— Então, ela é toda nossa — disse Tig.
— Eu nunca tinha sido dona de um imóvel — observou Nell.
— Nem eu — disse Tig.
— Dá certo medo.
— Amanhã nós saímos para ver o falcão.

Nell beijou Tig. Não era uma boa ideia por causa da sardinha, mas todos dois tinham comido.

— Vamos para a cama — disse Tig.
— Eu tenho de escovar os dentes — disse Nell.

Deitaram-se abraçados no colchão de Tig — no colchão deles. Tinham levado para cima a vela, que bruxuleava na brisa cálida que vinha pela janela aberta do quarto. Nell pensava em cortinas brancas de tule — coisa que sempre desejara quando jovem — e na forma como essa brisa as agitaria, uma vez que as tivessem.

— Você não devia ter dito que eu sou sua mulher — disse Nell depois de um tempo. — No escritório do advogado.

— Agora muitas mulheres casadas estão mantendo o nome de solteira — respondeu Tig.

— Mas não é verdade. Sua mulher é Oona. Você ainda está casado com ela.

— De fato, não é — concordou Tig.

— Seja como for, você pôs *cônjuge* em vez de *esposa*. Entregou tudo. Você não percebeu o jeito como ele estava olhando para mim? O advogado?

— Que jeito?
— Aquele jeito.

— Como você quer ser chamada? — perguntou Tig. Agora ele parecia magoado.

Nell não respondeu. Ela estava estragando as coisas; não queria isso. Fora colocada numa posição falsa, coisa que detestava. Mas não tinha outro termo a sugerir — nenhum termo para designá-la que fosse ao mesmo tempo verdadeiro e aceitável.

Nos dias seguintes eles foram levando para lá o resto de seus pertences — os beliches para os dois filhos de Tig, onde eles dormiam quando estavam na fazenda; a cama de solteiro para o quarto de hóspedes; a mesa de trabalho de Nell; algumas cadeiras; algumas estantes e livros. A mesa laranja de Nell. Ela deixou na cidade o resto de sua mobília. No fim teriam de comprar outros móveis — a casa estava bem vazia —, mas agora não tinham dinheiro para isso.

Os dois meninos de Tig vieram no fim de semana seguinte e dormiram em seus beliches no quarto novo e saíram a caminhar com Tig por toda a fazenda. Viram o falcão-dos-pântanos — dois falcões-dos-pântanos. Devia ser um casal, disse Tig, andavam caçando ratos. Os meninos se animaram vendo o trator no celeiro. Não é preciso carteira para dirigir trator, a menos que se vá para a estrada. Tig disse que quando ele colocasse o trator em condições de andar — ou quando alguém fizesse isso — os meninos poderiam dirigi-lo pelo campo.

Nell não foi caminhar. Ficou em casa e fez biscoito. Havia um velho fogão elétrico que funcionava perfeitamente, exceto uma das bocas. Iam comprar também um fogão de lenha. O plano era este.

Quando Tig e os meninos voltaram, todos comeram biscoito com mel e tomaram chá com leite quente. Sentaram-se à vontade em torno da mesa laranja de Nell com os cotovelos na mesa, como em família. Aqui eu sou a única pessoa que não é parente de ninguém, pensou Nell. Estava se sentindo isolada. Já não ia muito à cidade, e quando ia era a trabalho – reunia-se com editores e com os autores cujos livros estava editorando –, de modo que não via muito os amigos. Além do que seus pais não estavam falando com ela como pais, embora não chegassem a não falar com ela. Do ponto de vista da conversação, fora posta numa zona cinza que lembrava a sala de espera de uma rodoviária: ar frio, silêncios, temas limitados à saúde e ao tempo. Seus pais não tinham se acostumado com o fato de Nell ter mesmo ido morar com um homem que ainda estava casado com outra pessoa. Na vida anterior ela jamais se portara de um modo tão ostensivo. Pensava um pouco nas aparências. Era mais sorrateira. Mas, agora que seus cartões comunicando mudança de endereço eram enviados tão abertamente, já não havia margem para disfarces.

Nell concentrou as energias na horta. Havia marmotas pelo campo, de modo que ela começou por uma cerca; Tig ajudou. Assentaram a cerca a trinta centímetros de profundidade para que as marmotas não pudessem entrar abrindo um túnel. Depois Nell tirou uma boa quantidade de esterco de vaca em decomposição do monte que achou no celeiro. Era o bastante para anos. Ao lado da porta da frente espalhava-se uma roseira nodosa; Nell a podou. Podou também algumas macieiras. Estava agora mais interessada em instrumentos afiados – tesouras e tosquiadoras, picaretas e pás, serras de podar e forcados. Machados, não; achava que não conseguiria manejar.

A essa altura ela já havia estudado os pioneiros locais – as pessoas que tinham chegado à região no começo do século XIX e desbastado a terra, derrubando árvores, queimando troncos e ramos, transformando suas gigantescas raízes e cepos em cercas que aqui e ali ainda se viam, apodrecendo lentamente. Antes de vir para cá muitas dessas pessoas nunca haviam usado um machado. Algumas tinham decepado as próprias pernas; para fugir a esse destino, outras manejavam o machado trepadas em baldes. O solo da horta era bom, embora houvesse muitas pedras. E também cacos de cerâmica, e frascos de remédio de vidro prensado, brancos e azuis e castanhos. Um braço de boneca. Uma colher de prata manchada. Ossos de animais. Uma bola de gude. Camada após camada de vidas esgotadas. Para alguém, um dia, esta fazenda fora nova. Deve ter havido luta, suspeita, fracasso e desespero. E mortes, naturalmente. Mortes de vários tipos.

Enquanto Nell trabalhava na horta, Tig andava para cima e para baixo. O carro subia e descia ruas transversais que ele explorava. Entrou em Garrett e testou a loja de ferragens e abriu uma conta no banco. A mercearia da cidade – não o novo supermercado retangular que ficava no subúrbio – tinha na janela uma placa pedindo ovos: GALINHA DESOSSADA, OVOS. Ao voltar das excursões, Tig contava a Nell as suas descobertas e lhe dava presentes: uma colher de pedreiro, um rolo de barbante, um rolo de palha de plástico para proteger raízes.

    Havia um conjunto de posto de gasolina e armazém no cruzamento mais próximo; Tig deu para ir lá tomar um café com os fazendeiros, os mais velhos. Eles o encaravam como um bicho esquisito, comentou Tig. Não o haviam jogado na vala comum do desprezo a que relegavam a maioria da gente da cidade. Ele tinha um carro enferrujado e não usava gravata e sabia o que era uma catraca: eram pontos positivos. Mas tampouco era um fazendeiro. Mesmo assim, deixaram que entrasse para as sessões de café, onde colhia dicas e fofocas das fazendas. Chegaram a começar a mexer um pouco com ele, novidade que ele relatou a Nell com algum deleite.

Nell não o acompanhava nestas saídas; não era convidada. A norma do grupo de café era "só para homens". A norma não era declarada, era pressuposta.

— Perguntei a eles que tipos de animais devíamos ter — contou um dia Tig ao voltar do armazém do cruzamento.
— E? — indagou Nell
— Eles disseram: "Nenhum."
— Parece uma boa ideia — opinou Nell.
— Depois um cara disse que "se você tiver gado, vai ter gado morto".
— Deve ser verdade — concluiu Nell.

Dias depois, Tig disse que se era para morar numa fazenda não deviam deixar a terra inculta, e portanto eles teriam animais. A mudança também agregaria valor aos meninos, que aprenderiam de onde a comida realmente vem. Podiam começar com galinhas; galinha é fácil, diziam os fazendeiros.

Tig e os meninos construíram um galinheiro meio torto para proteger as galinhas dos predadores noturnos. Fizeram também um pátio cercado onde as galinhas podiam correr em segurança. Tig e Nell e qualquer pessoa que estivesse lá poderiam comer os ovos, disse Tig, e depois eles próprios podiam comer a galinha, quando ficasse velha para pôr.

Nell ficou imaginando quem iria matar as galinhas idosas quando chegasse a hora. Achava que não seria ela.

As galinhas chegaram em sacos de aniagem. Adaptaram-se imediatamente a seu novo ambiente, ou pelo menos assim pareceu: não tinham grande variedade de expressões faciais. O fazendeiro que as forneceu incluiu um galo no pacote.

– Ele disse que assim as galinhas ficariam mais contentes – disse Tig.

O galo cantava todo dia de manhã – um canto antigo, bíblico. Passava o resto do dia seguindo as galinhas enquanto elas ciscavam o lixo e saltava sobre elas por trás e as pisoteava. Se Nell ou os meninos chegavam muito perto das galinhas quando entravam no pátio para apanhar os ovos, o galo pulava nas pernas nuas deles e as arranhava com o esporão. Eles começaram a entrar levando paus para bater no galo.

Nell fez com os ovos um bolo americano e o congelou no freezer que eles se viram comprando, porque onde é que iam guardar tudo que ia sair da horta quando começasse realmente a produzir?

Depois Tig arranjou uns patos – não filhotes, desta vez –, que deixou se arranjarem por si mesmos no laguinho, e depois dois gansos, que deviam pôr ovos e produzir gansinhos, mas um deles se feriu na perna, de modo que foi preciso levá-lo estradinha acima para a sra. Roblin.

Tig e os meninos e os Roblin já eram amigos, embora Nell suspeitasse que os Roblin – os velhos, que dirigiam uma operação de laticínios, e os numerosos Roblin júnior – riam deles pelas costas. Os Roblin estavam na fazenda há muito tempo e sabiam o que fazer em qualquer emergência. Havia muitos Roblin no cemitério próximo.

A sra. Roblin era uma velha quadrada de rosto redondo – Nell achava que ela era velha –, com braços curtos mas surpreendentemente fortes e dedos vermelhos, ágeis, curtos e grossos que (suspeitava Nell) jamais tinham visto o avesso de uma luva de borracha. Os meninos diziam que ela sabia lançar quando era preciso, e Nell entendeu que o lançamento não tinha nada a ver com beisebol e tudo a ver com esterco. Evidentemente a sra. Roblin era capaz de qualquer tipo de tarefa que envolvesse esterco e catarro e sangue e entranhas – os meninos a tinham visto enfiar a mão numa vaca e puxar o bezerro, começando pelas pernas, visão que os encheu de pasmo. Ao contar isto, eles olhavam para Nell, não criticamente, mas como quem descarta o assunto; não havia modo de Nell jamais se meter até o cotovelo na vagina de uma vaca, dizia aquele olhar.

A esperança de Nell era que a sra. Roblin encanasse a perna do ganso e lhe pusesse uma tala, mas não foi isso que ocorreu. O ganso voltou pronto para o forno, o que, disse Tig, era o modo como se faziam as coisas no campo. O ganso sobrevivente, que talvez fosse macho, vagou por ali algum tempo, com um jeito triste, segundo Nell, e depois bateu as asas.

A essa altura havia também dois pavões, um casal que Tig achara em uma granja de pavões numa das ruas transversais e dado a Nell de presente.

– Pavões! – exclamou Nell. A intenção de Tig era agradá-la. Sua intenção era sempre agradar. Como podia ela não apreciar o seu entusiasmo, sua espontaneidade? – E no inverno? – ponderou ela. – Eles não vão morrer?

– O pavão é um faisão do norte do Himalaia – afirmou Tig. – Eles se cuidam. Vão passar bem no frio.

Os pavões andavam sempre juntos. O pavão se exibia, abrindo a enorme cauda em leque e a chocalhando, e a pavoa o admirava. Eles voavam com facilidade por ali, e pousavam em árvores, e bicavam aqui e ali. Por vezes voavam para o pátio das galinhas. O galo não se metia com o pavão, que era muito maior que ele. À noite, o casal se empoleirava na viga transversal do celeiro, onde devem ter pensado que estariam a salvo. Berravam como bebês que estão sendo assassinados, geralmente logo antes do amanhecer. Nell não sabia onde eles fariam o ninho. Quantos filhotes teriam?

Na horta, Nell plantava tudo em que pensava. Tomate, ervilha, espinafre, cenoura, nabo, beterraba, abóbora, pepino, abobrinha, cebola, batata. Queria generosidade, abundância, um transbordar de fecundidade, como em pinturas renascentistas de deusas das frutas – Deméter e Pomona – em vestes esvoaçantes, com um seio nu e vistosos comestíveis se esparramando de sua cesta. Plantou um canteiro de ervas com cebolinha e salsinha e alecrim e orégano e tomilho, e três ruibarbos, e umas moitas de groselha, uma moita vermelha e outra branca, e algumas de sabugueiro para fazer licor na primavera, e um canteiro de morangos. Plantou feijão-da-espanha, que devia subir em tripés feitos de varas.

Os fazendeiros locais não reconheciam esse método de plantar feijão. Em suas periódicas incursões para ver o pátio – havia sempre um pretexto, um cão extraviado, o empréstimo de uma chave-inglesa ou de um martelo, mas de fato só queriam ver o que Tig e Nell estavam aprontando – eles fitavam as estruturas das varas nuas. Não perguntavam o que era. Quando o feijão começou a aparecer, pararam de olhar.

– Dizem que suas vacas saíram de farra outra vez – diziam eles. Tinham um jeito de olhar para Nell de lado: não a entendiam bem. Ela seria casada com Tig, ou o quê? A julgar pelo meio sorriso que lhe dirigiam, achavam que não. Talvez ela fosse partidária do amor livre, uma espécie de hippie. Isso combinava com o fato de ela se matar de trabalho na horta. As mulheres dos fazendeiros de verdade não tinham horta. Carregavam a caminhonete com as compras feitas no supermercado, em Garrett, trinta quilômetros a leste.

– Ouvi dizer que levou três dias para trazer as vacas de volta ao celeiro. Talvez fosse melhor levar os bichos para o Anderson. Nell sabia o que era o Anderson. Era o matadouro. Anderson's Custom Slaughtering.

– Oh, acho que não – respondeu Nell. – Ainda não.

Tinham as vacas porque Tig havia concluído que deviam criar a sua própria carne: todos os fazendeiros do grupo do café faziam isso. "Crie quatro, venda três, ponha uma no freezer e você está preparado", era a receita. De modo que Tig comprou quatro cruzas Charolês-Hereford a crédito de um desses prestativos fazendeiros, que não disse nenhuma mentira propriamente dita, embora fosse melhor para Nell e Tig se eles tivessem feito algumas perguntas bem fundamentadas. Não sabiam que as vacas eram capazes de saltar, e de saltar tão alto.

Foi preciso levantar e reforçar as cercas, mas às vezes mesmo assim as vacas fugiam e se juntavam a um grande rebanho das vizinhanças. Tig tinha de levar os dois meninos para buscá-las – laçá-las, lutar para colocá-las na caminhonete tomada de empréstimo para esse fim. Era perigoso, porque as vacas eram caprichosas e jamais queriam voltar para casa.

– Capaz de elas saberem que nós vamos comê-las – sugeriu Nell.

– As vacas querem a companhia de outras vacas – discordou Tig. – São como os compradores.

As vacas se chamavam Susan, Velma, Megan e Ruby. Foram os meninos que as batizaram. Foram advertidos sobre isso – humanizar as vacas –, mas seguiram em frente.

Oona sempre telefonava nos fins de semana. A princípio ela queria falar com Nell e também com Tig e com os meninos – queria recrutar a ajuda de Nell e expedir instruções –, mas com o tempo foi parando de fazer isso. Vez por outra ela mandava para Nell uma mensagem lacônica em forma de nota dobrada e fechada que era entregue pelos meninos. Em geral, o assunto eram meias faltando.

Uma das galinhas fugiu do pátio e foi encontrada entre os ruibarbos com a garganta cortada. "Uma doninha", constatou a sra. Roblin após examinar o ferimento. "Elas bebem sangue." Perguntou se Nell queria levar a galinha para casa e cozinhá-la, pois ainda estava fresca e o sangue tinha saído. Nell não quis – a vítima de uma doninha assassina seguramente estaria infectada –, de modo que a sra. Roblin ficou com a galinha, dizendo que ia pensar no que fazer com ela.

Outra galinha se estabeleceu atrás de uma barafunda de peças de máquinas no abrigo dos veículos, onde escondia ovos – os seus e os de colegas que fugiam ao dever de chocar. Quando Nell a encontrou, ela estava sentada em cima de vinte e cinco ovos. Que fazer? Os ovos estavam muito velhos – desenvolvidos demais para comer, muito cheios de embriões.

Os meninos iam passar o resto do verão na fazenda, disse Tig – um arranjo de última hora, porque Oona ia sair de férias. Ia viajar para um balneário caribenho, com alguém.

– Você se incomoda? – perguntou Tig, e Nell respondeu claro que não, embora tivesse preferido receber o aviso com antecedência. Tig disse que não tinha havido antecedência alguma.

Nell prendeu uma lista na geladeira com um ímã. Eram tarefas de limpeza: varrer, tirar a mesa, lavar os pratos. Todos se revezariam. Ela continuaria a lavar a roupa na temperamental lavadora que tinham achado, continuaria a estendê-la no varal. Já estava assando pão, e tortas, e fazendo sorvete, com alguns dos ovos extras e o creme que iam comprar nos Roblin. Era preciso também pensar nas groselhas – ela não podia transformar toda a groselha em geleia. Tinha tentado secar ao sol algumas, porém se esqueceu delas e depois choveu. Andou fazendo muitas listas, porém mesmo assim não conseguia controlar tudo.

Naquela estação houve muitos leilões – os fazendeiros morriam ou vendiam tudo, tudo que havia em casa e no celeiro era posto à venda. Nell sentia-se como um abutre; apesar disso, ia. Comprou uns edredons assim – só precisavam de uns remendos – e uma cômoda de madeira com dobradiças faltando, mas isto seria fácil resolver uma vez que descobrisse o jeito. Queria coisas que formassem um estilo – um estilo rural. Mais ou menos como nos velhos tempos.

Tig comprou uma enfardadeira, suja e barata porque o modelo era obsoleto. Fazia pequenos fardos oblongos – não esses que estão na moda e parecem um grande coque de cabelo cor de canela. Ele e os meninos tirariam o feno, disse ele. Podiam dar o feno às vacas no inverno e vender o excedente a um dólar o fardo. Ele pagaria os meninos, claro – o que se pagasse a um trabalhador não qualificado. Tig e Nell perderiam dinheiro com isso, ou na melhor das hipóteses pagariam a despesa, disse Tig, mas seria fantástico, uma experiência para os meninos, que poderiam fazer um trabalho de verdade e se sentir úteis. Que é que Nell achava da ideia?

– Acho ótima – disse Nell. Esta era agora sua resposta padrão ao entusiasmo de Tig.

Enquanto Nell e Tig iam a leilões nas fazendas, os meninos passavam o tempo no celeiro. Lá eles se entretinham com um monte de coisas. Bebiam álcool, testavam substâncias psicodélicas, fumavam cigarros e baseados. O fuminho vinha do fundo de plantações das redondezas, onde alguns dos fazendeiros mais jovens estavam cultivando variedades lucrativas, embora ilegais, do que chamavam "tabaco doido". Dentro do celeiro, engendravam-se complôs. Pensaram em dar uma escapada no carro, fugir para Montreal ou pelo menos para Garrett, a fim de assistir a filmes de horror. Esses complôs ficavam no plano teórico, e os meninos não gritavam nem quebravam coisas como alguns de que Nell tinha ouvido falar, de modo que Tig e Nell não tinham ideia de nada. Souberam tudo isso muito tempo depois, quando os meninos já tinham crescido, superado os vinte anos e a raiva por Tig ter saído de casa, e começado a partilhar suas reminiscências.

Na escola os meninos não iam muito bem — Oona tinha encaminhado seus cartões de aproveitamento, insinuando que não faziam mais progressos por culpa de Tig. Mas Tig — que tinha posto o trator para funcionar e deixava os meninos dirigirem no pátio da fazenda e pelo campo do fundo — respondeu que eles estavam aprendendo muitas outras coisas, coisas que seriam importantes para eles no futuro.

Os meninos estavam mais altos — mais altos do que Nell. Um deles quase da altura de Tig. Estavam queimados de sol e tinham bíceps, comiam muito e quando Tig não os mandava fazer outra coisa ficavam debaixo do trator, desparafusando peças e aparafusando outra vez. Viviam cobertos de graxa e óleo e sujeira, e às vezes sangue de feridas infligidas com ferramentas, coisa que parecia deixá-los satisfeitos. Nell lavava muitas toalhas.

Quando o tempo estava bom – quente e ensolarado – e o feno já cortado e arrumado em fileiras, Tig e os meninos trabalhavam no enfardamento, calçados com luvas grossas e com bandanas enroladas na testa para o suor não escorrer para os olhos. A enfardadeira era puxada em torno do campo pelo trator, vomitando fardos e torrões de lama seca e pedaços de barbante. O processo era quente e poeirento, e muito barulhento. A palha penetrava nas roupas, e havia fragmentos que se enfiavam no nariz. O pior era levar os fardos até o celeiro. Nell às vezes ajudava, protegida por uma bandana e um chapéu de abas largas. À noite estavam tão cansados que mal podiam comer; caíam na cama antes de o sol se pôr.

No fim de agosto, Tig recebeu de Oona uma carta datilografada, acusando a ele e a Nell de explorar os meninos forçando-os a trabalho infantil com fins de lucro.

Tig e Oona deviam estar minutando um acordo de separação que os capacitasse a obter o divórcio, mas Oona ficava trocando de advogado. Ela achava que, como Tig e Nell possuíam uma fazenda, Tig devia estar mentindo sobre seus rendimentos. Queria mais dinheiro. Porém Tig não tinha mais.

Nell percebeu que estava a formar uma couraça em torno de si. A couraça a impedia de sentir tanta pena de Tig quanto deveria. O ponto de vista de Tig era que ele não podia entrar em nenhum tipo de conflito aberto com Oona. Não podia, por exemplo, iniciar a ação de divórcio. Devia permitir que Oona acreditasse que ela controlava o processo. Se Tig fizesse qualquer coisa de repente – se desse o primeiro passo –, Oona usaria isso junto às crianças. Afinal, elas viviam com ela, oficialmente; não com ele.

— Eles passam mais tempo conosco — argumentou Nell. — Em número de horas acordados. E ela vai usar isso contra você de qualquer modo. Já está usando.

— Ela não está bem — ponderou Tig. — Tem algum problema de saúde. — Disse que não se devia fazer nada para perturbar Oona indevidamente.

De qualquer forma eu a perturbo indevidamente, pensou Nell. Não posso evitar.

Havia mais assunto para essa conversa, porém não se falou mais nada.

Já estou com quase trinta e quatro anos, pensou Nell. Quando é que as coisas vão se desenredar?

Mas Tig não tinha pressa.

As ameixas silvestres da cerca amadureceram e caíram. Eram azuis, ovoides, aromáticas. Nell colheu cestos inteiros e as carregou para casa em meio a um torvelinho de pequeninas moscas-das-frutas, e as transformou em compotas e numa saborosa geleia cor de púrpura. Tig lambeu os dedos cor de púrpura de Nell, beijou-lhe os lábios púrpura; fizeram lentamente amor no cálido e nevoento entardecer. Repleta, pensou Nell. A palavra é esta. Por que eu jamais haveria de querer que alguma coisa mudasse?

Em setembro, Nell apanhou as maçãs menos bichadas e ronhentas das macieiras e as converteu em gelatina. Debaixo das árvores o chão estava juncado de maçãs em fermentação: as borboletas pousavam sobre elas e bebiam, e depois cambaleavam por ali; as abelhas faziam a mesma coisa. Uma manhã, ao acordar, Tig e Nell deram com uma vara de porcos bêbados deitados sob as árvores, grunhindo e roncando desaforadamente. Era evidente que vinham de uma farra.

Tig os enxotou e os seguiu para ver de onde vinham. Eram de uma criação que ficava na colina, atrás: faziam isso todo ano, disse o criador. Arrebentavam o chiqueiro como se tivessem planejado tudo há meses, cavavam a terra e passavam por baixo da cerca. Sempre escolhiam a hora certa. A perspectiva dessa orgia os animava, era a opinião dele. Não fazia diferença, pois as macieiras não eram dele.

Nell sabia que não podiam dizer nada. As fronteiras só são fronteiras quando você pode defendê-las. Por aqui as casas das pessoas eram arrombadas. Havia roubos, vandalismo. Nem sempre ela se sentia em segurança quando Tig não estava lá.

A vaca Susan partiu um dia num caminhão e voltou congelada e esquartejada. Foi como uma mágica – a mulher serrada ao meio no palco diante do público para reaparecer com sua integridade restaurada, andando entre as poltronas; exceto que a transformação de Susan tivera o resultado oposto. Nell se recusava a pensar no que acontecera a Susan durante o período de invisibilidade.

– É Susan que nós estamos comendo? – perguntaram os meninos, engolindo sua carne cozida.

– Vocês não deviam ter dado nomes às vacas – disse Nell. Os meninos sorriram. Tinham descoberto o valor do choque e do horror, pelo menos à mesa do jantar.

Nell estava soterrada em verduras e legumes. Já não sabia o que fazer. Alguns era possível enlatar, outros secar e congelar, outros ainda – como o monte de abobrinha – serviam para alimentar galinhas. Nell fez doze potes de picles de pepino, doze de picles de beterraba. Armazenou a batata e a cenoura e a cebola no porão das raízes, onde foram fazer companhia às garrafas de cerveja que Tig havia fabricado e à jarra onde fermentava o chucrute produzido com o excedente de repolho de Nell. Foi um erro guardar o repolho no porão – empestou a casa inteira com um cheiro de meia suja –, mas Nell se consolou com a ideia de que era rico em vitamina C e valeria a pena se ficassem ilhados pela neve no inverno e começassem a sofrer de escorbuto.

Na segunda semana de outubro, Tig e Nell decapitaram sua primeira galinha. Tig executou a tarefa com um machado, aparentemente um tanto pálido. A galinha correu pelo pátio, jorrando sangue do pescoço como uma fonte. As vacas ficaram agitadas e mugiram. As outras galinhas cacarejaram. Os pavões berraram. Nell teve de consultar a sra. Roblin sobre o que fazer em seguida. Conforme suas instruções, escaldou a galinha e a depenou. Depois tirou as vísceras. Nunca tinha sentido um cheiro tão nauseabundo. Havia diversos ovos, de vários tamanhos, em diferentes fases de desenvolvimento.

Chega, pensou ela. Não vou mais fazer isso. A depender de mim, essas galinhas vão morrer de velhas.

Tig cozinhou a galinha com cenoura e cebola da horta. Os meninos comeram com apetite. Queriam ter estado lá para ver a galinha correndo sem cabeça. Tig havia se recuperado de seu momento de palidez e se deleitou ao descrever a cena.

No fim de outubro, três ovelhas vieram se somar às vacas do pátio. A ideia de Tig era que elas produziriam carneiros que depois poderiam ser vendidos ou comidos. Por alguma razão desconhecida, as ovelhas meteram-se no laguinho e se enredaram num rolo de arame farpado que estava despercebido debaixo d'água, e Tig foi obrigado a soltá-las com um alicate e carregá-las para fora. Sua lã estava encharcada e elas pesavam muito. Debatiam-se e escoiceavam, e Tig escorregou e entrou de lado no laguinho, e depois ainda pegou um resfriado. Nell esfregou Vick Vaporub nele, e lhe preparou uma limonada quente de limão-galego com uísque. Em novembro, as garrafas de cerveja de Tig começaram a explodir no porão. Era um bang, e depois cerveja e vidro quebrado por toda parte, como numa batida de carro de sábado à noite. Nell jamais sabia quando uma garrafa ia explodir: aventurar-se no porão para buscar uma cenoura ou uma batata era como andar em campo minado. Mas a cerveja das garrafas ainda intactas era excelente, disse Tig, embora muito espumante. Tinha de beber aquelas garrafas em rápida sucessão para não desperdiçá-las.

O inverno chegou. O vento amontoou neve na entrada do carro, que era preciso deixar no pé da ladeira, onde o grande limpa-neve que vinha periodicamente o enterrava. Depois caiu uma tempestade de chuva e neve, e os cabos telefônicos vieram abaixo, e a eletricidade foi cortada. Felizmente o fogão de lenha já havia sido instalado. Nell e Tig se enroscavam junto dele, enrolados em edredons, queimando pacotes de velas para dissipar a escuridão.

Outros dias – dias sem nevasca ou ventania ou chuva gelada – os campos ficavam de uma brancura e pureza esplêndidas, o ar vivificante. Tig adorava alimentar os animais em dias como estes; sentia-se em paz. Eles o rodeavam de manhã enquanto ele abria um fardo novo de feno, a aromática respiração dos animais virando fumaça no ar frio e eles se empurrando brandamente um contra o outro, lembrando a cena de inverno no canto de um quadro natalino. Pela janela Nell contemplava o pacato agrupamento, sentindo que havia retornado a um tempo de maior simplicidade. Mas então o telefone tocava. Ela hesitava antes de atender: podia ser Oona. Em fevereiro, com a neve açoitando os campos gelados, as ovelhas pariram. Uma delas teve trigêmeos e rejeitou o menor: Tig o encontrou tiritante e trêmulo num canto da baia. Tig e Nell levaram o cordeirinho repudiado para dentro de casa e o enrolaram numa toalha e o puseram dentro do cesto de roupa, e ficaram sem saber o que fazer depois. Infelizmente, um dos cordeiros que tinham ficado com a ovelha prendeu a cabeça entre duas pranchas da baia e morreu de frio, de modo que teoricamente o terceiro, o pequenino, poderia tê-lo substituído; mas a mãe não queria nada com a criaturinha que havia abandonado.

– Deve cheirar mal para ela – opinou Nell. – Esteve conosco.

A sra. Roblin disse a eles para pôr o cordeiro embrulhado dentro do forno com a porta aberta e o fogo baixo e lhe dar brandy com um conta-gotas, e foi o que fizeram. Ela veio em pessoa verificar se estavam fazendo tudo certo. Tratava Nell e Tig como se fossem crianças com uma ligeira deficiência de compreensão – faltavam só uns parafusos para completar a máquina, como diziam os fazendeiros locais. O cordeiro balia debilmente e escoiceava um pouco; a sra. Roblin olhou os olhos dele e depois a boca e disse que era muito provável ele sobreviver. Nell queria perguntar como a outra saberia, mas percebeu que seria uma estupidez.

Dia a dia, o cordeirinho foi ficando mais forte. Nell o embalava nos braços quando o alimentava; ficava com vergonha de se ver a niná-lo e a cantar para ele.

– Como é que ele se chama? – perguntaram os meninos.

– Ele não tem nome – respondeu Nell. Não ia cair na armadilha de lhe dar um nome.

Em breve o cordeiro estava de pé, tomando leite de mamadeira. Tig fez para ele uma baia na cozinha de verão, onde ganhava todo dia um colchão de palha fresca; mas ele foi ficando cada vez mais brincalhão, querendo correr e pular, e decidiram que era pena mantê-lo encurralado, de modo que lhe abriram a casa. No oleado escorregadio – o novo oleado que haviam colocado, com uma padronagem em forma de mosaico –, suas quatro pernas se abriam e ele mal conseguia equilibrar-se. Mas não tardou a dominar essa arte e a saltar por aqui e por ali, rodopiando o longo rabo de lã.

Contudo, não foi possível ensiná-lo a controlar suas necessidades. Mijava onde quer que lhe desse vontade e deixava no oleado montes de bolotas marrons do tamanho de passas. Nell fez umas fraldas para ele com um saco plástico de lixo verde onde abriu buracos para as pernas e para o rabo, mas aquilo se mostrou mais do que inútil.

No fim de março, a pavoa foi encontrada morta no chão do celeiro, debaixo da viga que lhe servia de poleiro. Deve ter sido uma doninha que subiu lá de noite, disse a sra. Roblin: as doninhas fazem essas coisas. O pavão rodeava o corpo machucado e parecia confuso. E agora, que será dele?, pensou Nell. Ficou sozinho.

Em abril o cordeiro já estava muito grande para continuar dentro de casa. Estava a ficar demasiado forte, turbulento demais. Foi colocado no pátio do celeiro com as vacas e os carneiros, mas não fez amizade com os outros carneiros. Ficava consigo mesmo, exceto quando Tig entrava no pátio para alimentar os animais.

Então, quando Tig dava as costas, o cordeiro marcava carreira e lhe dava uma marrada.

Com Nell a história era outra. Quando ela aparecia, o cordeiro vinha a seu encontro e roçava o focinho contra ela; depois se colocava entre ela e Tig.

Tig foi obrigado a levar uma tábua para o pátio a fim de se defender. Quando o cordeiro investia, Tig lhe batia na testa. O cordeiro sacudia a cabeça e recuava, mas daí a pouco arremetia outra vez.

– Ele pensa que está numa competição – disse Nell.
– Está apaixonado por você – explicou Tig.
– Ainda bem que alguém está – foi a resposta de Nell.
– Que é que você quer dizer com isso? – perguntou Tig ofendido.

Nell não sabia o que queria dizer. Não pretendia dizer aquilo. A frase saíra de sua boca sem ela querer. Sentiu um tremor no lábio. Isto é absurdo, pensou.

Após o assassinato de sua mulher, o pavão começou a comportar-se de uma forma estranha. Exibia-se para as galinhas no pátio, abrindo a cauda em leque e batendo as penas. Se as galinhas não demonstravam interesse, ele pulava em cima delas e as bicava. Tinha um pescoço robusto e seu golpe era violento. Matou várias galinhas.

Tig trancou as galinhas no galinheiro e tentou apanhar o pavão, mas ele escapou voando e gritando. Em seguida foi atrás dos patos, mas eles tiveram o bom-senso de deslizar para o laguinho, onde o pavão não podia alcançá-los. Depois surpreendeu o próprio reflexo numa janela da casa – uma janela próxima de um monte de terra onde ele podia pousar. Exibiu-se para si mes-

mo, abrindo e sacudindo as penas e gritando ameaçadoramente, e então atacou a janela.
— Ele enlouqueceu — concluiu Tig.
— Está sofrendo — corrigiu Nell.
— Deve ser época de acasalamento — disse Tig.
O pavão deu para rondar a casa, espiando pelas janelas do andar térreo como um voyeur ensandecido. Sabia que seu inimigo estava lá. Em sua minúscula cabeça transtornada, o ódio havia substituído o amor. Estava propenso ao assassinato.
— Devíamos arranjar outra companheira para ele — disse Nell. Mas não acharam jeito de fazer isso, e um belo dia ele tinha desaparecido.

O cordeiro estava cada dia maior e mais destemido. Já não esperava que Tig desse as costas, arremetia de qualquer ângulo. Seu crânio parecia de ferro: bater-lhe com uma tábua só fazia incitá-lo.
— Ele pensa que é um ser humano — disse Nell. — Pensa que é um homem. Só está defendendo o seu território.
— Justamente — concordou Tig. Havia um fazendeiro das vizinhanças, foi o que os caras do armazém contaram, que uma noite andou bebendo e tentou cruzar o campo onde pastava um bode. O bode arremeteu contra ele e o derrubou. Cada vez que o pobre idiota tentava levantar-se, o bode tornava a derrubá-lo. Ao amanhecer o homem estava semimorto. Em breve o cordeiro seria um carneiro adulto; e então seria capaz de fazer uma coisa dessas.
— Então, que é que nós vamos fazer? — perguntou Nell. Os dois sabiam. Mas Tig não estava disposto a decepar a cabeça do cordeiro e depois esquartejá-lo, ou a fazer qualquer coisa que fosse

necessária; não estava disposto a uma carnificina. O máximo que ele enfrentava eram as galinhas.

— Vamos ter que levá-lo ao Anderson — disse ele.

Conseguiram capturar o cordeiro. Nell teve de atraí-lo para o ponto onde Tig esperava com uma corda, imóvel como um poste, porque o cordeiro confiava nela e não a via como uma rival. Depois de lutar com ele até forçá-lo a se abaixar, juntaram e amarraram suas pernas e o tiraram do pátio do celeiro num carrinho de mão. Os outros carneiros e vacas olhavam por cima da cerca, mugindo e balindo. Todos sabiam que alguma coisa estava acontecendo.

Tig e Nell içaram o cordeiro para o porta-malas do Chevrolet. Ele escoiceou e debateu-se, e baliu de fazer dó. Em seguida eles entraram no carro e partiram. Nell teve a sensação de que estavam sequestrando o cordeiro — arrancando-o de casa e da família, aprisionando-o para extorquir um resgate, exceto que não haveria resgate. Ele estava condenado sem ter cometido crime algum além de ser ele mesmo. Seus abafados balidos não cessaram durante todo o trajeto para o Anderson's Custom Slaughtering.

— E agora? — perguntou Nell. Sentia-se exausta. Trair é um trabalho árduo, pensou.

— Tirá-lo do carro — Tig respondeu. — Levá-lo para o prédio.

— Vamos ter de esperar? — perguntou Nell. Enquanto estivesse acontecendo, era o que ela queria dizer. Enquanto estivesse em andamento. Assim como se espera uma criança que vai ao dentista pela primeira vez.

Esperar onde? Não havia lugar onde esperar.

O Anderson's era um prédio comprido e baixo que um dia fora branco. As portas de duas folhas estavam abertas; de dentro vinha uma luz fraca. Do lado de fora, no pátio, havia pilhas de barris e engradados e um furgão fechado – um furgão para cavalos – e peças de um maquinismo enferrujado. Uma espécie de roldana. Os barris e engradados também pareciam enferrujados, mas não podiam estar enferrujados porque eram de madeira.

Não havia ninguém à vista. Talvez fosse o caso de buzinar para atrair alguém, pensou Nell. Assim não teriam que entrar.

Tig estava na traseira do carro, tentando abrir o porta-malas.

– Está emperrada, ou alguma coisa assim – disse. – Ou talvez trancada. – Dentro do carro, o cordeiro balia.

– Eu vou entrar – disse Nell. – Deve haver alguém lá dentro. As portas estão abertas. Devem ter um pé de cabra. – Ou alguma coisa assim, pensou ela. Devem ter todo tipo de coisa. Maças. Ferramentas afiadas. Facas para cortar gargantas.

Entrou. Uma fileira de lâmpadas nuas pendia do teto. Ao lado da porta havia mais dois barris, com a tampa aberta. Ela olhou: estavam cheios de cabeças de vaca esfoladas, na salmoura. Presumiu que era salmoura. Havia um cheiro adocicado, pesado, coagulado, um cheiro menstrual. O piso de cimento estava salpicado de pó de serra. Pelo menos a temperatura está fresca, pensou. Pelo menos não há uma nuvem de moscas.

Adiante havia uma espécie de curral, com cercados ou cubículos de paredes altas.

– Olá! – chamou Nell. – Há alguém aqui? – Como se viesse pedir emprestada uma xícara de açúcar.

Do canto de um dos cercados saiu um homem alto, pesado. O tronco só estava coberto por uma camisa de meia; os braços estavam nus. Como em certos livros em quadrinhos sobre torturadores medievais, ele era calvo. Amarrado na cintura usava um avental, ou talvez fosse apenas um pedaço de tela cinza com manchas que deviam ser de sangue. Numa mão tinha uma ferramenta. Nell não olhou muito para ela.

– Que é que a senhora deseja?
– Nosso cordeiro está preso no porta-malas – explicou ela.
– Do carro. O fecho emperrou. Pensamos que talvez o senhor tivesse um pé de cabra, ou alguma coisa assim. – A voz dela soava metálica e tola.
– Isto é simples – declarou o homem. E saiu na frente.

De volta à fazenda, Nell começou a chorar. Não conseguia parar. Chorou, chorou sem se conter, ofegando e soluçando. Tig saiu da estrada e parou o carro, e a tomou nos braços. "Também estou triste", disse. Pobre carinha. Mas que é que se podia fazer?
– Não é só o cordeiro – respondeu Nell, soluçando, assoando o nariz.
– Então o que é? Que é?
– É tudo – explicou Nell. – Você não viu o que tinha lá dentro. Deu tudo errado!
– Não, não deu – protestou Tig, abraçando-a com força. – Está tudo certo. Eu amo você. Está tudo bem.
– Não, não está – disse Nell. Recomeçou a chorar.
– Diga-me o que é.
– Não posso.
– Diga-me.
– Você não quer que eu tenha um bebê – acusou Nell.


O cordeiro voltou numa caixa de papelão branca oblonga, como a caixa de um vestido. Bem-arrumadas em papel encerado vinham as tenras costeletas rosadas, as duas pernas, inclusive a parte de baixo e o pescoço para fazer cozido. Havia dois pequenos rins e um delicado coração. Tig assou as costeletas de cordeiro com alecrim seco da horta de Nell. Apesar da tristeza — ela ainda estava triste —, teve de reconhecer que ficaram deliciosas.

Eu sou uma canibal, pensou ela com um estranho alheamento.

Aqui na fazenda, talvez ela alcançasse a sagacidade. Talvez absorvesse um pouco dessas trevas, que aliás talvez não fossem trevas, porém só conhecimento. Iria se tornar uma mulher a quem os outros viriam pedir conselho. Seria procurada nas emergências. Arregaçaria as mangas e dispensaria o sentimentalismo, e faria qualquer coisa sangrenta ou fedorenta que fosse preciso. Ia ser perita com o machado.

# CAVALO BRANCO

No segundo ano que passaram na fazenda, Nell e Tig adquiriram um cavalo branco. Não compraram o cavalo, nem sequer foram buscá-la. Mas, de repente, lá estava ela. Naquele tempo as pessoas pegavam animais como quem pega carrapicho. As criaturas grudavam nas pessoas. Além dos carneiros, vacas, galinhas e patos, tinham recolhido um cachorro a que chamaram Howl, um sabujo blue-tick, talvez até puro-sangue: estava com uma coleira cara, embora não tivesse etiqueta com o nome. Tinha andado a vaguear pela rua transversal — largado ali por quem quer que o houvesse maltratado tanto que ele rolava de costas e mijava se alguém lhe dizia uma palavra dura. Não adiantava tentar adestrá-lo, disse Tig: ele se assustava à toa.

Howl dormia às vezes na cozinha, onde latia no meio da noite sem motivo algum. Outras vezes partia em excursão e não era visto por dias a fio. Voltava com feridas, cerdas de porco-espinho no focinho, patas machucadas, na carne ferimentos de entreveros com — talvez — guaxinins. Uma vez, voltou crivado de chumbo de passarinho disparado por um caçador furtivo. Era covarde, mas não tinha discernimento.

Tinham também criado vários gatos, rebentos do único — uma gata — que havia sido transportado da cidade para a fazenda e devia ter tido os ovários extraídos. Evidentemente houvera um erro, pois a gata pariu debaixo de um canto da casa. Os gatinhos eram selvagens. Bastava Nell tentar se aproximar e eles fugiam e mergulhavam em sua toca. Depois ficavam a espreitar, sibilando e tentando aparentar ferocidade. Quando cresceram mais, se mudaram para o celeiro, onde caçavam ratos e tinham segredos. Vez por outra uma moela – de esquilo, suspeitava Nell – ou uma cauda, ou a oferenda de outro órgão mastigado aparecia na soleira da porta dos fundos, onde Nell certamente pisaria, sobretudo se estivesse descalça, como frequentemente acontecia no verão. Os gatos tinham uma memória residual da civilização e de seus ritos, ao que parecia. Sabiam que era preciso pagar aluguel, mas confundiam-se com os detalhes. Comiam do prato do cachorro, que era posto do lado de fora da porta dos fundos. Howl não latia para eles nem os perseguia: para ele os gatos eram por demais terrificantes. Às vezes dormiam no lombo das vacas. Suspeitava-se que desenvolviam certas atividades no galinheiro – haviam aparecido cascas de ovo –, mas não foi possível provar nada.

Ao contrário dos gatos, o cavalo branco – a égua branca – tinha nome. Chamava-se Gladys. Tinha-se instalado com Tig e Nell por obra de Billie, amiga de Nell, que amava os cavalos desde a infância, mas estava morando na cidade, o que a deixava sem saída. Billie vira o cavalo branco (ou égua) num campo úmido, sozinho, balançando a cabeça desconsoladamente. Estava num estado deplorável. A crina estava emaranhada, o pelo branco lamacento e as ferraduras não eram cuidadas há tanto tempo que os artelhos se arrebitavam para cima como uma chinela turca. Um dia a mais naquele pântano, disse Billie, e ela ia pegar uma pododermatite, e quando um cavalo tem uma coisa dessas daí a pouco está manco e então é o fim. Billie ficou tão revoltada com essa insensibilidade e negligência que comprou Gladys de um fazendeiro bêbado e (disse ela) com certeza insano, por cem dólares, muito mais do que a pobre Gladys valia alquebrada como estava.

Mas Billie não tinha onde alojá-la.

Nell e Tig, porém, tinham um lugar. Tinham muito espaço – hectares de espaço! Que poderia ser melhor para Gladys (que já deixara para trás a flor da idade, estava gorda demais e tinha algo errado nas vias aéreas, porque espirrava e tossia) do que ficar na fazenda? Só – claro – até que se encontrasse outra solução para ela.

Como Nell iria recusar? Podia ter dito que já tinha afazeres de sobra sem acrescentar um cavalo à sua longa, longa lista. Podia ter dito que a fazenda não era asilo de quadrúpedes abandonados. Mas não queria parecer egoísta ou cruel. Ademais, Billie era alta e decidida, e tinha modos convincentes.

– Eu não entendo nada de cavalo – dissera debilmente Nell. Não disse que tinha medo de cavalos. Eram grandes e pulavam, e rolavam os olhos demais. Tinha a impressão de que eram instáveis e propensos à ira.

– Ah, isso é fácil. Eu lhe ensino. Não tem mistério, é só pegar o jeito. E você vai adorar Gladys! Ela tem um temperamento tão meigo! É um doce!

Quando ficou sabendo, Tig não se entusiasmou. Disse que cavalo é bicho que requer muito trato. E também muita comida. Mas ele já havia juntado todos os outros animais – aqueles que tinham sido escolhidos e pagos, não os que simplesmente haviam entrado na fazenda desgarrados ou lá tinham sido gerados ou largados – e Nell não fora ouvida sobre essas escolhas. Agora ela se viu defendendo a vinda de Gladys como se ela própria tivesse deliberado acolhê-la por uma questão de princípio, muito embora já estivesse lamentando a própria fraqueza e falta de fibra.

Gladys chegou dentro de um carro de transporte de cavalos alugado e foi fácil fazê-la recuar para sair. "Vamos, coisinha doce", dizia Billie. "Assim! Ela não é maravilhosa?" Gladys virou-se obedientemente e se deixou examinar. Tinha um corpo redondo e grosso, com pernas curtas demais para seu volume. Era meio welsh pony, meio árabe, informou Billie. Isto explicava sua forma estranha. E implicava que ela ia querer comer muito. Os pôneis welsh eram assim. Billie tinha vindo com ela no carro de transporte; e comprado uma brida nova.

A expectativa era que Nell pagasse a brida, e também o aluguel do carro de transporte: aparentemente, agora Gladys era sua. Decerto não era este o entendimento original, mas Billie achava que sim. Parecia ter a sensação de estar fazendo um favor a Nell — tinha lhe dado um presente inestimável. Não cobrou os cem dólares que ela própria havia pagado, nem seu próprio tempo. Tinha tirado uma semana de folga no trabalho para instalar Gladys junto a Nell. Fez questão de mencionar esse detalhe.

Gladys olhava para Nell através da longa mecha de crina maltratada que lhe caía na testa. Tinha o olhar cansado, vazio mas calculista de charlatão de circo: estava avaliando Nell, entendendo Nell, imaginando como lidar com ela. Em seguida baixou a cabeça e abocanhou uma porção de grama.

— Pare com isso, menina malcomportada! — disse Billie, levantando a cabeça de Gladys com um puxão.

— Não se pode deixar que eles façam o que querem — disse a Nell. Levou Gladys para o fundo do abrigo, onde havia um cercado originalmente construído para cabras... Nell tinha derrotado a ideia das cabras... e a amarrou a uma estaca. — Por ora ela fica aqui — determinou.

Billie ofereceu-se para ficar na fazenda até que Gladys estivesse acomodada, de modo que Nell preparou na saleta dos fundos o sofá-cama recentemente adquirido. No verão anterior, Nell e Tig tinham tentado incubar ovos ali, virando-os e lhes borrifando água conforme as instruções do livreto que acompanhava a incubadora, mas algo deu errado e os pintos emergiram com olhos esbugalhados e estômagos inchados, de veias azuis e inacabados, e foi preciso bater neles com uma pá e enterrá-los no campo do fundo da fazenda. Howl os desenterrou, várias vezes, após o que os gatos os estraçalharam, com resultados desagradáveis. Nell continuou a dar com pequeninas patas em locais inesperados, como se os pintos estivessem crescendo através da terra do pátio do celeiro como um mato renitente.

Na saleta dos fundos Nell tinha dado para manter, sob uma lâmpada de crescimento, tomateiros que agora mudou para o patamar de cima como parte dos preparativos para a estada de uma semana de Billie.

Em relação a Gladys, havia muito que fazer. Havia necessidade de instrumentos. Billie contribuiu com umas velharias – uma escova, uma rascadeira, ferramentas para aparar os cascos –, mas a sela foi preciso comprar. Era de segunda mão, porém mesmo assim – pensou Nell – espantosamente cara.

– Você precisa de uma inglesa, não da ocidental – disse Billie.

– Assim vai aprender a montar de verdade. – O que ela queria dizer, conforme se tornou claro, era que com a sela inglesa você tem de se firmar com os joelhos, do contrário cai. Nell preferiria uma sela ocidental – não estava interessada em despencar de um cavalo –, mas com Gladys pelo menos não estaria muito longe do chão, graças às suas pernas atarracadas.

Tiveram que aplicar à sela um produto para hidratar o couro, polir as peças de metal do arreio. Foi preciso também uma manta, e um chicotinho, e umas toalhas velhas para friccionar Gladys. Ela teria de ser friccionada de alto a baixo como um pugilista após cada sessão de exercício, avisou Billie, porque os cavalos são criaturas delicadas, e é espantoso o número de doenças que podem apanhar.

Depois que trouxeram os instrumentos para a esfrega, foi preciso trabalhar a própria Gladys, centímetro por centímetro. Nell fez o trabalho – já que ela tinha de aprender, não é? – supervisionada por Billie. Saíam do corpo de Gladys nuvens de pó e pelo velho, longos fios brancos da crina e da cauda destacavam-se e flutuavam em direção a Nell. Gladys suportou tudo pacientemente, e talvez tenha até gostado. Billie disse que ela estava gostando – parecia ter uma linha direta com a mente de Gladys. Gastou algum tempo explicando pacientemente aquela mente para que Nell não fizesse nada capaz de assustar Gladys e fazê-la entrar em pânico e disparar. As galinhas eram um risco; a roupa lavada também. Nell tinha prendido uma corda entre duas macieiras na frente da casa, que se tornou portanto zona proibida.

– Eles detestam coisas que balançam – explicou Billie. – Veem uma imagem diferente com cada olho, e por isso não gostam de surpresas. Para eles a vida chega de todos os lados. É desestabilizador. Você pode imaginar.

O ferrador foi chamado – felizmente Billie conhecia um – e Gladys teve os cascos aparados e lhe colocaram ferraduras novas em folha. Agora parecia ter mais vivacidade, estar mais interessada. Suas orelhas se mexiam acompanhando Nell, que levava uma cenoura ou uma pedra de açúcar – graças a uma dica importante de Billie.

– Ela tem que se ligar a você. Grude em cima dela.

Depois Nell teve que tentar tirar pedrinhas dos cascos de Gladys. Era preciso fazer isso ao menos duas vezes por dia, disse Billie, e também antes de montar Gladys, e depois de montar Gladys, porque nunca se sabe quando uma pedrinha vai se agarrar no casco. Nell tinha medo de levar um coice, mas Gladys não se incomodava quando lhe escavacavam a pata. "Sabe que é para o bem dela", explicou Billie, com uma palmada no quadril de

Gladys. "Não sabe, baixote?" Gladys estava de dieta, apesar das cenouras. Emagrecer – afirmava Billie – ajudaria a resolver o problema respiratório. Seria preciso montar Gladys todo dia: ela precisava de exercício e também de estímulo. Os cavalos se entediam facilmente, explicou Billie.

Afinal chegou a hora de sair com Gladys. A sela foi içada sobre ela, a cilha apertada. Gladys pôs as orelhas para trás e lançou um olhar matreiro de lado. Billie montou e bateu com os calcanhares nos flancos de Gladys, e Gladys partiu a meio-galope pela estradinha que levava ao campo dos fundos da fazenda. Estavam engraçadas – Billie, pesada e alta, montada na gorda Gladys, e as perninhas atarracadas de Gladys zunindo como um batedor de ovos.

Daí a um tempo Billie e Gladys voltaram. Gladys resfolegando, Billie com o rosto rosado.

– Teve gente demais montando nela – explicou. – Está de boca dura. Aposto que foi montada por garotos.

– Que é que você quer dizer? – perguntou Nell.

– Está cheia de manhas – explicou Billie. – Maus hábitos. Vai tentar tudo com você, de modo que é bom se cuidar.

– Manhas?

– É só ficar firme – disse com severidade Billie, desmontando. – Quando perceber que você sabe qual é a dela, vai parar de fazer essas bobagens. Você é malcomportada – disse para Gladys. Gladys tossiu.

Nell entendeu o que eram as manhas a primeira vez que tentou montar Gladys. Billie a seguia correndo e gritando instruções.

– Não chegue perto da cerca, ela quer roçar você na cerca pra tirar você da sela. Afaste-se das árvores! Não a deixe parar, bata nos flancos! Puxe a cabeça para cima, ela não pode comer isso! Não ligue para essa tosse, ela faz isso de propósito!

Embora Gladys não fosse muito depressa, Nell se colava a ela, resistindo ao impulso de inclinar-se para frente e agarrá-la pela crina. Tinha uma visão de Gladys se empinando nas patas traseiras ou corcoveando nas patas dianteiras, como nos filmes, com a mesma consequência nos dois casos – Nell arremessada para o mato de ponta-cabeça. Mas nada disso aconteceu. No fim da trilha Gladys parou, resfolegando e arfando, e Nell conseguiu fazê-la dar a volta. Então – Gladys tinha relanceado os olhos para trás, incrédula mas resignada – repetiram o singular torvelinho de movimentos até o ponto de partida.

– Muito bem! – disse Billie.

Terminada a semana Billie partiu, mal-humorada porque Gladys não havia demonstrado gratidão bastante à sua salvadora – tinha até mordido a bunda de Billie, que estava amarrando a cabeça dela a uma estaca num procedimento dietético. Uma vez Billie fora de cena, Gladys e Nell chegaram a um entendimento. De fato, cada vez que Nell se aproximava com a brida Gladys se punha a resfolegar, mas uma vez selada ela se lembrava que podia ganhar uma cenoura ao fim da provação e se acomodava, e lá iam as duas rumo ao campo dos fundos – sempre a mesma trilha. Evitavam o lado de cascalho da estradinha – nenhuma das duas gostava de caminhões – e também a frente da casa, por causa da roupa estendida; não atravessavam os campos, por causa dos buracos invisíveis de marmotas. Nesses passeios Nell passava a maior parte do tempo tentando fazer Gladys se comportar e o resto deixando-a fazer o que quisesse, pois estava curiosa para saber o que ela queria.

Às vezes Gladys queria parar a meio-galope para ver se Nell caía. Às vezes queria ficar parada, açoitando a cauda e suspirando como se estivesse extremamente fatigada. Às vezes ainda queria girar em círculos bem devagar – a isso Nell deu um basta.

Às vezes, finalmente, queria ir até a cerca do pátio do celeiro e olhar os carneiros e vacas, e também os gatos, que tinham dado para dormir agarrados no seu amplo e confortável lombo.

Era bem agradável o tempo que Nell e Gladys passavam cavalgando. Tratava-se de um ato de cumplicidade, uma personificação dupla: Nell fingindo ser uma pessoa que montava um cavalo, Gladys fingindo ser um cavalo que alguém montava. Às vezes não fazia diferença para elas se iam a meio-galope ou a trote. Andavam a passo esquipado à luz do sol, preguiçosamente e sem destino. Nesses momentos Nell falava com Gladys, o que era melhor do que falar com Howl, um idiota, ou com as galinhas ou os gatos. Gladys tinha de escutar: não havia escapatória. "Que é que você acha, Gladys? Eu devo ter um bebê?" Gladys, arrastando as patas, suspirando, virava as orelhas na direção da voz. "Tig está indeciso. Diz que não está pronto. Será que eu devia fazer isso? Será que ele vai ficar com raiva? Será que isso vai estragar tudo? Que é que você acha?"

Gladys tossia.

Nell preferiria ter essa conversa com sua mãe, mas a mãe não estava a seu alcance. De qualquer forma, não teria dito muito mais que Gladys. Também teria tossido, porque desaprovaria. Afinal, Nell e Tig não estavam casados. E como iam se casar se Tig não conseguia se divorciar?

Mas, se a mãe de Nell soubesse de Gladys, talvez tivesse vindo à fazenda. Ela fora um dia, há muito tempo, uma dedicada amazona. Tivera ela própria dois cavalos. Seria concebível que, se Nell acenasse com Gladys como chamariz, ela superasse as suas restrições – em relação a Tig, a Nell, a seu heterodoxo sistema de vida? Não seria tentada? Não ansiaria por um idílico meio-galope no campo dos fundos para lembrar os velhos tempos, com as pernas de pônei de Gladys a funcionar como um batedor de ovos? Não gostaria de saber que agora Nell amava — afinal, embora fosse antes improvável — uma das mesmas atividades que um dia ela própria amara? Talvez. Mas Nell não tinha como saber. Ela e sua mãe não estavam exatamente se falando. Tampouco estavam exatamente não se falando. O silêncio que ocupara entre elas o lugar da fala havia-se tornado a sua própria forma de falar. Neste silêncio, a língua era mantida em suspenso. Abrigava muitas perguntas e nenhuma resposta definitiva.

À medida que a primavera evoluía para o verão, Tig e Nell iam recebendo cada vez mais visitas, sobretudo no fim de semana. Eram pessoas da cidade que simplesmente iam passando em uma pequena excursão e paravam para dizer olá e eram convidados para almoçar — Tig adorava improvisar grandes almoços com panelões de sopa e quilos de queijo, e o pão que Nell fazia —, e depois a tarde ia se escoando e os visitantes saíam para uma caminhada no campo dos fundos. Não os deixavam montar Gladys, porque ela não tinha bons modos com estranhos, dizia Nell, embora a verdade fosse que ela se tornara possessiva, queria Gladys só para si. Depois Tig dizia que podiam ficar também para jantar e então ficava muito escuro ou tarde demais, ou eles estavam muito embriagados para dirigir e acabavam no sofá-cama da saleta dos fundos ou — se fossem muitos — espalhados pela casa, alguns em colchonetes de espuma ou em sofás.

De manhã ficavam à toa depois do café — em que desfilavam pilhas das panquecas de germe de trigo de Tig —, observando como o campo era repousante, enquanto Nell e Tig lavavam os pratos. Podiam ficar por ali com os braços caídos ao longo do corpo, a perguntar se havia alguma coisa que pudessem fazer —

e talvez Nell os enviasse ao galinheiro com uma cesta forrada com toalhas de chá para apanhar ovos, o que lhes dava um frêmito de emoção. Ou os mandasse arrancar mato da horta. Eles diziam como era terapêutico sujar os dedos; depois respiravam profundamente, como se acabassem de descobrir o ar; e então tornavam a almoçar. Depois que partiam, Nell lavava os lençóis e toalhas e os estendia na corda, onde ficavam drapejando ao sol entre as macieiras.

Em geral eram casais que vinham, mas a irmã caçula de Nell, Lizzie, vinha só. A frequência de suas visitas dependia dos problemas em sua vida: quando os problemas eram muitos ela vinha, quando não eram não vinha.

Os problemas eram com os homens, e vários já tinham passado por sua vida. Portavam-se mal. Nell escutava os relatos sobre a falta de consideração dos homens, seu espírito de contradição, suas traições, somados a descrições das próprias deficiências de Lizzie, suas imperfeições, seus erros. Ela se unia a Lizzie na tarefa de decifrar as observações impensadas — geralmente carregadas de uma conotação ofensiva, concluíam. Nell tomava o partido de Lizzie e denunciava os homens como imprestáveis. A essa altura Lizzie dava meia-volta e os defendia. Estes homens eram excepcionais — sagazes, talentosos e atraentes. Na verdade, eram perfeitos, salvo que não amavam bastante a Lizzie. Nell às vezes ficava pensando quanto seria *bastante*.

Lizzie nascera quando Nell tinha onze anos. Fora um bebê ansioso e depois uma criança ansiosa e depois uma adolescente ansiosa, mas já estava com vinte e três anos. Nell tinha a esperança de que a ansiedade começasse a dissipar-se em breve.

Era a ansiedade que fazia Lizzie passar de homem em homem e descascar a cada um, arrancando camadas empedernidas e viciadas para alcançar o cerne puro – o bondoso coração que acreditava estar oculto lá no fundo, em algum lugar, como trufas ou petróleo. Os homens não pareciam deleitar-se ao serem descascados, sequer a longo prazo. Mas ninguém conseguia deter Lizzie. A coisa continuava até que aparecia outro homem e o anterior era arquivado.

Lizzie e Nell tinham o mesmo nariz. As duas roíam as unhas. Fora isso, eram diferentes. Nell aparentava a idade que tinha, enquanto Lizzie podia ser tomada por uma garota de catorze anos. Era delgada, de aparência delicada, tinha grandes olhos da cor de uma hortênsia verde-azulada. A hortênsia era sua flor predileta; tinha uma lista de outras flores prediletas. Gostava das que tinham pétalas pequenas.

Achava que Nell e Tig deviam plantar hortênsias na fazenda. Tinha também outras plantas a sugerir.

Lizzie adorava a fazenda. Certos aspectos a extasiavam – a floração das macieiras, as ameixeiras silvestres ao longo da cerca, as andorinhas a banhar-se no laguinho. Num dia lindo, Nell e Lizzie estavam sentadas do lado de fora, junto à porta dos fundos, fazendo sorvete. A peça interna do copo girava a eletricidade; elas tinham puxado uma extensão para dentro da casa. A peça externa estava repleta de gelo picado e sal grosso. Alguns dos gatos observavam de longe: sabiam que ali havia creme. Howl viera investigar, mas sobressaltou-se com o zunido da máquina e recuou choramingando.

Quanto a Gladys, estava de olho nas irmãs do outro lado da cerca do pátio do celeiro. Agora era no pátio que ela morava, porque Nell concluíra que os carneiros e as vacas lhe fariam companhia. Após uma curta fase em que aterrorizou os carneiros, pondo-os em debandada pelo pátio com os dentes à mostra e a cauda ereta, ela os convertera numa manada daquilo que do seu ponto de vista deviam ser cavalos nanicos lanudos, e agora mandava e desmandava neles. Por seu lado, eles a tinham aceito como um carneiro gigantesco e meio pelado, e a seguiam para cima e para baixo. Ela também lidou com as vacas e com suas desajeitadas tentativas de monopolizar as rações aproximando-se furtivamente, caindo em cima delas e mordendo; Nell tinha presenciado até um coice. Estas atividades e a chance que lhe deram de expressar-se tinham melhorado imensamente seu estado de espírito. Estava garbosa, como uma criada que acabou de enviuvar e está descobrindo os prazeres da manicure, do cabeleireiro e do bingo. Sua dieta era coisa do passado, pois Nell se revelara muito frágil para impô-la.

– Será que isto é *normal*? – perguntou Nell; queria dizer o sorvete, os gatos, o cão, Gladys olhando por cima da cerca... toda a cena bucólica. Queria dizer *doméstica*.

– O ar é maravilhoso – disse Lizzie, enchendo os pulmões.

– Você devia ficar aqui o resto da vida. Não devia nem se dar ao trabalho de ir à cidade. Quando é que você vai se livrar daquela maquinaria velha, enferrujada?

– É escultura ao ar livre. Seria bom para *eles*. Nunca teriam de me ver de novo.

– Eles vão se acostumar – disse Lizzie. – Aliás, estão na Idade Média. Isto é uma grade?

– Talvez gostem de Gladys – disse Nell esperançosa.

– Gladys não vem ao caso.

Nell pensou.

– Para ela, não – disse. – Acho que é uma grade de disco. A outra é uma grade de arrasto.

– Não vão gostar de Howl – disse Lizzie. – Ele é medroso demais para o gosto deles. Você precisa é de um carro velho e enferrujado.

– Já temos um, e usamos. Ele tem uma deficiência mental. Mas eu sei o que eles querem dizer. Agora está tudo diferente. Não estão acostumados.

– Isso é problema deles – disse Lizzie, que a despeito de sua fragilidade podia ser dura com os outros, particularmente com pessoas que faziam coisas que feriam Nell.

Quando Lizzie e Nell falavam juntas, muitas vezes omitiam o termo intermediário das sequências do pensamento, porque sabiam que a outra o preencheria. *Eles* eram seus pais, em cujos livros – livros antiquados, pudicos, segundo Lizzie – só mulheres baratas, ordinárias, faziam coisas como viver com homens casados.

Lizzie era a mensageira. Assumiu a missão de assegurar aos pais que Nell não estava morrendo de nenhuma doença e de informar a Nell que ainda não era hora de seus pais conhecerem Tig, que a própria Lizzie aprovava, com restrições. Primeiro os pais teriam que entrar no século XX. A seu tempo, Lizzie julgaria se isto já teria acontecido.

Para ela é divertido posar de juíza, pensou Nell. Já ficou neste papel bastante tempo. Provavelmente trava discussões com eles sobre mim. Eu e meu comportamento. Agora, para variar, sou eu a criança-problema.

– Como está Claude? – perguntou. Claude era o atual homem de Lizzie. Tinha estado ausente muitas vezes, viajando, e era lacônico em relação à data da volta. Agora mesmo estava fora, já uma semana atrasado.

– Tem alguma coisa errada com meu aparelho digestivo – disse Lizzie. O que ela queria dizer era "estou muito ansiosa por

causa de Claude". – Acho que tenho a síndrome do intestino irritado. Preciso consultar um médico.
– Ele só precisa crescer – disse Nell.
– Quero dizer, ele pode ter morrido, ou alguma coisa assim – disse Lizzie. – Ele não entende o outro problema.
– De que vocês estão falando? – perguntou Tig, aparecendo na esquina da casa. – O sorvete está pronto?
– De você – disse Nell.

Lizzie voltou no fim de semana seguinte.
– Como vai a sua síndrome do intestino irritado? – perguntou Nell.
– O médico não achou nada – respondeu Lizzie. – E me encaminhou para um psicanalista. Acha que o problema é psicológico.
Nell não achava essa ideia de todo má. Talvez o analista pudesse fazer alguma coisa para aliviar a ansiedade, as crises, os problemas com os homens. Ajudar Lizzie a encontrar alguma perspectiva.
– Você vai? – perguntou. – Ao analista?
– Já fui – respondeu Lizzie.

Semanas depois, Lizzie veio de novo. Não falou muito, e parecia preocupada. Era difícil acordá-la de manhã. Estava cansada quase sempre.
– O analista me passou um comprimido – contou. – Deve ajudar com a ansiedade.
– E está ajudando? – perguntou Nell.
– Não tenho certeza.

Não tinha ido ver os pais ultimamente, contou. Não conseguia. Já não parecia importar-se com o que os pais pensassem de Nell e de seu estilo de vida imoral, assunto que antes a interessava muito. Claude havia partido, talvez definitivamente. Lizzie manifestou raiva dele, mas de um modo curiosamente alheio. Não havia outro homem em cena. Ela tampouco parecia se importar com isso. Parecia ter arquivado os planos que tinha acalentado – há poucas semanas – para voltar à escola no outono. Antes estivera entusiasmada com essa ideia, e esperançosa. Seria um capítulo totalmente novo.

Nell estava preocupada, mas resolveu dar tempo ao tempo. No fim de semana seguinte Lizzie voltou mais uma vez. Agora estava caminhando rigidamente e babando um pouco. Seu rosto carecia de expressão. Disse que se sentia fraca. Ademais, tinha deixado o emprego temporário que tinha numa loja de artigos esportivos.

– Há algo realmente errado com ela – disse Nell a Tig. Imaginava se Lizzie não estaria sendo afetada por alguma influência da saleta dos fundos, a mesma que causara tamanha devastação entre os pintos incubados. Os fazendeiros das redondezas tinham deixado escapar, de modo quase displicente, que a casa da fazenda era assombrada: por isso é que passara tanto tempo no mercado antes que Tig e Nell a comprassem, como sabia todo o mundo que tinha algum discernimento.

Nell não deu muito crédito ao fenômeno da assombração, de que não tinha prova direta. Mas Howl, o cão, não entrava na saleta, e às vezes latia para ela. Por si só isso não provava nada, pois suas fobias eram numerosas. A sra. Roblin, que morava rua acima, disse que uma vez uns garotos haviam roubado uma lápide de mármore do cemitério e a usado para fazer puxa-puxa na casa, o que se revelou uma má ideia: talvez o fantasma tivesse entrado assim. A sra. Roblin era considerada uma autoridade nessas coisas: sempre tinha o cuidado de jamais reunir treze pessoas à mesa do jantar e constava que sentia cheiro de sangue nas escadas sempre que ia ocorrer uma morte violenta — um acidente de carro, a queda de um raio, um trator capotando e esmagando o motorista. A sra. Roblin tinha aconselhado Nell a deixar um prato de comida sobre a mesa à noite, para o fantasma saber que era bemvindo. (Nell, sentindo-se tola, tinha seguido o conselho no meio do inverno anterior, durante uma nevasca, quando o ambiente ficou um tanto carregado de sombras e presságios. Achou que tal espírito gostaria de uma fatia de presunto e purê de batata. Mas Howl tinha se esgueirado para dentro e comido a oferenda, e tropeçado no copo de leite que Nell pusera ao lado, de modo que a providência talvez não tenha ajudado muito.)

Será que Lizzie estaria possuída pela propalada entidade? Tal ideia era absurda. Seja como for, agora que era verão a casa não parecia lá muito assombrada.

— Devem ser os comprimidos — arriscou Tig.

Nenhum dos dois entendia muito de remédios. Nell resolveu ligar para o analista, que se chamava Hobbs. Deixou um recado com a secretária. Alguns dias depois o dr. Hobbs respondeu à ligação.

A conversa foi perturbadora.

O dr. Hobbs informou que Lizzie era esquizofrênica e por isso lhe havia receitado um medicamento antipsicótico. Assim ficariam controlados os sintomas de sua doença mental, que eram numerosos. Ele a veria uma vez por semana, mas ela teria de ligar com antecedência para marcar hora, porque ele estava muito ocupado e teria de fazer um esforço especial para encaixá-la. Ela poderia ir de carro a estas sessões, em que se trataria de sua incapacidade para ajustar-se à vida real. Enquanto isso, preveniu o dr. Hobbs, Lizzie não conseguiria manter um emprego, frequentar a escola ou funcionar de modo independente. Teria que morar com Nell e Tig.

— Por que não com os pais? — perguntou Nell quando recuperou a respiração.

— É o que ela prefere, morar com vocês — explicou o dr. Hobbs.

Nell não sabia nada sobre esquizofrenia. Lizzie nunca lhe tinha parecido louca, somente muito desconsolada e acabrunhada às vezes, mas isso talvez fosse porque Nell estava acostumada com ela. Lembrou-se que Lizzie e ela tinham alguns tios esquisitos, de modo que talvez a coisa fosse genética. Mas todo o mundo tem tios esquisitos. Ou pelo menos muita gente.

— Como o senhor sabe que Lizzie é esquizofrênica? — perguntou Nell. Precisava se sentar, sentia-se enjoada, mas o telefone era de parede e tinha um fio curto.

O dr. Hobbs riu de um modo condescendente. Seu tom parecia dizer: *Eu sou um profissional.*

— É a salada de palavras — explicou.

— Que salada de palavras?

— O que ela diz não tem sentido — respondeu o médico. Nell jamais notara isso.

— O senhor tem certeza?

— Certeza de quê?

— De que ela é... o que o senhor disse que ela é.

O médico tornou a rir.

— Se ela não fosse esquizofrênica, esses remédios que está tomando a matariam — disse ele. E acrescentou que Nell não devia dizer nada a Lizzie sobre seu diagnóstico. Este era um ponto delicado, que era preciso tratar cautelosamente.

Nell tornou a ligar na semana seguinte. Foi difícil — teve que deixar várias mensagens —, mas persistiu, porque o estado de Lizzie estava se tornando cada vez mais alarmante. "E a maneira como ela estiver caminhando?", quis saber. As mãos de Lizzie estavam começando a tremer, tinha notado Nell. O dr. Hobbs disse que a rigidez e a baba e as mãos trêmulas eram sintomas da doença — todos os esquizofrênicos têm isso. Lizzie estava bem na idade em que a doença se manifesta. A pessoa podia parecer perfeitamente normal e de repente, pelo fim da adolescência ou pouco depois dos vinte anos, aparecer a esquizofrenia, como uma florescência maligna.

— Por quanto tempo isto vai continuar? — perguntou Nell.

— Pelo resto da vida dela.

Nell gelou. Embora sua irmã tivesse passado maus pedaços no passado, jamais suspeitara de uma coisa assim.

Depois que Lizzie foi deitar-se, discutiu com Tig a situação. Como ele se sentiria com uma parenta louca nas costas?

— Nós vamos tratar disso — respondeu ele. — Quem sabe, ela se livra dessa coisa. — A gratidão de Nell foi tamanha que ela quase chorou.

Ao longo dos meses seguintes surgiram muitas outras coisas que Nell teve de entender. Como deixar Lizzie dirigir um carro — o velho Chevrolet de Tig — até a cidade, ida e volta, com o corpo hirto e as mãos tremendo tanto? O dr. Hobbs — cujo tom estava se tornando cada vez mais hostil, como se achasse que Nell o estava importunando — tinha dito que não havia problema, que Lizzie era perfeitamente capaz de dirigir.

Informou também que ainda não contara a Lizzie a verdade sobre seu estado porque ela ainda não estava em condições de receber a notícia. Tinha alucinações sobre um homem chamado Claude, disse o médico; estava convencida de que Claude estava morto. Além disso, estava com impulsos suicidas quando foi consultá-lo. Mas podia garantir que não havia hipótese de suicídio à vista.

— Por que não? — quis saber Nell. Sempre acreditara que *Eu ainda vou me matar* era para Lizzie uma frase retórica, como aliás também para ela própria. Ao que parece, porém, ela se enganara; não obstante, sentiu uma calma sobrenatural. Estava se acostumando com esses fragmentos de pesadelo que chegavam sem parar da boca do dr. Hobbs.

Mas o dr. Hobbs estava aparentemente confuso em relação à identidade dela: parecia pensar que ela e Tig eram os pais de Lizzie. Nell lhe explicou cuidadosamente qual era a relação, mas cada vez que falava com ele tinha que lhe refrescar a memória.

Enquanto isso, os verdadeiros pais de Lizzie — os pais de Nell — tinham entrado em estado de choque. Mas voltaram a falar com Nell, pelo menos a mãe. "Não sei o que fazer", dizia ela. Era um apelo — *Não a mande para cá!* Era como se Lizzie tivesse cometido um ato vergonhoso, inqualificável —, um erro intermediário entre uma gafe e um crime.

Depois a mãe de Nell deu para perguntar lamuriosa: "Quando ela vai melhorar?" Como se Nell tivesse uma percepção especial.

— Tenho certeza que o médico sabe o que é melhor para ela — dizia Nell. Ainda acreditava que toda pessoa diplomada em medicina sabe o que diz. Precisava acreditar nisto: se esforçava para isso. — Você devia vir à fazenda ver a minha égua — acrescentava. — Você gosta de cavalo. O nome dela é Gladys. Podia sair com ela. — Mas a mãe estava aflita demais com a situação de Lizzie.

Ela própria não vinha montando muito, pois estava grávida. Não queria cair do cavalo e perder o bebê, como acontece nos romances. Mas ainda não partilhara a notícia com Tig.

Que aconteceria se o bebê chegasse e Lizzie ainda estivesse desse jeito? Como iria se arranjar?

Setembro já havia chegado. Nell tentou fazer com que Lizzie a ajudasse a fazer as geleias e compotas, mas não adiantou: Lizzie estava muito cansada. Nell pôs uma tigela de groselhas diante dela e pediu que tirasse os talos – isso não seria tão difícil –, mas aparentemente Lizzie não conseguia. Empurrou para um lado o patético montinho de groselhas selecionadas e lá ficou sentada à mesa, olhando para o vazio.

– Ele não gosta de mim – disse ela. – O médico.
– Por que não haveria de gostar? – perguntou Nell.
– Porque eu não estou melhorando.

O próprio Tig vinha se informando.

– Não dá para entender esse cara – disse. – Dizer que esses comprimidos a matariam se não fosse esquizofrênica... como é que pode? Ele teria que explicar um monte de cadáveres.
– Mas por que ele nos diria uma coisa dessas? – objetou Nell.
– Porque é um charlatão.
– Acho que precisamos de outro parecer – concluiu Nell.

A nova médica que encontraram era especialista em drogas antipsicóticas. "Lizzie não devia estar tomando isso", opinou ela para Nell. "Estou suspendendo essa medicação." A rigidez, os tremores, a fraqueza – nada disso era em absoluto sintoma da doença. Eram causados pelo próprio medicamento, e passariam uma vez que o organismo de Lizzie o eliminasse.

E isso não era tudo: jamais deveriam ter deixado Lizzie dirigir sob o efeito de uma medicação pesada, disse a nova médica. Ao volante, a vida dela corria perigo a toda hora.

— Se cruzasse com esse canalha na rua eu lhe daria um tiro — disse Nell a Tig. — Se estivesse armada.

— Ainda bem que você não conhece a cara dele.

— Ele pensou que estava lidando com tabaréus, aposto. Só porque moramos na fazenda. Pensou que íamos acreditar em qualquer velharia que dissesse. — E era o que havia acontecido: tinham acreditado. — Deve ter pensado que éramos umas toupeiras. Será que ele mesmo acreditava no que dizia? Se acreditava, está pirado!

— Tabaréus? — disse Tig. — Como você foi desencavar essa palavra? Bem, para isso temos o trator. — E nesse ponto os dois começaram a rir, e se abraçaram, e Nell falou a ele do bebê, e tudo estava bem.

Nell sentiu-se imensamente aliviada com o novo rumo dos acontecimentos — já não teria de cuidar pelo resto da vida de uma Lizzie trôpega babando pela casa —, mas sentiu também um arrepio de medo. Lizzie não voltaria a ser o que era antes de o dr. Hobbs pôr as mãos em cima dela: seu interlúdio de zumbi a teria mudado. Agora ela seria outra pessoa, desconhecida ainda. Além disso, Nell tinha consciência de que seus próprios atos seriam interpretados por ela como traição. E Lizzie teria razão — eram atos de traição. Se fosse Nell a suposta esquizofrênica, nem por um segundo Lizzie teria tolerado o dr. Hobbs e seu palavrório tóxico.

— Por que você não me contou o que ele achava? — reclamou Lizzie a Nell uma vez passado o efeito do tranquilizante. Agora, estava furiosa. — Você devia ter me perguntado! Eu podia ter lhe dito que não sou esquizofrênica!

Não adiantava Nell dizer que se você acha que uma pessoa está desequilibrada não confia na palavra dessa pessoa, sobretudo em relação à própria saúde mental. Por isso não disse nada.

– Ele me disse que você fazia uma salada de palavras.

– Ele disse que eu fazia o quê?

– Que você dizia coisas sem sentido.

– Porra nenhuma! Eu falava com ele do mesmo jeito que falava com você! Nós pulamos o meio das frases, você sabe disso. O problema é que ele tinha dificuldade para me *acompanhar*. Não conseguia juntar as pontas! Eu tinha que mastigar as coisas para ele. Não passava de um simplório, um estúpido qualquer!

– Ele devia andar com uma crise nervosa ou algo assim – disse Nell. – Para agir de modo tão pouco profissional. – Teve vontade de acrescentar "e tão maligno". Tig era de opinião que o dr. Hobbs tinha estado a fazer experiências secretas com drogas para a CIA, ideia que na época pareceu forçada.

– Bem, ele fodeu com minha vida – resumiu Lizzie sombria. – Eu *perdi* um pedação da minha vida. Babaca!

– Nem tanto – amenizou Nell. Referia-se ao pedação da vida de Lizzie.

– É fácil dizer. Não foi com você.


Decidiu-se que Lizzie ficaria na fazenda até que se conseguisse traçar algum plano. Para começar, ela estava sem dinheiro. Era tarde demais para voltar à escola aquele ano, como pretendia antes da catástrofe do dr. Hobbs.

Estava indo à nova médica uma vez por semana. O tema das sessões eram problemas de família. Dava longas caminhadas pela fazenda e cavava buracos na horta vigorosamente. Não dizia muita coisa a Tig nem a Nell, mas estava a fazer amizade com Gladys.

Não montou, mas corria em torno do pátio com ela, com as vacas dando passagem e os carneiros a segui-las. Sua lassidão do verão fora substituída por uma feroz energia.

Nell, que já ia se avolumando a olhos vistos, a observou pela janela, um pouco invejosa: durante algum tempo não poderia galopar. Depois foi amassar o pão e se acomodar nas curvas do sofá, na apaziguadora calidez, no pacato ritmo. Pensou que agora estavam todos fora de perigo; que Lizzie estava fora de perigo.

Até que, numa noite fria de outubro, Lizzie enfiou a mangueira do aspirador de pó no cano de escape do carro, passou a mangueira pela janela e ligou o motor.

Tig ouviu o motor funcionando e foi lá fora. Quando chegou ao lugar onde ela estava, contaria ele depois, Lizzie tinha desligado o motor e estava lá sentada. Ele disse que isto era um bom sinal. Teve de acordar Nell para contar. Como podia ela dormir em tal momento?

Depois de se controlar, Nell desceu de camisola, com um velho suéter de Tig por cima. Sentia frio no corpo todo. Seus dentes batiam.

A essa altura Lizzie e Tig estavam à mesa da cozinha tomando chocolate quente. "Por que você fez isso?", perguntou Nell quando conseguiu falar. Tremia de pavor, e daquilo que muito tempo depois descobriria que era raiva.

— Não quero falar sobre isso.
— Não. O que eu quero dizer é, por que fez isso *comigo*?
— Você enfrentaria — respondeu Lizzie. — Você enfrenta qualquer coisa.

Não foi na mesma noite que Gladys fugiu, mas Nell se lembra como se fosse. Parece que não consegue separar os dois acontecimentos. Lembra-se de Howl latindo, embora seja improvável ele ter feito coisa tão correta. Lembra-se também da lua cheia – uma luz fria, branca, outonal –, detalhe atmosférico que ela bem pode ter acrescentado. Se bem que a lua cheia combinaria com a situação, pois nessa fase os animais se tornam mais ativos.

Foram as vacas que acionaram a tragédia, numa de suas periódicas fugas em massa do cativeiro. Tinham derrubado mais uma vez a cerca e escapado para o rebanho mais próximo. Por seu lado, Gladys havia rumado para a estrada pavimentada, a três quilômetros de distância. Devia estar entediada com seu pequeno reino, cansada de reinar sobre os carneiros. Ademais, Nell não estava dando a ela atenção bastante. E ela desejava uma aventura.

Foi atropelada e morta por um carro. O motorista tinha bebido e o carro ia em alta velocidade. Para ele deve ter sido um choque voar sobre o alto da colina e dar com um cavalo branco bem na frente, à luz da lua. Ele mesmo sofreu só o susto, mas o carro ficou num estado lamentável.

Nell sentiu-se terrivelmente mal: culpada e triste. Mas não queria se entregar a estes sentimentos porque perturbariam substâncias químicas que circulariam na sua corrente sanguínea, o que poderia afetar o bebê. Tentando manter o ânimo, ouviu muitos quartetos para cordas de Mozart.

No outono seguinte ela plantou um canteiro de narcisos em frente à casa em memória de Gladys. Os narcisos despontavam todo ano, e cresciam bem, e se alastraram.

Continuam lá. Nell sabe, porque poucos anos atrás passou de carro pela fazenda só para vê-los. Quando foi isso, exatamente? Pouco depois que Lizzie se casou, e aderiu à cozinha e renunciou à dor. Fosse quando fosse, era primavera, e os narcisos estavam lá, agora às centenas.

A fazenda perdera sua aparência desconjuntada. Parecia calma e acolhedora, e também um tanto suburbana. Já não havia roupa a bater ao vento entre as macieiras. A maquinaria enferrujada havia desaparecido. O revestimento da casa acabara de receber uma mão de tinta do azul da moda. De cada lado da porta da frente havia um jarrão com um arbusto – rododendros, pensou Nell. Quem morava ali agora gostava de coisas mais arrumadas.

## AS ENTIDADES

Lillie era corretora de imóveis, embora pouco tivesse em comum com a imagem dessa categoria. Não tinha nada de contundente, nem chique, nem enérgico, e era vinte anos mais velha que o corretor mais velho que ela própria havia conhecido. Não era recente o modelo de seu carro – um carro branco, um Ford sempre impecavelmente limpo. Dirigia com cautela, espiando por cima do volante como se estivesse na torre de um tanque de guerra.

Ela estava começando a ficar roliça, e seus pés a doer; arquejava um pouco ao subir ou ao descer escadas. A despeito dessas limitações, subia e descia as escadas de todas as casas que mostrava. "Bah", dizia, esquivando-se para o porão. "Não olhe para isso, é só a lavanderia. A caldeira... melhor comprar uma nova. Podem trocar a fiação, podemos baixar uns dois mil no preço pedido, pelo menos está seca." Escalava as escadas para o sótão, parando para respirar e para vistoriar uma rachadura no gesso. "Vocês vão instalar uma claraboia, derrubar umas paredes, vejam só, vai se abrir um espaço. Não olhem para lá, é despejo. O papel de parede... é só papel de parede, vocês entendem?"

Dizia: "Como vive certa gente! Como porcos! Isso não é boa gente. Mas vocês vão reformar tudo – fazer uma casa diferente, irreconhecível!" Ela acreditava nisso – com um pequeno esforço e muita fé era possível transformar um chiqueiro num espaço encantador, ou pelo menos habitável. Algo muito melhor do que aquilo que existia antes.

Sua especialidade eram casas menores em ruas esquecidas no centro da cidade — fileiras de velhas casas vitorianas geminadas, ou escuras casas de tijolo aparente com um oitão livre, propriedade de famílias portuguesas que tinham cravado no pórtico grades de ferro fundido, e antes delas de famílias húngaras ou russas, e antes de quem sabe? Esses bairros eram escalas — as pessoas iam para lá quando desembarcavam, antes de prosperar e se mudar. Assim havia sido antigamente. Agora, jovens casais estavam procurando esses lugares — lugares baratos. Havia artistas atrás deles.

Essas pessoas precisavam de alguém que as levasse pela mão, as ajudasse a comprar a um preço decente, porque não tinham senso prático, não entendiam de caldeiras, os vendedores se aproveitariam delas. Lillie barganhava para baixar o preço embora isto reduzisse a sua comissão, porque pra que serve o dinheiro? Quando o negócio era assinado ela entregava aos jovens artistas uma lembrança, um pote de biscoitos que ela mesma tinha feito — e depois acompanhava a transformação da casa enquanto os jovens se empenhavam no trabalho. Essa gente tinha muita energia, e suas próprias ideias; era um prazer vê-los arrancando o sombrio papel de parede e dando fim ao mofo e aos cheiros e às manchas do passado que ainda perduravam, e construindo algo novo — um estúdio, eles sempre precisavam de algo assim, usavam a garagem para isso, quando havia — e depois pintando as paredes, não com as cores que ela própria escolheria, muitas vezes algo alarmantes, mas ela gostava de surpresas de certo tipo. "Nunca se sabe", dizia. Que prazer.

Não que ela própria quisesse uma casa dessas. Eram muito acanhadas, muito sombrias, muito velhas. Era dona de uma casa moderna mais ao norte, com grandes janelas por onde a luz jorrava e uma série de estatuetas de porcelana em cores pastéis, e uma entrada larga para os carros.

Lillie se iniciara tarde no campo imobiliário. Muito tempo atrás havia sido uma garota, depois se casou, um homem educado, depois teve um bebê; tudo isso ocorrera em outros tempos, do outro lado do oceano. Mas depois vieram os nazistas e ela foi levada para um campo, e o marido para outro, e o bebê se perdeu e nunca mais foi encontrado. Mas Lillie sobrevivera, não terminara como a maioria, e milagrosamente localizou o marido após o fim da guerra, ele também sobrevivera, era uma bênção; e depois tiveram mais dois bebês e finalmente se mudaram para o Canadá, para Toronto, onde uma pessoa não tinha que ser perseguida pelo passado. Que nome para uma cidade, Toronto — soava italiano, embora não fosse nada italiano, e às vezes o inverno era longo; mas a pessoa pode se acostumar, e Lillie se acostumou.

Os bebês cresceram, eram ótimas crianças, melhores não podia haver, mimavam-na, depois o marido morreu. Lillie não falava sobre ele, mas conservou os ternos dentro do armário; não suportava a ideia de dá-los. Para ela, morto não era um conceito absoluto. Algumas pessoas morriam mais que outras, e no fim decidir quem estava morto e quem seguia vivo era questão de opinião, de modo que melhor não discutir tal coisa. Tampouco discutia o campo para onde a levaram, nem o bebê perdido. Falar pra quê? Que diferença faria? Quem ia querer ouvir? Fosse como fosse, tivera mais sorte que a maioria. Tanta sorte.

Ela estimulava os jovens casais que atendia, e escutava seus problemas, e os animava e ensinava a quem chamar quando se vissem deprimidos com um cano entupido ou cupim ou saúva, e os protegia contra a fiação em mau estado. Interessava-se pelos seus filhos, quando tinham, e por seus divórcios, quando ocorriam. Mantinha contato. Quando chegava a hora de vender e comprar outra coisa – subir mais um degrau, talvez ter um estúdio maior –, era sempre a ela que eles consultavam. Não ia à festa de inauguração da casa, porém. Não conseguia lidar com festas. A ela davam tristeza. Mandava seu pote de biscoitos com um bilhete gentil em papel florido. Vocês merecem essa casa, escrevia. São gente decente. Aproveitem. Estou contente por vocês. Votos de felicidade.

Nell e Tig estavam planejando a volta, a mudança para a cidade, quando herdaram Lillie de um amigo. Lillie passava de um jovem casal a outro. "Ela não vai tentar vender para vocês uma coisa que não possam pagar", foi a recomendação. "Podem dizer a ela exatamente o que querem. Ela vai entender."
No primeiro encontro, Nell se viu falando torrencialmente para Lillie. Era o rosto agradável de Lillie, seu jeito que inspirava confiança. Por mais que amassem a fazenda, explicou Nell, incorrendo numa ligeira generalização, precisavam se mudar, já era hora, fazia muito tempo que estavam lá, as coisas tinham mudado, as velhas famílias tinham ido embora, todas as pessoas que eles conheciam. Neste ponto Lillie fez que sim com a cabeça. E não era só isso, mas vinham ocorrendo muitos arrombamentos, dois homens numa van de mudança tinham limpado uma casa quase em frente – um professor aposentado. Não havia segurança.
– Estes não são boa gente – disse Lillie.
– Eles vigiam sua casa – explicou Nell. – Sabem quando você está fora. – E além disso, Nell e Tig tinham uma criança quase em idade de escola, que teria de viajar duas horas de ônibus todo dia, e de qualquer modo a casa era um tanto escura, os vizinhos diziam que era assombrada, não que a própria Nell tivesse visto alguma coisa, mas havia esta sensação, e seja como for era

fria no inverno, tinha cento e cinquenta anos e nunca havia recebido o isolamento térmico necessário, a neve se acumulava na entrada do carro.

— Vocês podiam passar sem isso — comentou Lillie; tinha um homem que limpava a neve e sua entrada estava sempre desobstruída. Era preciso viver na cidade para ter um homem que limpasse a neve.

E Tig não estava tão bem quanto devia, disse Nell. Era a falta de isolamento térmico, ele tossia, e isso tudo era demais para Nell, não aguentava mais. "As vacas fogem. Querem ficar com as outras vacas. E quando Tig não está, sou eu sozinha para fazer tudo."

Lillie fez que sim, entendia: não se podia esperar que uma mãe jovem e ocupada como Nell lidasse com vacas fujonas. "Não se preocupe", disse ela, "vamos encontrar uma coisa perfeita", e imediatamente Nell sentiu-se melhor. Lillie cuidaria de tudo.

O mercado imobiliário estava aquecido, mas Lillie se esforçou o quanto pôde, e Nell e Tig acabaram numa fileira de casas geminadas bem boas perto da galeria de arte, no limite de Chinatown. A casa havia sido reformada, de modo que estava em bom estado, bom demais para as circunstâncias, que eram as circunstâncias financeiras: esta casa eles podiam administrar. Era de fato muito boa, exceto que vinham baratas das duas casas vizinhas. Nell pôs casca de pepino e Borax ao longo do rodapé: não adiantava fumigar porque, além de a fumigação liberar tóxicos, as baratas se infiltrariam de novo quando o efeito passasse.

Depois de alguns anos nessa casa, Lillie decidiu que era hora de Nell e Tig se mudarem outra vez. "Vocês precisam de uma coisa maior", explicou, e tinha razão. Vendeu a casa deles por um bom preço e os mandou mais para o norte. O grosseiro tapete laranja, reminiscência dos anos 1970, era apenas um tapete, disse ela quando mostrou a casa. Não olhem para os suportes de pratos que estão em toda parte, podem dar fim a eles, e não liguem para os acessórios de iluminação. Havia três lareiras, uma delas não era uma sucata, e a casa tinha paredes sólidas, e um espaço por que muita gente daria a vida, e parte da carpintaria era original, e esses detalhes pesavam muito.

Nell e Tig gostaram: agora teriam um quintal e um porão acabado – bem, meio acabado, e o revestimento interno e externo colado ao piso de cimento, que estava mofado, podia sair – e janelas em volta de toda a casa: na casa geminada só havia janelas na frente e nos fundos. No dia em que a escritura foi assinada, Lillie deu a eles um pote azul e laranja cheio com seus biscoitos.

Quando Nell constatou que tinha um problema – um problema singular, sentia ela –, Lillie foi a única pessoa com quem pôde conversar. Era um problema com uma casa, mas também um problema com a natureza humana. Não era coisa que pudesse discutir com Tig – ele ficaria ansioso demais, e parte da natureza humana em questão era dele. Mas Lillie já devia ter visto muito porão e sótão e muita natureza humana. Devia saber que casa é uma coisa poderosa, que as pessoas podem sentir-se provocadas por uma casa e revelar sentimentos inesperados. Nada que Nell lhe contasse poderia chocá-la ou afligi-la: já passara por tudo isto – seguramente. Ou por alguma coisa parecida. Ou pior.

Nell convidou Lillie para um chá. O chá era praticamente a única coisa comestível ou potável que Lillie podia ser persuadida a partilhar: jamais viria para jantar. Nell serviu os biscoitos simples de Lillie – duravam quase indefinidamente – para mostrar que tinha gostado; tinha gostado mesmo, embora não exatamente como biscoito.

Nell e Lillie tomaram seu chá na cozinha de Nell, recentemente adquirida. "Que vista", disse Lillie, com os olhos no quintal. Nell concordou. Para ambas era uma visão do futuro: lá não havia nada exceto grama rala, um abrigo de zinco corrugado e buracos no chão. Os antecessores – os dos suportes de pratos e carpete grosseiro – tinham um cachorro. Mas Nell pensava em grandes planos – narcisos, pelo menos – quando pudesse. Um de seus amigos da New Age, adepto do feng shui e do envelhecimento sábio, tinha explorado o quintal e também a casa, buscando orientação e entidades psíquicas, e declarado que o lugar era benigno, sobretudo o quintal, de modo que Nell tinha certeza que se podia fazer as coisas florescerem.

– Pensei talvez em uns narcisos.

– Os narcisos são uma boa coisa – concordou Lillie.

– Para começar?

Lillie molhou um biscoito no chá. Ah, pensou Nell, é assim que se come esse biscoito. "Então", disse Lillie, olhando de soslaio para Nell e levantando as sobrancelhas, o que queria dizer "você não me chamou aqui para olhar um quintal".

– Oona está querendo uma casa – explicou Nell.

– Há muita gente querendo – lembrou Lillie indiferente.

– Mas ela é Oona.

– E daí? – Lillie sabia quem era Oona: a primeira mulher de Tig. Primeira mulher, segunda mulher... a velha história.

– Ela quer que eu compre uma casa para ela morar.

A xícara de Lillie parou no ar.

– Ela disse isso? – Isso era novidade.

– Não disse – concedeu Nell. – A mim, não. Mas eu sei.

Lillie pegou outro biscoito e o mergulhou no chá, e preparou-se para escutar.

O fato é que Oona estava desmoronando, contou Nell. Quando elas se conheceram, Oona era uma força. Não só era atraente – voluptuosa, pensava Nell com seus botões, desaprovadoramente –, mas tinha força de vontade e opiniões firmes, e a determinação de alcançar o que queria. Ou era isso que a maioria das pessoas era autorizada a ver. É bem verdade que já tinha caído em depressão, mas então ia para a cama, de modo que as pessoas não lhe viam esse lado. Só viam a face brilhante, constante, algo sardônica que virava para fora. Era conhecida por sua eficiência, por enfrentar desafios, resolver as coisas. Trabalhava como gerente. Era contratada por pequenos negócios – pequenas revistas, pequenas empresas teatrais, pequenas revistas e empresas teatrais em declínio – e punha em ordem os seus sistemas e as espicaçava até entrarem em forma.

Quanto Tig saiu de casa, o círculo de relações mais amplo ficou surpreso. Tudo parecia tão pacífico! Sabia-se que os dois tinham um entendimento e que Oona, em particular, tinha passado por uma série de companhias masculinas, mas o quadro parecia estável. A ira – presente nos dois lados, porque essas coisas só acontecem quando dois querem, não é? –, aquela ira fora enterrada; no entanto, como tantas coisas enterradas, tinha-se recusado a ficar eternamente debaixo do chão.

Após o rompimento, Oona divulgou uma mensagem de satisfação. Fora ela que pedira a Tig para ir embora: devia ser melhor assim. Os meninos estavam bem; passariam os fins de semana e as férias com Tig, no campo. Ela própria necessitava de livrar-se mais das restrições, ganhar mais espaço, mais tempo para si própria. Um raio de ação mais amplo. Foi esta a mensagem de Oona, no primeiro ano.

O acréscimo de Nell como acessório à vida de Tig não lhe perturbou o passo – por que perturbaria, se em parte era obra sua? Tinha apresentado Tig e Nell, tinha facilitado a... como chamar?... a coisa deles. "Tig e seu harém", diria Oona. "Claro, Nell é muito jovem." Sua expressão dizia: *jovem e tola*. A implicação era que Nell seria temporária: ia deixar Tig porque ele era idoso demais, ou então Tig deixaria Nell porque ela era superficial. Se o que eles querem é apodrecer naquela choupana alugada no meio do mato com um celeiro desmoronando e muita erva daninha – tudo bem, boa sorte. Para a maioria das pessoas, incluindo ela própria, seria de enlouquecer. Enquanto isso os meninos teriam o campo, a intervalos regulares, e a própria Oona ganharia o raio de ação mais amplo que sempre desejara.

Faria uso de seu raio de ação na última hora. Alguma coisa ia acontecer – uma chance de viajar com a atual companhia. Então ela telefonaria para Nell e daria instruções: quando apanhar os meninos, quando entregá-los, o que eles deviam comer. O tom era cordial, até meio divertido. Que é que Nell poderia dizer ali, de pé no piso desnivelado da cozinha perpassada por correntes de ar, exceto Sim ou Não?

– Sim, senhora, é isso o que ela quer ouvir – dizia Nell aos amigos. – Trata-me como se eu fosse uma empregada. – Era este o ponto de vista de Nell, embora ela não conseguisse que Tig o adotasse. Sempre que se tratava das crianças, os olhos de Tig ficavam vidrados e ele virava uma espécie de robô. De modo que o melhor método, concluía Nell, era morder a língua e calar a boca.

Não que tivesse praticado esse método com grande rigor. Mas tinha tentado.

– Que pai bom! – comentou Lillie. – Quer o melhor para os filhos.

– Eu sei – disse Nell.
– Os filhos vêm em primeiro lugar.
– Sei. – Sabia mesmo, agora que também tinha um. Mas tudo isso acontecera anos atrás.

Então foi assim que as coisas caminharam, disse Nell, durante um ano mais ou menos. Depois eles pararam de alugar e compraram sua própria fazenda, menos decrépita; não muito menos, porém, pois o dinheiro ainda estava curto.

Mas Oona pressupôs que havia muito mais dinheiro do que de fato havia, contou Nell a Lillie. Exigiu mais de Tig – para os meninos – do que estava recebendo. Mas se Tig lhe tivesse dado mais dinheiro, explicou Nell, eles não teriam podido pagar a hipoteca. Do jeito como estavam as coisas, metade das despesas de manutenção era coberta por Nell. Mais da metade. Não que ele caísse no conceito de Nell por causa disso. Mas dois e dois não são cinco.

Para Oona a aritmética não importava. Começou a dizer a conhecidos comuns na cidade que pessoa horrível era Nell, e como havia transformado Tig numa pessoa igualmente horrível. Nell ficou sabendo disso, como queria Oona: as pessoas nunca se acanhavam de passar adiante essas coisas.

Oona trocou de advogado – a essa altura ela e Tig estavam minutando o acordo de divórcio – e quando o novo advogado já não pôde arrancar mais dinheiro de Tig ela trocou de advogado outra vez.

– Ele não tem mais dinheiro – disse Nell. – Que se há de fazer? Não se pode tirar leite de pedra.

– Mas você tinha – ponderou Lillie.

– Na verdade, não – respondeu Nell. – Ela escreveu umas cartas bem maldosas para Tig. A essa altura estava agindo como se ele a tivesse abandonado, como um canalha vitoriano. Mas Tig não dizia uma palavra contra ela, por causa dos meninos.

— A mãe era ela — lembrou Lillie. — Quando se trata de mãe e filhos, não há saída.

— Em suma — disse Nell. Lillie pareceu surpresa, de modo que ela acrescentou: — Exatamente.

O fato é que a fazenda nova não era uma mansão, como os meninos corretamente relataram a Oona — havia ratazanas, para começar, e na primavera o porão, cujo piso era de barro, se enchia de água, e no inverno o vento atravessava as paredes — e assim com o tempo Oona mais ou menos se acalmou. Viajou de férias com seus vários companheiros para destinos semitropicais, e Tig concebeu a esperança de que algum deles se tornasse uma instalação permanente; mas não foi isso que aconteceu.

Passou o tempo, e Tig e Nell voltaram à cidade — para a casa geminada de Chinatown, a que tinha baratas, e que não ameaçava muito Oona. Os meninos tinham crescido; já não moravam com a mãe. Tig podia fazer o seu próprio arranjo, já não tinha que ir por intermédio de Oona. De modo que se eliminou essa fonte de atrito. Nell sentiu-se mais leve e menos silenciada.

Mas então aconteceram duas coisas. Oona foi obrigada a deixar seu grande e prático apartamento e se viu passando por uma série de sublocações insatisfatórias, justamente quando havia deixado o emprego mais recente; e Tig e Nell se mudaram para a casa nova, a casa onde ela e Lillie estavam agora, tomando chá.

— Ela não suporta isso — explicou Nell. — Acha que estamos vivendo num palácio. Só tivemos sorte, vendemos e compramos na hora certa, mas ela acha que estamos nadando em dinheiro. Está subindo pelas paredes.

— Estou vendo. Isso acontece. Mas ela é adulta. Alguns têm, outros não.

— É. Mas além disso, ela não está bem.
A doença de Oona vinha se enraizando há anos. Ela já havia engordado muito, e à medida que ganhava carne perdia substância. Perdera a fibra também. A segurança que um dia a respaldara estava a dissipar-se: tornara-se hesitante, insegura. Tinha medo das coisas. Não queria sair de casa nem entrar em tipo algum de túnel, como o do metrô.
Oona tinha consultado um médico depois do outro: nenhum esclarecia aquele mal. Podia ser isso, podia ser aquilo. Foi não foi ela desfalecia — da última vez numa calçada — e era transportada para um hospital onde lhe davam mais um remédio que não funcionava. Neste momento morava entre vizinhos barulhentos que gritavam de dia e à noite davam festas; de manhã havia agulhas no gramado. Era difícil e sórdido, e para ela assustador. Oona tão genuinamente amedrontada era um conceito novo para Nell.
Tig declarou que se tivesse dinheiro compraria uma casa para Oona, a bem dos meninos. Falou olhando para cima, não olhou para Nell. Disse que os meninos estavam bem preocupados.
Por seu lado, Tig estava preocupado com os meninos, o que deixava Nell preocupada com Tig.
— São bons meninos — disse Lillie, que já os havia encontrado. — Muito bons modos. Querem ajudar a mãe.
— Eu sei — respondeu Nell. — Tanto Oona quanto os meninos acham que ela melhoraria se fosse para sua própria casa, sem outros inquilinos. O ambiente seria mais calmo. Mas ela não tem com quê.
— E Tig? Que é que ele acha?
— Tig não fala sobre isso.
Lillie desferiu um olhar arguto para Nell.
— O que você pode fazer?

Nell sabia o que podia fazer. Tinha recebido um dinheiro inesperado, uma herança; não era muito, mas era suficiente. Estava investido com segurança em um banco. Estava lá, acusador, sem ser mencionado.

Lillie ajudou Nell a procurar a casa. O mercado imobiliário estava agora em tal excitação, as propriedades saltavam de mão em mão com tal velocidade que as pessoas ficavam tontas, disse Lillie, de modo que a coisa não era fácil. Teria sido melhor se Oona quisesse a casa quando o mercado estava comprador, mas a vida é assim. Como se fosse pouco, Oona tinha uma lista de requisitos. Nada de bairros pobres, tinha horror à pobreza. Nem casas muito escuras. Não queria escadas com muitos degraus. Queria uma parada de bonde perto. Lojas aonde pudesse ir a pé. Jardim.

No começo era Lillie que levava Oona, sempre com um dos meninos; mas, como Lillie informou a Nell, não adiantava.

– Ela quer um castelo – explicou. – Os meninos ficam dizendo a ela que tal casa é muito grande. Estão sofrendo, esses meninos estão sofrendo, querem ver a mãe feliz, são bons filhos. Mas ela quer uma coisa grande. Quer uma maior que a sua.

– Isso eu não posso pagar.

Lillie deu de ombros.

– Já disse a ela. Mas ela não acredita.

Depois disso era Nell que ia procurar, com Lillie, no carro branco dela. Lillie dirigia dobrada para frente, como se estivesse esquiando. Em algumas entradas de carro mais estreita, tiveram problema; Lillie passou por cima de uma hosta. Nell ficou imaginando como estaria a visão dela. Contudo, acharam algo que mais ou menos se enquadrava nos critérios de Oona: um sobrado com um oitão livre e quintalzinho e um deque e um recanto envidraçado para o café da manhã, além de três quartos pequenos em cima.

Os vendedores, dois homens jovens, ficaram no sofá olhando as compradoras potenciais a escalar as escadas. Tinham disposto plantas em vasos em frente à janela maior – um gerânio, duas begônias meio murchas –, mas esta foi a concessão única. Não tinham sequer passado o aspirador na casa. Em semelhante mercado, por que se dar a esse trabalho?

– Hum – disse Lillie no sótão. – Essas velharias vão sair. Pelo menos está seco. Para uma pessoa alta seria um problema, mas quem é alto? Como lavanderia não está mau. Em cima ela pode pôr abaixo uma parede, abrir uma claraboia; para uma pessoa só é espaçosa, pode até ficar um charme, você me entende?

Nell e Lillie correram para o escritório da corretora e preencheram a proposta bem a tempo. Mais algumas horas e a casa estaria vendida, disse Lillie. Oona pagaria um aluguel: era este o acordo que ela queria, explicaram os meninos. Não queria ser sustentada por Nell. O aluguel não cobriria tudo, mas isto Oona não sabia.

Nell e Oona não estavam se falando; já não se falavam há algum tempo. Os intermediários eram os meninos.

Para eles era difícil, Nell sabia disso. Tinha pena deles. Sentia pena até de Oona, embora lhe custasse um pouco. Concluiu que no fundo não era uma pessoa generosa. Alguns de seus amigos mais descentrados – os que transavam cristais e coisas do gênero – lhe diriam que Oona era o troco de uma ação má que Nell cometera em outra encarnação. Diriam que ser boa para Oona era uma penitência. É um ponto de vista, pensou Nell. Ou então ela era mesmo um capacho.

Nell fechou o negócio sem contar a Tig. Quando contou, ele disse duas coisas: *Você é maluca. Obrigado.*

— Você é boa — disse Lillie. Mandou dois potes de biscoito e dois bilhetes no papel florido: um para Nell e outro para Oona.

Durante um breve intervalo, tudo foi tranquilidade. Nell sentia-se virtuosa, Oona se sentia mais segura e parou de se queixar do horror que eram Nell e Tig, Tig se sentia menos preocupado, os meninos se sentiam livres. Nell disse aos amigos que tinha tomado a decisão correta. Gostou de ver a incredulidade deles: depois de tudo que Oona tinha dito sobre Nell — que os amigos sabiam que Nell sabia que ela tinha dito, porque eles próprios tinham funcionado como leva e traz —, Nell ainda comprava uma casa para Oona? Que santa ela achava que era?

Havia coisas a consertar: numa casa sempre tem o que fazer, como Lillie observou. Havia o pórtico da frente, havia o ar-condicionado, a pintura — nisto os meninos ajudaram. Havia o telhado; não se conserta um telhado de graça. Mas Oona tinha um gosto excelente, sempre tivera, e este era um dos poderes que não a tinham abandonado. Uma vez arrumada a mobília, o lugar ficou irreconhecível. "A casa ficou um brinco", Lillie contou a Nell; como ocorria com todo o mundo, Oona se encantara com Lillie e lhe dedicou um chá.

Mas esse estado de equilíbrio não durou. No começo a saúde de Oona tinha melhorado, mas agora estava em espiral descendente. As pernas vacilavam; ela subia e descia escadas com dificuldade; já não sentia que fosse possível ir a pé às lojas do quarteirão. Regar as plantas dos jarrões que tinha posto no deque era uma tarefa excessiva. À noite ouvia ruídos que a amedrontavam — em geral provavelmente guaxinins, embora, como dizia Lillie, fossem ruídos desconhecidos. Os meninos instalaram um sistema de alarme, porém um dia a campainha disparou por acidente e isso assustou Oona ainda mais, de modo que eles o retiraram.

Talvez todo esse medo fosse provocado pela medicação, disseram os meninos. Ela estava tomando um remédio novo, ou dois, ou três. Não queria tomar, temia que agravassem o seu estado. Ademais, estava convencida de que acabaria na rua como um traste velho – sua poupança ia acabar, ela ficaria sem dinheiro e Nell, que era de fato a dona da casa, a poria na rua.

– Eu nunca faria isso – garantiu Nell. Mas Oona achava que faria. Por trás das manifestações de medo de Oona ocultava-se o desejo de que Nell reduzisse ou eliminasse o aluguel que ela pagava. Um dos meninos deu a entender isso mesmo. Mas Nell já estava se desdobrando o quanto podia, financeiramente. Ademais, sentia-se pressionada em excesso. Já me curvei demais, pensava. Mais uma pressão e eu vou rachar.

Os meninos queriam que Oona se mudasse para um apartamento – um apartamento que estivesse dentro de suas posses, e com elevador. Oona não conseguia decidir-se, não podia subir escadas, mas por outro lado os elevadores eram espaços confinados, como os túneis. Estava caminhando para um distúrbio emocional, diziam os meninos. Queixava-se de insônia. Mas depois de esgotar vários corretores de imóveis e perseguir muitas possibilidades que não funcionaram, acharam finalmente algo adequado. Era um quarto e sala, pequeno mas administrável; ia ser mais seguro; e não seria demais para Oona cuidar. Ela relutou, mas aceitou. Não queria mudar-se, mas tampouco desejava ficar onde estava.

Nell chamou Lillie para vender a casa.

– Mobiliada é sempre melhor – disse ela. – A pessoa pode enxergar possibilidades. E esta mobília é charmosa. – Queria promover um *open house*, e Oona acabou concordando. Um dos meninos ficaria para ajudar; o outro levaria a mãe para passar o dia fora, de modo que ela não tivesse de lidar com a multidão de interessados. Lillie cuidaria deles.

Quanto a Nell e Tig, foram à Europa – a Veneza. Nunca tinham estado lá, e sempre haviam desejado. Com o dinheiro prestes a ser liberado com a venda da casa – a casa de Oona, agora era como todo o mundo se referia a ela –, podiam pagar a viagem. Era tempo de fazer essa viagem, pensou Nell. Os dois precisavam subtrair-se ao lento e cinza remoinho que girava em torno de Oona.

Lillie manobrou o carro branco para a entrada, estacionou, içou-se para fora. Subiu os degraus da frente um por um: seus pés doíam cada vez mais. Tocou a campainha. Oona devia estar em casa a fim de abrir a porta para ela entrar e conferir tudo, preparar-se para o *open house*, mas ninguém atendeu.

Estava no pórtico sem saber o que fazer quando chegaram os filhos no carro de um deles. Também tocaram a campainha. Um deles – o mais velho – trepou na cerca e desceu pelos jarrões de plantas, e olhou pelas portas-janelas do recanto do café da manhã, que era envidraçado. Oona estava caída no chão.

O filho chutou o vidro, cortando uma veia da perna. Oona estava morta. Mais tarde o médico disse que tinha morrido havia várias horas. Havia sofrido um derrame. Na mesa da cozinha continuava pousada uma xícara de chá. O filho, segurando a perna de onde o sangue escorria, foi mancando até a porta da frente e abriu para os outros. Chamaram uma ambulância, o filho mais velho se deitou no chão com a perna para cima e o mais novo tentou estancar o sangue com toalhas de chá. Lillie sentou-se no sofá da sala, branca como um lençol e trêmula. "Eu nunca tinha visto uma coisa tão terrível", repetia.

O que, para Nell, quando lhe contaram tudo isso, foi o primeiro sinal de que havia algum problema grave com Lillie, pois esta não era a coisa mais terrível que ela havia visto. Nem de longe.

O *open house* foi cancelado, claro. Não se pode vender uma casa com tanto sangue no chão. Mas depois – semanas depois, quando a mobília já fora retirada – Lillie tentou de novo. Sua mente, porém, já não estava concentrada no trabalho, como Nell percebeu. Faltava o antigo entusiasmo, sua convicção de que era possível tirar leite de pedra. E não era só isso: estava com medo da casa.

– A casa é escura – disse ela a Nell. – Ninguém quer viver no escuro. – Sugeriu que se podassem os arbustos.

Nell e Tig foram ver a casa. Não era escura. Se tinha um defeito, é que pegava sol demais: podia ser quente no verão. Mesmo assim, cortaram uns galhos.

– O porão... está cheio d'água – disse Lillie ao telefone. Estava perturbada. Tig pegou o carro e foi para lá imediatamente.

– O porão estava seco como palha seca – ele contou a Nell.

Nell convidou Lillie para um chá. Os narcisos estavam florescendo. Pela janela, o olhar perdido de Lillie deu com eles.

– Como se chama essa flor? – perguntou.

– Lillie, você não tem de vender aquela casa. Alguém pode fazer isso por você.

– Eu quero fazer isso, para você. Você já teve problemas.

– Você acha a casa escura.

– Nunca vi uma coisa tão terrível. Terrível. Tanto sangue.

– Não era o sangue de Oona – lembrou Nell.

– Era sangue.

— Você acha que Oona ainda está lá.
— Você entende tudo — disse Lillie.
— Eu posso cuidar disso. Conheço gente que trabalha com isso.
— Você é boa — disse Lillie, e Nell percebeu que a outra estava renunciando, entregando as rédeas. Estava se recusando a ser a única que entendia, a única que cuidava de tudo. Agora Nell teria de fazer aquilo, para Lillie.

Nell ligou para seu amigo feng shui, que achou uma perita em cristais e purificação. Haveria uma taxa a pagar: ela preferia em dinheiro, explicou o amigo. "Tudo bem", disse Nell. "Mas não conte nada a ela sobre Oona ou sobre morte. Quero uma leitura em branco." Oona ainda estava na casa? Estaria sabotando a venda por vingança? Nell achava que não. Não podia imaginar Oona fazendo coisa tão banal. Mas as duas tinham incorrido em banalidades equivalentes. Primeira esposa, segunda esposa – poderiam ter sido moldadas uma na outra.

Tig levou Nell à casa, mas ficou no carro. Não queria se envolver com aquilo. Nell abriu a porta com sua chave e mandou entrar a mulher dos cristais, cujo nome era Susan. Não era um tipo frágil, tinha ao contrário uma aparência atlética, profissional, prática. Recebeu o envelope com o pagamento e o enfiou na bolsa.

— Vamos começar pelo andar de cima — informou.

Susan percorreu a casa — entrou em cada quarto, desceu ao porão, subiu ao deque. Em cada cômodo parava com a cabeça inclinada para um lado. Finalmente, entrou na cozinha.

— Agora não há ninguém na casa — declarou –, mas bem aqui há um canal por onde as entidades entram e saem. — Apontou para o recanto do café da manhã.

— Canal? — ecoou Nell.

— Tipo túnel. Um elo — explicou Susan com paciência. — Elas entram no seu mundo e depois saem, por aqui.

— Foi neste lugar que morreu uma pessoa — revelou Nell.

— Se é assim, elas vêm aqui de caso pensado, para fazer uma transição com rapidez — sentenciou Susan.

Nell ficou pensando.

— As entidades são boas ou más?

— Pode ser uma coisa ou outra — respondeu Susan. — Há entidades de todo tipo.

— Se houvesse entidades más na casa, o que você faria?

— Poria luz em torno delas.

Nell não perguntou como fazer isso na prática.

— Você acha que as entidades se importariam se a gente fechasse o canal ou o transferisse para outro lugar? — Era muito como uma brincadeira infantil com um amigo imaginário. Qualquer coisa, desde que funcione, pensou com seus botões.

— Vou perguntar — respondeu Susan. Ficou parada em silêncio, escutando. — Elas dizem que está bem, mas querem o canal no pátio. Não querem que fique longe. Gostam do bairro.

— Negócio fechado — disse Nell. Até as entidades tinham suas preferências imobiliárias, ao que parecia. — E depois, que fazemos?

O que fizeram depois foi uma espécie de dança de roda, a que não faltaram sinetas retinindo. Susan tinha as sinetas na bolsa.

— Pronto — anunciou. — O canal está fechado. Mas por segurança... — Pegou uns molhos de sálvia e os colocou nas gavetas da cozinha. — Isso deve mantê-las ao largo algum tempo.

— Obrigada — disse Nell.

— Agora está tudo bem — disse Nell a Lillie.

— Você é tão boa.

Mas nem tudo estava bem. Lillie continuava com medo da casa. Havia algo ali que não era Oona. Algo mais antigo, mais sombrio, mais terrível. Alguma coisa fora perturbada; tinha despertado, tinha vindo à superfície. Havia sangue.

Mais tarde, Nell diria aos outros que estas deviam ter sido as manifestações iniciais do Alzheimer, ou de seja o que for que em pouco tempo tirou Lillie deles, do mundo que ela havia conhecido. Mas foi para um lugar melhor; um lugar despojado de passado, ou de partes do passado. Nesse lugar, várias pessoas que ela conhecera ainda estavam vivas. Seu marido vivia. Esperava que ela fosse para casa, disse ela. Ele não gostava que ela ficasse fora sozinha, queria que estivesse ali na sala com os enfeites de porcelana familiares, sobretudo depois que escurecia.

Os filhos de Lillie, já crescidos, organizaram as coisas. Arranjaram uma acompanhante para que ela pudesse ficar em sua própria casa. Achavam que seria mais confortável para ela. Ela começou a pintar com aquarela, coisa que jamais havia feito. Seus quadros eram coloridos e alegres, cheios de sol; mostravam sobretudo flores. Quando Nell ia vê-la, ela sorria feliz. "Fiz uns biscoitos especiais para você", dizia. Não tinha feito nada.

A casa de Oona foi comprada por dois homens gays – dois artistas, amigos de Nell e que vinham a ser também ex-clientes de Lillie –, eles adoram a luz que entra no andar de cima nos fundos. Lá eles montaram um ateliê. Eliminaram umas paredes, levantaram outra, e abriram uma claraboia, e decoraram a casa. Acharam uma solução original para o gato – uma caixa que desliza para dentro e para fora através do muro, e que o próprio gato ativa com um sensor. Dentro do recanto envidraçado do café da manhã o gato se comporta estranhamente, dizem eles a

Nell: fica sentado, olhando pela janela como se estivesse vigiando alguma coisa.

– Está vigiando as entidades – diz Nell, que está lá para tomar chá e admirar a decoração. – Nós as mudamos para o pátio. Era lá que elas queriam o túnel.

– O quê? – dizem os homens. – As tias de idade? Não me diga que estamos infestados por tias! – Os dois riam.

– Não, as entidades – explica Nell.

E então Nell conta a história de Oona, e de Tig, e a dela, e de Susan, a mulher dos cristais – eles amam a parte em que Nell dança na roda com as sinetas retinindo – e também a história de Lillie. Aumenta um ponto, claro. Fica mais engraçada do que parecia então. E todos os personagens são melhores do que realmente eram. Salvo Lillie; Lillie não é preciso melhorar.

Os homens gays gostam da história: é estranha, e eles gostam do que é estranho. É também uma história sobre eles, já que é sobre a casa deles. O fato de estar ligada a uma história lhe dá personalidade. "Temos entidades!", exclamam eles. "Quem diria? Se um dia vendermos a casa isso vai constar do anúncio. Estúdio encantador. Caixa embutida para o gato. Entidades."

Que mais eu poderia fazer com tudo isso?, pensa Nell, tomando seu caminho de volta à própria casa. Toda aquela ansiedade e raiva, as boas intenções ambíguas, aquelas vidas emaranhadas, aquele sangue. Posso falar dessas coisas ou enterrá-las. No fim, somos todos histórias. Ou então nos tornamos entidades. Talvez seja a mesma coisa.

O FIASCO DO LABRADOR

Estamos em outubro; qual outubro? Um desses outubros, com sua luz de intensidade cambiante, seus decrescendos, suas folhas vermelhas e laranja. Meu pai está sentado na poltrona perto da lareira. Por cima das outras peças veste o roupão xadrez preto e branco, e está calçado com chinelos de couro, e os pés repousam num escabelo almofadado. Portanto, a noite já deve ter caído. Mamãe está lendo para ele. Ela remexe com os óculos e se curva sobre a página; ou parece que se curva. De fato, é apenas sua forma atual. Meu pai sorri, portanto deve estar na parte de que gosta. O sorriso se arqueia mais no lado esquerdo que no direito: seis anos atrás teve um derrame de que todos nós fingimos que se recuperou; e de fato se recuperou em grande parte.

– O que está acontecendo agora? – pergunto, ao tirar o casaco. Já conheço a história, porque já ouvi.

– Eles acabam de partir – responde mamãe.

Meu pai explica: "Levaram os suprimentos errados." Isto lhe agrada: ele não teria levado suprimentos errados: para falar a verdade ele, para começar, jamais teria aderido a essa fatídica jornada, ou – embora um dia tenha sido mais temerário, mais impulsivo, mais convencido da própria capacidade para enfrentar o destino e superar o perigo – agora sua opinião é esta. "Idiotas", ele diz, ainda sorrindo.

Mas que suprimentos poderiam ter levado em vez dos errados? Açúcar refinado, farinha branca, arroz; era o que se levava naquele tempo. Ervilha seca moída para besuntar carne curada, maçã enriquecida com enxofre, bolacha de bordo, bacon, toucinho. Tudo pesado. Naquele tempo não havia secagem por congelamento, nem sopa de envelope; nada de coletes de náilon, nem sacos de dormir de bolso, nem oleados leves. A tenda era feita com seda de balão e impermeabilizada com óleo. Os cobertores se faziam de lã. Os sacos de viagem eram de lona, com tiras de couro e correias que passavam pela testa para reduzir o peso nas costas; cheiravam a alcatrão. Além disso, carregavam dois rifles, duas pistolas, mil e duzentas unidades de munição, uma câmera e um sextante; e ademais os utensílios de cozinha e as roupas. Essa bagagem, até o último quilo, tinha que ser carregada em toda e qualquer travessia, ou transportada rio acima numa canoa de cinco metros e meio de comprimento, que tinha casco de madeira e era coberta de lona.

Nada disso teria intimidado os aventureiros, porém, ao menos a princípio. Eram dois, dois americanos jovens; já haviam participado de expedições, embora em latitudes mais amenas, com aromáticos cachimbos fumados ao cair da tarde antes do alegre crepitar da fogueira e da truta recém-pescada chiando na frigideira enquanto o sol morria no horizonte. Ambos eram capazes de escrever um ou dois límpidos parágrafos kiplinguianos sobre o fascínio da selva, o desafio do desconhecido. Isso ocorria em 1903, quando as explorações ainda estavam em voga como um teste de virilidade e a própria virilidade estava ainda em voga, e era vista como natural parceira da palavra *limpo*. Virilidade, limpeza, as regiões desérticas, onde se podia saborear o gosto da liberdade. Com armas e varas de pescar, naturalmente. Podia-se viver do que a terra produzia.

O chefe da expedição, cujo nome era Hubbard, trabalhava para uma revista dedicada à vida ao ar livre. Sua ideia era penetrar, juntamente com seu primo e camarada – cujo nome era Wallace –, a última zona da península do Labrador por mapear e escrever uma série de artigos sobre a aventura, assim conquistando renome. (Eram estas suas palavras, literalmente: "Vou tornar meu nome conhecido.") Especificamente, eles subiriam o rio Nascaupee, que se acreditava começar no Michikamau, um lendário lago interior que pululava de peixes; de lá poderiam seguir para o rio George, onde os índios se reuniam todo verão para a caçada ao caribu, e depois para o entreposto da baía de Hudson, e finalmente voltariam ao litoral. Entre os índios, Hubbard planejava praticar um pouco de antropologia amadora, sobre o que também poderia escrever, ilustrando o texto com fotografias – um caçador de cabelo desgrenhado com um rifle antigo, pisando uma carcaça; uma cabeça decepada, com as galhas abertas. As mulheres com colares de contas e olhos brilhantes mascando a pele, ou a costurá-la, ou fazendo seja lá o que for. *Os últimos povos selvagens.* Algo assim. Havia grande interesse por esses temas. Descreveria também os cardápios.

(Mas esses índios vinham do norte. Ninguém jamais seguira a rota para o rio a partir do oeste ou do sul.)

Em histórias como esta, quando os aventureiros estão planejando a partida, sempre existe – sempre deve existir – um velho índio que parece branco. Vem adverti-los, porque ele é bondoso e eles ignorantes. "Não vão para lá. A lugares como este não se vai." Nesses contos os índios falam num estilo formal.

– Por que não? – perguntam os brancos.

– Lá existem maus espíritos – explica o velho índio. Os brancos sorriem e agradecem, e desconsideram a advertência. Superstição de nativos, é o que pensam. De modo que vão aonde foram aconselhados a não ir, e então, após muitas provações, morrem. O velho índio balança a cabeça ao saber. Brancos tolos, mas que se vai dizer a eles? Não respeitam nada.

Neste livro, porém, não há índio velho – por algum motivo o deixaram de fora –, e meu pai assume a parte dele. "Não deviam ter ido. Os índios nunca passaram por ali." Não fala em *maus espíritos*, porém. Só diz: "Lá não existe nada para comer." Para os índios seria a mesma coisa, pois de onde vem a comida senão dos espíritos? A comida não está lá simplesmente, é dada; ou então retida.

Hubbard e Wallace tentaram contratar vários índios para vir com eles, nem que fosse nas primeiras etapas da jornada, e ajudá-los com os fardos. Nenhum aceitou; disseram que estavam "muito ocupados". Na verdade, estavam muito cientes. O que sabiam era que você não pode carregar, até lá, tudo que precisa pra comer. E se não pode carregar, tem que matar. Mas quase nunca existe o que matar. "Muito ocupados" queria dizer muito ocupados para morrer. Queria dizer também cortês demais para apontar o óbvio.

Os dois exploradores acertaram em um ponto: contrataram um guia. Seu nome era George, e ele era cree, pelo menos em parte; o que chamavam uma "cria". Era de James Bay, longe demais do Labrador para conhecer toda a sua sinistra verdade. George viajou ao sul para se encontrar com os empregadores, até a cidade de Nova York, onde nunca havia estado. Nunca tinha estado nos Estados Unidos, ou sequer numa cidade. Mantinha-se calmo, olhava em torno; demonstrava seu engenho induzindo o que era um táxi e como contratá-lo. Sua capacidade de pensar logicamente viria a ser proveitosa.

– O tal George era um garoto e tanto – diz meu pai. George é seu personagem favorito em toda a história.

Em algum lugar da casa há uma fotografia de meu pai – no fim de um álbum, talvez, com os instantâneos que ainda não foram colados. Está com trinta anos a menos, em uma viagem qualquer de canoa – quando você não anota essas coisas no verso das fotos elas se perdem. Está evidentemente cruzando um rio com um carregamento. Não fez a barba, tem uma bandana amarrada no pescoço por causa das moscas negras e mosquitos, e carrega um fardo pesado, com uma correia na testa. O cabelo está escuro, seu rosto reluzente bem queimado e não se pode dizer que esteja limpo. Tem um ar ligeiramente pérfido; como um pirata ou mesmo um guia northwoods, do tipo capaz de sumir de repente no meio da noite com seu rifle predileto, quando os lobos estão prestes a chegar. Mas como alguém que sabe o que faz.

– O George sabia o que estava fazendo – diz meu pai agora.

Uma vez fora de Nova York, ou melhor; enquanto estava lá, George não ajudou muito, porque não sabia onde eram os armazéns. Foi lá que os dois homens compraram tudo, exceto a rede de guelras, que esperavam encontrar mais para o norte. Também não compraram mocassins de reserva. Talvez tenha sido este o erro mais grave.

Então partiram, primeiro de trem depois de barco e finalmente num barco menor. Os detalhes são monótonos. O tempo estava ruim, a comida asquerosa, o transporte nunca chegava na hora. Passaram horas e até dias à beira de um cais ou sem saber quando a bagagem ia aparecer.

– Chega por hoje – diz minha mãe.

– Acho que ele está dormindo – digo eu.

– Ele nunca adormecia – lembra mamãe. – Pelo menos quando ouvia essa história. Em geral fica fazendo sua lista.

– Que lista?

– A lista do que ia levar.

Enquanto meu pai dorme, eu salto um pedaço da história. A partir do desolado litoral do Labrador, no nordeste do Canadá, os três homens penetraram finalmente no interior, deixando para trás suas bases avançadas, e agora viajam resolutamente. Estão em meados de julho, mas logo acabará o curto verão, e ainda têm oitocentos quilômetros pela frente.

Sua missão é navegar o Grande Lago, que é comprido e estreito; em seu ponto extremo, assim lhes disseram, deságua o Nascaupee. O único mapa que tinham visto, grosseiramente esboçado por um viajante cerca de cinquenta anos antes, mostra um único rio desembocando no Grande Lago. Um rio foi só o que os índios jamais mencionaram: o que vai a alguma parte. Por que falar de outros, por que alguém haveria de querer conhecê-los? Muitas plantas não têm nome porque não se podem comer nem usar para outro fim.

De fato, porém, há mais quatro rios.

Nesta primeira manhã eles estão entusiasmados, pelo menos é o que Wallace registra. São grandes as esperanças, e a aventura os convoca. O céu é de um azul intenso, o ar estimulante, o sol forte, a copa das árvores parece indicar-lhes o caminho. Não têm as informações necessárias para precaver-se contra árvores acolhedoras. Almoçam panquecas e melaço, e o bem-estar os inunda. Sabem que rumam para o perigo, mas também sabem que são imortais. Essa atitude existe, no norte. Tiram fotografias: da canoa, de seus fardos, um do outro: bigodudos, cobertos de suéteres, protegidos por ataduras à guisa de perneiras e uma coisa na cabeça que parece um chapéu-coco, curvando-se despreocupados sobre os remos. Doloroso, mas só para quem sabe o desfecho. Na situação atual, nunca foram tão felizes.

Há outra foto de meu pai, talvez da mesma expedição em que cruzou o rio com um carregamento; ou ele está com a mesma bandana. Desta vez sorri para as lentes da câmera, fingindo barbear-se com o machado. Mostra duas coisas na história: que o machado é afiado como uma navalha e que sua barba é tão dura que só a machado se pode cortá-la. É uma tradicional piada nas viagens de canoa. Embora, claro, secretamente ele um dia acreditasse nas duas afirmações.

No segundo dia os três passaram pela foz do Nascaupee, que está oculta por uma ilha e lembra a linha da costa. Sequer suspeitaram que estivesse ali. Prosseguiram até o fim do lago e entraram no rio que lá descobriram. Tinham errado o caminho.

Não volto ao Labrador durante mais de uma semana. Quando volto é domingo à noite. O fogo está se consumindo e diante dele o meu pai fica sentado, à espera do que vai acontecer. Mamãe lida com os bolinhos no fermento em pó e o chá descafeinado. Eu vasculho a cozinha atrás de biscoitos.

– Como estão as coisas? – pergunto.

– Bem – responde mamãe. – Mas ele não está se exercitando bastante. – Para ela, *as coisas* quer dizer meu pai.

– Você devia fazer com que ele caminhasse.

– *Fazê*-lo caminhar? – estranha ela.

– Bem, sugerir.

– Ele não vê sentido em andar por andar, se não se vai a parte alguma.

– Você podia mandá-lo fazer alguma coisa na rua – sugiro.

A isto ela nem se dá ao trabalho de responder. Limita-se a explicar: "Ele diz que machuca os pés." Penso na fileira de botas e sapatos quase novos que proliferaram ultimamente no armário. Ele continua comprando. Deve achar que se descobrir o modelo certo vai sumir o que está lhe machucando os pés, seja o que for.

Trago as xícaras, distribuo os pratos.

— Então, como é que estão se saindo Hubbard e Wallace? Já chegaram ao ponto em que eles comem a coruja?

— Não conseguiram grande coisa — diz ele. — Entraram no rio errado. E mesmo que tivessem entrado no certo, já era tarde para começar.

Hubbard e Wallace e George mourejam rio acima. O calor do meio-dia é sufocante. As moscas os atormentam, umas pequenas como ponta de alfinete, outras gigantescas, do tamanho de um polegar. O rio mal é navegável: têm de arrastar a canoa carregada por trechos rasos cobertos de cascalho, contornar corredeiras entrando na mata hostil, sem pontos de referência, emaranhada. Diante deles se estende o rio; atrás ele se fecha como um labirinto. Os bancos do rio vão se tornando mais íngremes; morro após morro, de contorno suave e dura substância. A paisagem é esparsa: ásperos abetos, vidoeiros, choupos, todos delgados, em alguns pontos inteiramente queimados, o caminho bloqueado por troncos calcinados e tombados.

Quanto tempo se passa até perceberem que subiram o rio errado? Tempo demais. Escondem parte dos mantimentos para não ter de carregá-los; a outra parte jogam fora. Conseguem alvejar um caribu e comem, deixando para trás os cascos e a cabeça. Os pés doem; os mocassins estão ficando gastos.

Afinal Hubbard sobe um morro alto e lá de cima avista o lago Michikamau; mas não é lá que deságua o rio que vêm seguindo. O lago está longe demais: não há como carregar a canoa por toda essa distância através da mata. Terão de voltar. À noite já não falam sobre descobertas ou explorações. Discutem o que comer. O que comer amanhã e o que vão comer quando voltarem. Organizam cardápios, festas, grandiosas comemorações. George consegue abater ou apanhar uma caça ou outra. Um pato aqui, um galo silvestre ali. Um *whiskeyjack*. Pescam trabalhosamente sessenta trutas, uma a uma, com anzol e linha porque não têm rede de guelras. As trutas são claras e frescas como água gelada, mas só medem quinze centímetros de comprimento. Nada basta. O esforço da viagem consome mais energia do que conseguem absorver; lentamente, vão se desintegrando, se desgastando.

Enquanto isso as noites vão ficando cada vez mais longas e escuras. Forma-se gelo na beira do rio. Carregar a canoa pelos trechos rasos, através da água gelada e impetuosa, os deixa a tiritar e arquejar. Caem os primeiros flocos de neve.

– É terra inculta – diz meu pai. – Não tem alces. Sequer ursos. Isto é sempre mau sinal, não ter ursos. – Tinha estado lá, ou perto de lá; mesmo tipo de terra. Fala com admiração e nostalgia, e certo pesar. – Agora, claro, você pode ir de avião. Percorrer todo o trajeto deles em poucas horas. – Faz um gesto de desprezo: chega de avião.

– E a coruja? – pergunto.

– Que coruja? – pergunta meu pai.

– A que eles comeram. Acho que é no ponto em que deixam cair a canoa e salvam os fósforos enfiando-os no ouvido.

– Acho que isso foram os outros – diz meu pai. – Os que depois tentaram a mesma coisa. Acho que este grupo não comeu coruja.

– Se tivesse comido – pergunto –, que tipo de coruja seria?

— A coruja de chifre ou a boreal — diz ele —, se tiveram sorte. Têm mais carne. Mas talvez tenha sido uma coisa menor. — Solta uma série de sons esganiçados, estranhos, como o ganido de um cão ao longe, e sorri. Conhece todos os pássaros daquela região pelo pio; até hoje.

— Ele está dormindo demais à tarde — diz mamãe.
— Deve estar cansado — respondo.
— Não era para estar tão cansado — insiste ela. — Cansado, além de agitado. E está perdendo o apetite.
— Talvez precise de um hobby. Alguma coisa em que pensar.
— Ele tinha muitos — minha mãe recorda.
Será que já se foram todos, esses hobbies? Aqui ainda restam materiais e ferramentas: o avião e o nível de bolha, as penas de ave para amarrar moscas secas, a máquina de ampliar gravuras, as pontas para fazer flechas. Esses objetos avulsos me lembram artefatos do tipo que se desenterra em sítios arqueológicos e se analisa e classifica, e se usa para deduzir como o homem um dia viveu.
— Ele dizia que queria escrever suas memórias — diz mamãe.
— Uma espécie de narrativa. Todos os lugares aonde foi. Até começou, várias vezes, mas agora perdeu o interesse. Não enxerga muito bem.
— Ele podia gravar em fita — digo eu.
— Por favor — protesta mamãe. — Mais uma maquininha!

O vento uiva e se cala, a neve cai e se vai. Os três homens já cruzaram a terra até outro rio, na esperança de que seja melhor, mas não é. Uma noite, George tem um sonho: Deus lhe aparece luminoso, esplêndido e afável, e fala de um modo cordial mas firme.

– Não posso mais dar essas trutas – explica –, mas se você se mantiver neste rio chegará decerto ao Grande Lago. É só não deixar o rio, e eu o levarei em segurança.

George conta o sonho aos outros. Não lhe dão ouvidos. Os homens abandonam a canoa e partem por terra, na esperança de alcançar a velha trilha. Após uma demora interminável a alcançam, e vão tropeçando trilha abaixo para o vale do rio por onde subiram, vasculhando os velhos acampamentos em busca da comida que jogaram fora. Não medem o avanço em quilômetros, mas em dias; há quantos dias partiram, quantos faltam ainda. Mas isso depende do tempo, e de sua própria resistência: a que passo conseguem avançar. Encontram um montinho de farinha meio mofada, um pouco de toucinho, alguns ossos, patas de caribu, que fervem. Uma latinha de mostarda seca; com isso fazem uma sopa, e se sentem encorajados.

Na terceira semana de outubro, assim estavam as coisas:
Hubbard está demasiado enfraquecido para prosseguir. Foi deixado para trás, embrulhado em cobertores, na tenda, com um fogo aceso. Os outros dois continuaram; têm esperança de safar-se e despachar socorro. Ele deu a eles o resto do bacon.

Está nevando. Ele janta um chá forte e caldo de tutano, além de couro fervido de seu derradeiro mocassim; escreve no diário que é de fato uma delícia. Agora está descalço. Não perde a esperança de que os outros consigam e voltem e o salvem, pelo menos é isso que registra. Não obstante, começa uma mensagem de adeus a sua esposa. Escreve que ainda possui um par de luvas de couro de vaca e está ansioso por comê-las no dia seguinte.

Depois disso adormece, e em seguida morre.

Dias mais tarde, trilha abaixo, também Wallace é obrigado a desistir. Ele e George se separam: Wallace pretende voltar com os últimos restos que localizaram – alguns punhados de farinha mofada. Vai localizar Hubbard, e juntos aguardarão socorro. Mas foi colhido por uma nevasca e perdeu o rumo; no momento está num abrigo feito de galhos, esperando amainar a tempestade. Sente-se extremamente fraco e já não tem fome, o que, ele sabe, é mau sinal. Todos os seus movimentos são lentos e medidos, e ao mesmo tempo imaginários como se o seu corpo se houvesse destacado dele e ele estivesse a vigiá-lo. À luz branca do dia ou à luz bruxuleante da fogueira – ainda tem uma fogueira – pareciam-lhe miraculosas as espirais na ponta dos próprios dedos. Tanta nitidez, tanta minúcia; segue o desenho do cobertor como se lesse um mapa.

Agora a esposa morta apareceu, e lhe deu vários conselhos práticos sobre a forma de dormir: uma camada mais grossa de galhos de abeto por baixo, disse ela, ficaria mais cômodo. Por vezes ele apenas a ouve, por vezes também a vê; está com um vestido de verão azul, o cabelo comprido preso num coque esplêndido. Parece perfeitamente à vontade; os mastros do abrigo são visíveis através das costas dela. Wallace já não se espanta.

Mais à frente, George continua a caminhar; a safar-se. Sabe mais ou menos para onde está indo; encontrará socorro e com socorro há de voltar. Porém não se safou ainda, continua preso. Está cercado pela neve, envolto por um céu cinza e vazio; a certa altura dá com o próprio rastro e percebe que esteve andando em círculo. Também ele está magro e enfraquecido, mas conseguiu abater um porco-espinho. Para pra pensar: podia dar meia-volta, seguir sobre os próprios passos, levar o porco-espinho e repartir com os outros; ou então comer tudo e prosseguir. Sabe que se voltar o mais provável é que nenhum deles saia dali com vida; se for em frente, existe ao menos uma possibilidade, pelo menos para ele. Vai em frente, levando os ossos.

— Esse George agiu bem — diz meu pai.

Uma semana mais tarde, à mesa do jantar, meu pai tem outro derrame. Desta vez ele perde metade da visão em cada olho e a memória recente, e já não sabe onde se encontra. De uma hora para outra, está perdido; tateia pela sala como se jamais tivesse posto os pés em tal lugar. Os médicos dizem que é improvável que se recupere.

Passa o tempo. Agora os lilases estão em flor do lado de fora da janela e ele os pode ver, ao menos em parte. Mesmo assim, pensa que estamos em outubro. Contudo, a sua essência permanece lá. Da poltrona, tenta compreender as coisas. Uma almofada de sofá se parece muito com outra, salvo se você dispõe de um termo de comparação. Observa o sol brilhando no piso de tábua; só pode imaginar que é um rio. Em situações extremas é preciso usar de engenho.

— Estou aqui — digo beijando sua face ressecada. Ele não é nada careca. Tem cabelo branco prata, como uma garça branca congelada.

Ele me espia com o canto esquerdo dos olhos, que é o que funciona.

— Você parece que ficou mais velha de repente.

Pelo que sabemos, ele perdeu os quatro ou cinco últimos anos, e também várias fatias de tempo anteriores. Está decepcionado comigo: não por causa de alguma coisa que eu tenha feito, mas por causa do que não fiz. Não continuei jovem. Se tivesse conseguido poderia tê-lo salvado; assim também ele poderia ter continuado como era.

Eu queria ser capaz de pensar em alguma coisa que o divertisse. Tentei gravar cantos de pássaros, mas ele não gosta: lembram a ele que existe algo que um dia soube, mas de que já não consegue lembrar-se. Não adianta ler histórias, sequer histórias curtas, pois quando você vira a página ele já esqueceu o princípio. Onde é que ficamos sem a nossa trama?

Música é melhor; cai gota a gota. Minha mãe não sabe o que fazer, de modo que fica arrumando o que está arrumado: xícaras e pratos, documentos, gavetas de secretárias. No momento está lá fora, arrancando mato do jardim numa frenética perplexidade. Poeira e grama voam pelo ar; pelo menos isto vai ser resolvido! Sopra um vento; o cabelo dela está revolto, e se levanta em torno da cabeça como uma plumagem.

– Já disse a ela que não posso ficar muito tempo.

– Não pode? Mas podíamos tomar um chá, acender a lareira...

– Hoje não – respondo com firmeza.

Ele a pode ver lá fora, mais ou menos, e quer que ela volte para dentro. Não gosta que ela fique além da vidraça. Se permitir que escape, saia de suas vistas, quem sabe aonde irá parar? Capaz de sumir para sempre.

Seguro a mão boa dele.

– Daqui a pouco ela volta – digo; mas daqui a pouco pode ser um ano.

– Eu quero ir pra casa – diz ele. Sei que não adianta dizer que casa é o lugar onde já está, pois ele quer dizer outra coisa. Quer dizer voltar para como ele era antes.

– Onde é que nós estamos? – pergunto.

Ele me lança um olhar matreiro: será que eu estou lhe jogando uma casca de banana?
— Na mata. Precisamos voltar.
— Estamos bem aqui.
Ele reflete.
— Não tem muito o que comer.
— Trouxemos os mantimentos necessários.
Ele se tranquiliza.
— Mas não tem bastante lenha. — E fica ansioso; diz isso todo dia. Diz que tem frio nos pés.
— Podemos arranjar mais lenha — argumento. — Podemos cortar lenha.
Ele não tem tanta certeza.
— Nunca pensei que isto fosse acontecer. — Não se refere ao derrame, porque não sabe que teve um derrame. Refere-se ao fato de estar perdido na mata.
— Nós sabemos o que fazer — digo eu. — Seja como for, não vamos ter problemas.
— Não vamos ter problemas — ecoa ele, mas o tom é ambíguo. Não confia em mim, e tem razão.

## OS GAROTOS DO LABORATÓRIO

Os garotos do Laboratório não eram garotos. Eram jovens, mas não extremamente: o cabelo de alguns já afinava nas têmporas. Deviam estar na faixa dos vinte anos. Ao falar com um deles – um de cada vez – você jamais o chamaria de garoto. Em grupo, no entanto, eram garotos. Eram "Os Garotos" assim, entre aspas, todos juntos no cais, alguns sem camisa. Estavam bronzeados: o sol era então mais fraco, a camada de ozônio mais espessa, e mesmo assim ficavam bronzeados.

Tinham músculos, e também sorrisos largos, um tipo de sorriso que já não se vê em rosto de homem. Os rostos como os deles remontam ao tempo da guerra; partiram com cachimbos e com bigodes. Acho que os garotos tinham cachimbos – creio me lembrar de um ou dois cachimbos – e um deles usava bigode. O bigode aparece em seu retrato.

Eu achava os garotos bem charmosos. Mas, não, eu era muito jovem para o charme. Eu os achava, isto sim, mágicos. Eram um destino há muito ansiado, o objeto de uma perseguição. Ir vê-los era – pelo menos na expectativa – um evento luminoso.

Os garotos chegavam ao Laboratório toda primavera, mais ou menos quando brotavam as folhinhas novas e apareciam as moscas negras e os mosquitos. Vinham de muitos pontos: todo ano vinham garotos novos; trabalhavam com meu pai. Eu não sabia bem em que consistia esse trabalho, mas deve ter sido fascinante porque o próprio Laboratório era fascinante. Era fascinante todo lugar aonde não íamos com frequência.

Chegávamos num pesado bote a remo de madeira, construído na vila de cinco casas a menos de um quilômetro dali – minha mãe ia remando, era boa remadora –, ou seguindo uma trilha sinuosa, passando por sobre árvores tombadas e cepos e contornando grandes pedras desgastadas e atravessando trechos onde se haviam colocado tábuas escorregadias para cruzar o esfagno, e respirando o cheiro de mofo da madeira úmida e de folhas que apodreciam devagar. Era longe demais para nós, as nossas pernas eram muito curtas, de modo que em geral íamos no barco.

O Laboratório era feito de toras de madeira; parecia enorme, embora lembre uma choupana em duas fotos que sobreviveram. Contudo, tinha um pórtico protegido por uma tela e uma grade. Lá dentro havia coisas que não podíamos tocar – frascos contendo um perigoso líquido onde boiavam larvas com seis minúsculas pernas juntas como dedos em oração e rolhas que cheiravam a veneno e eram veneno, e bandejas com insetos mortos presos com alfinetes compridos e finos, cada um com um tentador botãozinho branco no lugar da cabeça. Tudo era tão proibido que eu ficava tonta.

No Laboratório podíamos nos esconder no depósito de gelo, lugar sombrio e misterioso, sempre maior por dentro que por fora, onde reinava um súbito silêncio e não faltava serragem para manter frios os blocos de gelo. Às vezes havia uma lata de leite evaporado com furos na tampa e papel de cera por cima; às vezes um pedaço de manteiga cuidadosamente estocado ou uma ponta de bacon; às vezes um ou dois peixes, um lúcio ou truta de lago fatiados, sobre um prato de torta com o esmalte lascado.

Que fazíamos ali? Não havia propriamente nada que fazer. Salvo fingir que tínhamos desaparecido – que ninguém sabia onde estávamos. Isto, em si, já era estranhamente energizante. Depois saíamos, deixando o silêncio para trás, de volta ao aroma das agulhas de pinheiro e ao splash das ondas na praia, e à voz de nossa mãe a nos chamar, pois era hora de voltar ao barco e de remar pra casa.

Eram os garotos do Laboratório que tinham pescado o peixe do depósito e iam cozinhá-lo pro jantar. Eles mesmos cozinhavam – outra singularidade – porque lá não tinham uma mulher que cozinhasse. Dormiam em tendas, grandes tendas de lona, dois ou três em cada uma; tinham colchões de ar e pesados sacos de dormir com enchimento de capoque. Brincavam um bocado, descuidadamente, ou era eu que gostava de pensar que eles brincavam. Há uma foto deles fingindo que dormiam, com os pés descalços pra fora da tenda. O nome dos garotos que estavam com os pés para fora era Cam e Ray. Só eles têm nome.

Quem tirou essas fotos? E por quê? Meu pai? Ou, o que seria mais interessante, minha mãe? Imagino que ela risse ao fazer isso; que eles estivessem representando, se divertindo. Talvez houvesse algum flerte inócuo do tipo que rolava mais porque todo o mundo sabia que era inconsequente. Era minha mãe que colava os garotos no álbum de fotografias e os identificava: "*Os garotos.*" "*Os garotos no Laboratório.*" "*Cam e Ray.*" "*O sono.*"

Minha mãe está na cama, de onde não sai há um ano. De certa forma, é um ato de vontade. Vinha ficando progressivamente cega, e a certa altura já não podia sair sozinha porque caía, e precisava de alguém com ela, uma de suas amigas mais velhas; mesmo quando partiam, porém, de braços entrelaçados, ela tropeçava e as duas eram capazes de cair. Ficou de olho roxo uma ou duas vezes e acabou quebrando uma costela – caiu por cima da sua mesa de cabeceira e deve ter passado horas no chão, arrastando-se penosamente e caindo de novo, como um besouro dentro de um pote, tentando subir de novo na cama, e foi achada pela mulher que havia sido contratada – contra sua vontade – para vir durante o dia.

Passou a temer as caminhadas, embora jamais o confessasse, e depois a detestar o próprio medo. Finalmente, tornou-se rebelde. Rebelou-se contra tudo: contra a cegueira, as restrições, as quedas, os ferimentos, o medo. Já não queria ter nada com essas fontes de privações, de modo que se retirou para baixo das cobertas. Era uma forma de mudar de assunto.

Agora, não poderia andar ainda que tentasse: seus músculos já estavam por demais debilitados. Mas seu coração sempre foi forte, e a mantém viva. Em breve completará noventa e dois anos.

Sento-me à sua direita, onde está o ouvido bom: o outro é totalmente surdo. A audição do ouvido bom e o seu tato são os últimos contatos com o mundo externo. Por algum tempo acreditamos que ainda sentia cheiros; trazíamos buquês – apenas flores cheirosas, rosas e frésias e floxes e ervilhas-de-cheiro – e os enfiávamos debaixo de seu nariz.

– Veja! Não são cheirosas?

Ela não dizia nada. Ao longo de uma vida inteira ela mentiu menos que a maioria das pessoas, muito menos; pode-se quase dizer nunca. Eventualmente, quando uma mentira se tornava necessária, ela concedia um silêncio. Outro tipo de mãe teria dito: "Sim, são lindas, muito obrigada!" Ela, não.

– Você não sente cheiro nenhum, sente? – perguntei afinal.

– Não.

Enroscou-se de lado com os olhos fechados, mas não está dormindo. O cobertor verde de lã está puxado até o queixo. As pontas dos dedos aparecem: dedos mirrados, quase só osso, fechados. É preciso abrir-lhe as mãos para massageá-las, o que dá trabalho porque os dedos estão cerrados com muita força. É como se ela estivesse agarrando uma corda invisível. Uma corda num navio, num penhasco — uma corda que tem de segurar custe o que custar, para não cair do navio, para escalar o penhasco. O ouvido bom repousa no travesseiro, isolando o mundo. Docemente eu lhe viro a cabeça para o lado, de modo que ela possa me ouvir.

— Sou eu. — Falar no seu ouvido é como falar na boca de um longo túnel estreito que atravesse a escuridão e leve a um local que não consigo imaginar. Que é que ela faz lá dentro o dia inteiro? O dia inteiro, a noite inteira? Em que pensa? Estará entediada, ou triste, que estará acontecendo? Seu ouvido é o único elo com todo um mundo de atividade sepultada; é como um cogumelo, um sinal pálido e breve levantado à flor da terra para mostrar que lá embaixo ainda viceja uma grande rede de linhas interconectadas.

— Você sabe quem eu sou? — falo no seu ouvido. Ele até se parece com um cogumelo.

— Sei — ela responde, e eu sei que é verdade: como eu já disse, ela não mente.

Nessas ocasiões é função minha contar histórias. As que ela mais quer ouvir são as histórias sobre ela mesma, ela quando mais jovem; quando muito mais jovem. Com estas ela sorri; às vezes é capaz até de aderir à narrativa. Perdeu a fluência, não consegue transmitir uma trama, sozinha não, mas sabe o que está ocorrendo, ou o que um dia ocorreu, e pode recitar uma ou duas frases. Estou limitada na tarefa porque só posso contar as histórias que ela mesma um dia me contou, e não são muitas. Ela gosta mais das histórias cheias de excitação, ou das que a apresentam sob uma luz forte – rompendo seu caminho a despeito das dificuldades – ou das que são divertidas.

– Você se lembra dos garotos do Laboratório? – pergunto.
– Lembro – responde. Isto significa que realmente se lembrava.
– Os nomes eram Cam e Ray. Viviam numa tenda. Há uma foto deles com os pés pra fora. Lembra-se? Naquele verão?
Ela diz que sim.

Para mim é difícil imaginar a minha mãe naquele tempo. Não. É difícil imaginar seu rosto. O rosto dela já incorporou tantas versões posteriores, como camadas sedimentares, que não consigo recuperar aquele outro rosto, anterior. Nem as fotos dela correspondem a coisa alguma de que eu possa me lembrar. Lembro sua essência, porém: sua voz, seu cheiro, a sensação de inclinar-me para ela, o tranquilizador bater de coisas que soava na cozinha, até o som de sua voz cantando, porque ela cantava. Cantou em coros de igreja; tinha uma boa voz.

Lembro-me até de algumas de suas canções, ou trechos de canções:

*Sopra, sopra, suave e baixinho, vento do mar do oeste;*
*Vem de uma ou outra coisa, pacatá,*
*Por sobre uma ou outra coisa, pacatá,*
*Empurra-o de novo pra mim,*
*Enquanto meus pequenos, enquanto meus lindos pequenos*
   *dormem...*

Eu achava que ela estava cantando de alegria, mas na verdade era para nos botar pra dormir. Às vezes eu não adormecia, só fingia dormir. E então me soerguia sorrateiramente no travesseiro e espiava por um buraco na parede. Gostava de observar meus pais quando eles não sabiam que eu estava observando. Estou de olho neles, dizia minha mãe, referindo-se aos ovos quentes ou aos biscoitos que fazia ou até a nós, seus filhos. O simples fato de sermos vigiados, então, tinha um efeito protetor, de modo que eu ficava de olho nos meus pais. Assim eu garantia a segurança deles.

Meu irmão mais velho era inquieto; tinha projetos, queria atividade, tinha coisas a serrar e martelar. Precisava de copos d'água, depois queria saber que horas eram e quanto tempo faltava para a manhã chegar. Minha mãe deve ter cantado suas cantigas num ato de ameno desespero, na esperança de barricar para si mesma uma pequena parte da noite. Quando conseguia, sentava-se à mesa, acendia o lampião de querosene, pegava o baralho e jogava cribbage com meu pai.

Em certas noites ele estava ausente. Fazia serão no Laboratório e voltava na penumbra, ou partia para coletar material semanas a fio. Então ela ficava só. De noite lia, enquanto lá fora piavam as corujas e os mergulhões soltavam o seu riso aflito. Ou escrevia cartas para seus pais e irmãs distantes, falando sobre o tempo e eventos da semana, mas sem tocar nos próprios sentimentos. Sei disso porque eu própria recebi cartas como estas depois que me tornei adulta e saí de casa.

Ou escrevia seu diário. Por que se dava a esse trabalho? Ela e a irmã fizeram uma fogueira com seus diários na noite anterior ao duplo casamento, mas ela manteve esse costume a vida inteira. Por que pôr tanta coisa no papel só pra depois destruí-las? Talvez ela poupasse os diários até o Natal para incluir os principais eventos do ano em sua mensagem natalina. Depois, no Ano-Novo, apagaria o ano velho e recomeçaria. Ela também queimava cartas. Jamais lhe perguntei a razão por que fazia isso. Ela teria dito apenas: "Reduzir a bagunça", o que seria uma parte da verdade – ela gostava de limpar o convés, como dizia –, mas só uma parte. Eu me lembro como era sua cabeça vista de trás quando ela escrevia, recortada contra a luz fraca do lampião; o cabelo, a curva dos ombros. Mas não como era seu rosto.

As pernas, porém, delas eu tenho uma imagem clara, metidas em calças de flanela cinza, mas só num momento do dia: no fim da tarde, já com o sol baixo, a luz vindo em raios amarelos que atravessavam as árvores e faiscavam n'água. Àquela hora caminhávamos ao longo da encosta da colina ao pé do lago em direção ao ponto onde havia um objeto singular. Era um pequeno plinto de cimento pintado de vermelho. Apenas um marco divisório de terrenos, mas naquele tempo me parecia carregado de poderes inumanos, como um altar.

Ali esperávamos que nosso pai voltasse do Laboratório. Sentávamos na rocha quente, com sua trilha de líquen das renas, duro em tempo seco, mole após a chuva, e escutávamos o ruído do barco a motor – para isso era preciso fazer muito silêncio –, e eu me inclinava para as pernas de flanela cinza de mamãe. E para suas botas de couro. Capaz de eu me lembrar das complexidades dessas botas – as dobras, os cordões – melhor do que me lembro de seu rosto, porque as botas não mudavam. A certa altura sumiram – devem ter ido para o lixo –, mas até aquele instante permaneciam como haviam sido.

Este ritual – a caminhada ao longo da encosta, o estranho plinto vermelho, a espera, o inclinar-se, o silêncio observado – era decerto isso tudo que fazia o meu pai aparecer, recortado contra o sol, crescendo mais e mais à medida que o barco se acercava do ancoradouro.

Vez por outra alguns dos garotos do Laboratório voltavam com meu pai para nossa casa e jantavam conosco. Quase sempre o prato principal era peixe. As únicas alternativas eram enlatados ou carne salgada, ou bacon, ou ainda – com sorte – alguma coisa feita de ovos e queijo. Era durante a guerra, e tudo que levava carne se racionava, mas o peixe era fácil de encontrar. Minha mãe – no tempo em que ainda controlava as coisas – dizia que para receber visitas bastava levar uma vara de pescar para o ancoradouro e jogar uma ou duas vezes. Bastava isso. Em meia hora ela pegava lúcio bastante para o jantar.

– Aí eu batia na cabeça dele – contava minha mãe depois a suas amigas (as amigas da cidade) – e pronto! Depois jogava as vísceras no lago, para os ursos não sentirem o cheiro. – Ela se exibia, só um pouquinho: as amigas achavam que era maluquice dela ir para aquele lugar desabitado com duas crianças pequenas. Mas não usavam a palavra *maluquice*, diziam *coragem*. E ela ria. – Coragem? – ecoava, dando a entender que não precisava de coragem porque não tinha medo.

Talvez Cam e Ray viessem para jantar e houvesse peixe. Era certamente esta a minha esperança. Os dois são personagens de romance, um romance que eu não li. Não tenho lembrança real deles, mas me apaixonei por suas fotos quando estava com doze ou treze anos. Cam e Ray eram muito melhores que astros do cinema porque eram mais reais, pelo menos em fotografia. Eu não conhecia uma palavra para dizer *mais sexy,* mas eles também eram isso. Pareciam tão cheios de vida, tão aventureiros e divertidos, todos dois.

Agora eles estão no andar de cima, em minha casa. Passei a cuidar deles juntamente com o resto do álbum de fotografias depois que minha mãe ficou totalmente cega.

Todas as fotos são em preto e branco, embora as mais antigas tenham um toque meio sépia; cobrem os anos que vão de 1909, quando mamãe nasceu, até 1955, quando parece ter renunciado a toda essa ideia. Entre essas duas datas, porém, foi meticulosa.

Embora queimasse cartas e destruísse diários, apesar da forma como ocultava o próprio rastro, mesmo ela deve ter desejado algum tipo de testemunha – um depoimento sobre sua ágil passagem por seu tempo. Ou algumas pistas, dispersas pela trilha para quem quer que a seguisse, tentando encontrá-la.

Por baixo de cada foto vê-se a cuidadosa caligrafia de minha mãe, em tinta preta sobre as páginas cinza. Nomes, lugares, datas.

Na frente vêm os meus avós em roupas domingueiras com seu primeiro carro, um Ford, de pé numa orgulhosa pose em frente à sua casa de oitões brancos na Nova Escócia. Depois várias tias-avós de meia-idade em vestidos estampados, as sombras lançadas pelo sol aprofundando suas órbitas e rugas e formando bigodinhos debaixo do nariz. Minha mãe entra em cena como um bebê cheio de fitas, depois vira uma garotinha cacheada num vestido de gola de renda, depois uma menina de macacão meio masculinizada. A essa altura as irmãs e irmãos já tinham aparecido e por sua vez iam crescendo. Brota em meu avô um uniforme de médico do exército.

– Você teve a gripe espanhola? – pergunto no ouvido de minha mãe.

Pausa.

– Tive.

– E sua mãe? E suas irmãs? Seus irmãos? Seu pai? – Pelo jeito, todos tinham tido.

– Quem cuidou de vocês?

Outra pausa.

– Papai.

– Ele devia ser muito eficiente – digo eu, porque nenhum deles morreu; não naquela ocasião.

Mais um intervalo, enquanto ela pensa.

– Acho que era.

Ela tinha lutado contra o pai, a quem não obstante amava. Ele era obstinado, dizia ela. Tinha muita força de vontade. Uma vez ela me disse que se parecia muito com ele.

Agora minha mãe é uma adolescente na praia falando e rindo em meio a um grupo de garotas que vestem roupas de pernas compridas e tops listados, os braços nos ombros das outras. *"Como é bom ter dezesseis"*, diz o grupo à beira-mar. Mamãe está no meio. Os nomes estão anotados embaixo: *Jessie, Helene, "Eu", Katie, Dorothy*. Depois outra parecida, desta vez no inverno, as garotas com echarpes e jaquetas, minha mãe com protetores de orelha: *Joyce, "Eu", Kae, "Enfrentando a tempestade"*. Nos primeiros anos da montagem do álbum ela sempre se referia a si mesma como "Eu" assim, entre aspas, como se estivesse a citar um atestado confirmando que era realmente ela.

Outra tomada: aqui ela e um cavalo estão nariz com nariz, ela segurando a brida. Embaixo está escrito: *Dick e "Eu"*. Agora as histórias de cavalos fazem sucesso com ela, posso contar e repetir sem parar. Os nomes dos cavalos eram Dick e Nell. Nell se espantava facilmente, tomava o freio nos dentes, fugia levando minha mãe e ela escorregava na sela e poderia ter sido arrastada até morrer, e então eu não teria nascido. Mas isto não ocorreu porque ela se agarrava – como um náufrago, dizia ela.

— Você se lembra de Dick?
— Lembro.
— Você se lembra de Nell?
— Nell?
— Ela fugia com você. Você se agarrava à sela como um náufrago, lembra-se?

Agora ela sorri. Lá dentro — no fim do escuro túnel que a separa de nós — ela partiu de novo a galopar selvagemente na campina, por entre macieiras em flor, agarrada às rédeas e ao arção da sela para não perder a vida, o coração disparado a um quilômetro por minuto e com terrificada alegria. Será que pode, lá onde está, sentir o aroma das macieiras em flor? Será que sente o ar a lhe bater no rosto ao se lançar com ímpeto por entre elas?

— Nunca deixe aberta a porta do celeiro — dizia o pai dela. — Se o cavalo disparar vai galopar direto para casa, pro celeiro, e você pode ser esmagada contra o marco da porta ao passar. — E olhe, ela acatou o conselho, não deixava a porta aberta, porque diante do celeiro Nell se imobiliza, palpitando e suando e espumando, e revirando os olhos. Mamãe se solta, larga as rédeas, desce. As duas se acalmam. Final feliz.

Mamãe adora final feliz. Quando era mais jovem — quando eu era mais jovem —, ela arquivava o mais depressa possível qualquer história que não terminasse bem. Tento não repetir histórias tristes. Mas há histórias sem desfecho, ou cujo final não me contaram, e quando eu dou com elas no arquivo invisível que tenho comigo e as mostro numa visita, minha curiosidade é mais forte e eu a atormento, porque faço questão de saber o que aconteceu. Mas ela resiste. Não vai contar.

As pessoas que ela ama — gente de sua idade —, muitas já morreram. A maioria morreu. Restam poucas. Ela quer saber de cada morte, como aconteceu, mas depois não menciona mais essas pessoas. Conserva-as em segurança, em algum ponto de sua cabeça, da forma que prefere. Ela as devolve à camada de tempo a que pertencem.

Ei-la de novo, em roupas de inverno – um chapéu cloche, paletó com gola de pele virada para cima, estilo 1920. *"Eu" comendo uma rosquinha.* Aquela foto deve ter sido tirada por alguma amiga, no tempo da universidade. Ela ganhou aqueles anos, trabalhou por eles, economizou. A Depressão marchava a toda a força, de modo que não pode ter sido fácil. Escolheu uma universidade longe de casa para não ser vigiada e limitada pelo pai, em cuja opinião ela era demasiado frívola para frequentar uma instituição de ensino superior, fosse como fosse. Foi, e mergulhou em um constante banzo. O que não a impediu de disputar corridas de patins.

Há um hiato de vários anos, e agora ela está se casando. O grupo foi arrumado em frente ao pórtico da grande casa branca, decorada com grinaldas feitas por sua irmã, a mais jovem das três. Esta irmã chorou o casamento inteiro. A segunda irmã é parte da cerimônia, porque também está se casando. Meu pai, de cabelo curto em cima e raspado para baixo, está de pé com as pernas meio abertas, preparado; parece pensativo. Tias e tios e pais e irmãos e irmãs se agrupam todos. Parecem solenes. Corre o ano de 1935.

Neste ponto das legendas de fotografias minha mãe deixa de ser "Eu" e se identifica com suas iniciais – suas novas iniciais. Ou escreve o nome inteiro.

Agora vem a sua vida de casada. Faltam alguns dos eventos principais. A lua de mel foi uma fugida de canoa, artefato com que mamãe jamais lidara, mas que logo dominou; não há fotos, porém. Meu irmão não tardou a materializar-se em forma de uma trouxa, e no momento seguinte os três estão no mato. Moram numa tenda enquanto meu pai constrói uma cabana em suas horas de folga, quando não está no Laboratório. Minha mãe cozinha numa fogueira e lava roupa no lago, e nas horas livres pratica arco e flecha – cá está ela treinando – ou alimenta gaios cinzentos que vêm comer na sua mão ou deixa a foto enevoada mergulhando no lago gelado.

A cabana já estava construída no tempo em que eu nasci. Era de tábuas e ripas e tinha três quartos, um para papai e mamãe, outro pequeno para meu irmão e para mim – tínhamos beliches de madeira – e um para hóspedes. A maioria das imagens que tenho arquivadas na cabeça são do piso, que é onde eu devo ter passado a maior parte do tempo: no piso, ou perto dele. Tenho também um arquivo de áudio: o vento nos pinheiros vermelhos, ao longe um barco a motor se aproximando. Ao lado da porta da entrada havia uma barra de metal: minha mãe batia ali para avisar que o jantar estava na mesa. Eu ouço aquele som sempre que quero.

A cabana já não existe. Foi demolida; em seu lugar alguém ergueu uma casa muito mais charmosa.

Não obstante aqui está mamãe, do lado de fora, dando de comer a um gaio cinzento. Agora está longe do mundo dos cavalos e Fords e tias com estampados florais. A cabana só pode ser alcançada por uma via férrea de bitola estreita ou pela estrada singela de cascalho recentemente construída, e depois de barco ou por uma trilha. Em torno é só floresta, desgrenhada e vasta e infestada de ursos. No lago – o frio e perigoso lago – estão os mergulhões. Os lobos uivam às vezes, e quando isto acontece os cães se põem a gemer e ganir na pequenina vila.

Agora também o Laboratório já foi construído. Antes da cabana. É preciso começar pelo começo.

Cam e Ray devem ter sido pessoas especiais, pois há várias fotos deles. Aparecem no ancoradouro do Laboratório, e na sua tenda, e sentados nos degraus do prédio do Laboratório feito de toras. Em outra foto estão com bicicletas. Devem ter trazido as bicicletas no trem, mas por que teriam feito isso? Não havia na floresta onde andar de bicicleta. Mas talvez fossem de bicicleta à vila, pela nova estradinha de cascalho. Teria sido uma façanha. Ou talvez estejam em excursão para coletar alguma coisa, em algum lugar onde haja trilhas planas, pois as bicicletas estão carregadas de equipamento — sacos de viagem, trouxas, sacolas esportivas e panelinhas negras de fuligem pendendo dos lados. Eles estão de pé, equilibrando as bicicletas e sorrindo com seus sorrisos do tempo da guerra. Estão sem camisa, bronzeados e músculos à mostra. Que aparência saudável!

— Cam morreu — contou minha mãe um dia, quando estava olhando aquelas fotos comigo, no tempo em que ainda enxergava. — Morreu bem jovem. — Tinha infringido a norma de não contar finais infelizes, de modo que essa morte deve ter significado muito para ela.

— De quê? — perguntei.

— Tinha uma doença qualquer. — Ela nunca se referia às doenças de modo específico: chamá-las pelo nome seria invocá-las.

— E Ray?

— Aconteceu alguma coisa com ele.

— Ele foi à guerra?

Pausa.

— Não tenho certeza. Não resisti. "Ele foi morto?" Se ele tinha de morrer cedo, a mim esta me parecia uma forma adequada. Queria que ele tivesse sido um herói. Mas ela se fechou em copas. Não ia contar. Bastava um rapaz morto.

A última vez que minha mãe folheou seu álbum de fotos – a última vez que o pôde enxergar –, aconteceu quando já estava com oitenta e nove anos. Meu pai tinha morrido havia cinco. Ela sabia que estava ficando cega; acho que queria lançar um último olhar a tudo – a si mesma, a ele, àqueles anos que agora devem parecer-lhe tão distantes, tão despreocupados, tão luminosos.

Tinha de curvar-se para se aproximar da página: não só a vista, mas também as fotos estavam falhas. Desbotando, amarelando. Ela perpassou os seus primeiros anos, sorriu de si mesma entre as garotas em traje de praia, abriu um sorriso diferente para a foto do seu casamento. Demorou-se na foto do grupo dos garotos do Laboratório reunidos no ancoradouro. "Lá estão os garotos", disse. Virou a página: meu pai olhava para ela segurando uma linha de onde pendia uma truta enorme.

— Eu não me incomodava de pegar o peixe – explicou minha mãe –, mas quanto ao resto eu tracei os limites. Nosso acordo era este: ele sempre tirava as vísceras. — Os dois tinham mesmo esses arranjos, quem fazia o quê. Cresci pensando que eram leis da natureza. Para mim foi uma surpresa saber que alguns dos arranjos tinham sido instituídos por ela.

Então ela mencionou algo que jamais havia me contado.

— Num verão veio um indiano ao Laboratório.

— Um índio? Você quer dizer um índio do lago? — Havia índios por ali; caçavam com armadilhas e pescavam, e passavam de canoa vez por outra. Durante a guerra as pessoas não dispunham de muita gasolina. Hoje em dia os índios têm barcos a motor.

— Não — respondeu minha mãe. — Um indiano. Da Índia. Seria típico de papai arranjar um assistente inadequado. Ele não teria enxergado qualquer dificuldade para o tal indiano, porque para ele não haveria dificuldade. Para ele qualquer pessoa que levasse besouros a sério era um amigo. Mas e se o indiano fosse um hindu vegetariano? E se fosse muçulmano? Já havia bacon naquela mata. Se fosse defumado ia durar muito, e servia para fritar coisas: ovos, se houvesse, e enlatados, e peixe. Depois você podia passar a gordura nas botas. Mas que faria um muçulmano com o bacon?

— Ele era boa gente? — perguntei. — O indiano? — Não havia fotos dele, disto eu tinha certeza.

— Era o que eu esperava — respondeu mamãe. — Trouxe roupas brancas de tênis. E uma raquete.

— E para quê?

— Não sei — respondeu minha mãe.

Mas eu sabia. Este rapaz indiano deve ter pensado que ia para o campo — para aquilo que esta palavra significou em outro tempo, em outro lugar. Deve ter imaginado uma casa de campo inglesa, onde poderia desfrutar algum tempo atirando ou cavalgando, e tomar chá no gramado, e passear entre canteiros de ervas, além de jogar tênis.

Deve ter recebido educação bastante para qualificar-se como um dos garotos do Laboratório, e portanto devia pertencer a uma família indiana abastada e de boa posição, servida por uma grande criadagem. A família deve ter achado que ele era excên-

trico por estudar insetos, porém muita gente de boas famílias inglesas — como Darwin — tinha feito a mesma coisa. Mas não o tinham feito numa região selvagem como esta. Como teria este jovem indiano se desgarrado para tão longe, atravessando o mar rumo a um continente novo e depois até o limite do mundo conhecido?
— Em que ano foi isso? — perguntei. — Foi durante a guerra? Eu já tinha nascido? — Minha mãe, porém, não se lembrava.

Foi por essa época — quando ela ainda andava, quando havia começado a cair — que ela me contou outra coisa que tampouco me contara até então. Estava tendo sempre um mesmo sonho; o mesmo sonho, noite após noite. Coisa que a assustava e entristecia, embora isto ela não dissesse.

No sonho ela estava só na mata, caminhando ao longo de um riacho. Não estava exatamente perdida, mas não havia mais ninguém por perto — nenhuma das pessoas que deviam estar ali. Nem meu pai, nem meu irmão, nem eu; nenhum de seus próprios irmãos e irmãs, ou seus amigos ou pais. Ela não sabia aonde haviam ido. Tudo era silêncio: não havia pássaros, nem barulho de água. Nada no alto exceto um céu azul vazio. Ia dar numa pilha alta de toras que atravessava o riacho e bloqueava o caminho. Tinha que trepar nas toras escorregadias, içando-se com as mãos rumo ao ar.

— E depois? — perguntei.
— É só isso. Nesse ponto eu acordo. Mas depois tenho o mesmo sonho outra vez.

Uma pergunta a ser feita se referia ao sonho — por que ela sonhava com tal situação? Era uma coisa que eu ficava tentando

entender. Mas a outra pergunta — em que somente agora penso — teria de ser: por que ela me contou?
Outra coisa estranha. Enfiadas num envelope com fotos avulsas do lago e do barco a remo, e do Laboratório — as que não foram selecionadas para colar no álbum — encontrei algumas páginas de um de seus diários. Ela não queimara todas, portanto; poupara algumas. Tinha escolhido estas, que arrancou dos diários e poupou à destruição. Mas por que exatamente estas? Estudei-as meticulosamente, mas não logrei entender a razão. Ali não havia eventos impressionantes, nem se registravam respostas a algum bilhete. Seria uma mensagem, deixada para que eu a encontrasse? Seria um descuido? Por que guardar uma página onde nada estava escrito salvo "*Um dia absolutamente lindo*"?

Mais quatro anos se passaram, e mamãe está muito mais velha. "Nós vivemos muito", disse ela uma vez, referindo-se às mulheres da família. E em seguida: "Depois que você faz noventa anos, envelhece dez anos por ano." Ela se imaginava ficando cada vez mais fraca, seu corpo um vidro, a voz um sussurro, e é isso que está acontecendo. Mas ainda sorri. E ainda ouve, pelo ouvido bom.

Afasto-lhe a cabeça do travesseiro para poder falar com ela. "Sou eu", digo. Ela sorri. Já não fala muito.

— Você se lembra de Dick e Nell? — começo. Os dois cavalos, em geral confiáveis.

Nada de resposta. O sorriso se apaga. Tenho de passar a outra história.

— Você se lembra do indiano?

Pausa.

— Que indiano?

– O indiano que veio para o Laboratório. Quando você vivia lá no norte, lembra-se? Veio da Índia. Tinha uma raquete de tênis. Você me falou dele.
– Falei?
O indiano está perdido. Não vai ser ressuscitado, pelo menos hoje. Tento outra coisa.
– Você se lembra de Cam e Ray? Você tem fotos deles no álbum. Tinham bicicletas. Você se lembra?
Pausa longa.
– Não – diz minha mãe por fim. Ela nunca mente.
– Eles dormiam numa tenda, com os pés pra fora. Você fotografou. Cam morreu jovem. Era doente.
Ela vira a cabeça no travesseiro e tapa o ouvido bom. Fecha os olhos. É o fim da conversa. Voltou para dentro de si mesma, para longe, para a era da lenda. Que estará fazendo? Onde andará? Galopará por entre as árvores, combaterá a tempestade? Será de novo ela mesma?

Agora é de mim que depende o destino dos garotos. Bem como o do jovem indiano. Eu o imagino a sair do trenzinho, arrastando uma mala de couro enorme, com sua raquete de tênis na prensa debaixo do braço. Que haveria na mala? Lindas camisas de seda. Belos blusões de cashmere. Elegantes sapatos esportivos.

Desce a colina fazendo barulho no cascalho, rumo ao ancoradouro da vila. Lá ele para, ereto. Sua consternação – que vem se aprofundando a cada quilômetro percorrido, através de matas e matas, ultrapassando charcos com abetos mortos até o joelho, negros e desfolhados como se fossem vítimas do fogo, através de brechas rasgadas a dinamite no leito de granito, deixando para trás lagos azuis e lisos como janelas fechadas, depois através de outras matas e outros charcos e passando por novos lagos –, essa consternação cai sobre ele como uma rede. Sua alma sente a atração do espaço vazio diante de si: das árvores e árvores e árvores, das rochas e rochas e rochas, da água que não dá pé. Ele corre o risco de evaporar-se.

Já o atacam nuvens de moscas negras e mosquitos. Ele quer dar meia-volta e correr no encalço do trem que se retira, gritando que pare, que o salve, o leve para casa, ou ao menos a uma cidade qualquer, mas não consegue.

Do Laboratório – não que ele já saiba onde fica – partiu um barco a motor. Não é uma lancha, nada especial. Um grosseiro barco de madeira, artesanal. Ele já viu barcos semelhantes, mas não em lugares ricos. O barco vem rangendo para ele na água lisa, que rebrilha à luz do sol poente. No barco viaja um homem, evidentemente um campônio: atarracado, com um chapéu de feltro castigado, uma velha jaqueta cáqui e – agora ele vê – um sorriso largo porém manhoso. Era o serviçal enviado para ajudá-lo com a mala. Talvez a casa de campo com os gramados e as quadras de tênis estivessem ocultas na mata, na curva dessa colina, ou da próxima, bem parecida com a primeira.

O homem que está no barco é o meu pai. Andou a cortar lenha, e depois – abandonando o barco, que está com um ligeiro vazamento – teve um breve entrevero com o motor, que se liga puxando um pedaço de corda sebenta. Está com uma barba de dois dias; tem as largas mãos pretas e a roupa manchada de seiva de árvore e de óleo. Ele desliga o motor, salta para o ancoradouro, prende a amarra do barco em um só movimento, depois caminha para o indiano com a mão suja estendida.

O indiano fica paralisado: a etiqueta está em crise. Não vai apertar a mão desse operário que lhe dá as boas-vindas, e iça a sua mala para o barco imundo, e pega sua raquete, e o convida para jantar, e lhe promete peixe. Peixe? Que é que ele quer dizer com isso? Agora meu pai diz que os garotos vão deixá-lo à vontade na tenda – tenda? Que tenda? Quem são esses garotos? Que está acontecendo?

Às vezes penso no indiano e na sua provação nas terras setentrionais. Ele deve ter voltado para a Índia. Com certeza disparou pra casa assim que arranjou um jeito de se livrar da situação com certa elegância. Levaria umas histórias pra contar, histórias sobre moscas negras e o Laboratório na cabana de madeira, e sobre os dois bárbaros com os pés descalços pra fora da tenda.

Dou o papel dos bárbaros a Cam e Ray porque eu quero para eles uma parte maior na história – maior do que aquela que eu conheço e maior do que provavelmente eles viveram de fato. A eles confio o papel de se divertirem com o desenraizado mas educado indiano, talvez lhe dando uns tapinhas nas costas, dizendo a ele que vai dar certo, vai dar tudo certo. Vão levá-lo a pescar, dar-lhe um repelente contra insetos, contar-lhe umas histórias de ursos. Talvez até lhe arrumem um canto para dormir dentro do Laboratório, para ele não ficar tão inquieto: o primeiro pio de um mergulhão à noite pode causar um choque. Vão lhe mostrar seus cachimbos; depois lhe mostrarão também as bicicletas, chamando a atenção para a tolice que eles próprios fizeram trazendo para a mata veículos praticamente inúteis, para que ele não se sinta tão idiota com sua raquete de tênis.

Com isso eles terão o que fazer. Quero que se destaquem dos figurantes no fundo do palco e avancem para o proscênio. Quero que tenham suas próprias falas. Quero que brilhem.

E lá estão eles, já foram acionados. Os dois caminham colina abaixo para o ancoradouro do Laboratório; cumprimentam o indiano que chega, pegam sua mão e o ajudam a pôr o pé em terra. O sol está baixo, no poente as nuvens ganham um rosaalaranjado: amanhã o dia vai ser belo, embora possivelmente — diz meu pai, içando a mala de couro para fora do barco e depois caminhando com esforço para o cais e espiando o céu –, possivelmente vá ventar. Cam apanha a mala; Ray acende o cachimbo. Alguém soltou uma piada. Sobre quê? Não ouço. Agora todos três – Cam, Ray e o elegante indiano – caminham pelo cais. Meu pai os segue, agora carregando – por algum motivo – um bujão de gasolina de metal vermelho. O vermelho se destaca vivamente contra o verde-escuro da mata. O indiano olha por cima do ombro: somente ele sente que eu estou olhando. Mas não sabe que sou eu: como está nervoso, como está num paradeiro estranho, acha que é da mata que vem sua sensação, ou então do próprio lago. E então eles sobem a colina, rumo ao Laboratório, e somem no meio das árvores.

Este livro foi impresso na Editora JPA Ltda.
Av. Brasil, 10.600 – Rio de Janeiro – RJ
para a Editora Rocco Ltda.